Georges Simenon
*Aus den Akten
der Agence O*

Sechs Fälle

*Aus dem Französischen von
Sabine Schmidt und Susanne Röckel*

*Mit einem Nachwort von
Daniel Kampa*

Kampa

Die in diesem Band versammelten Erzählungen erschienen im französischen Original unter den Titeln *La cage d'Émile*, *La cabane en bois*, *L'homme tout nu*, *L'arrestation du musicien*, *L'étrangleur de Moret* und *Le vieillard au porte-mine* erstmals 1941 in der Zeitschrift *Police-Roman*, Paris.

Mehr Informationen über die Simenon-Gesamtausgabe:
www.kampaverlag.ch/simenon

Copyright © 1941 by Georges Simenon Limited
GEORGES SIMENON ® Simenon.tm
All rights reserved
Für die Übersetzung von *Der Mann hinter dem Spiegel*
Copyright © 1988 by Sabine Schmidt
Für die übrigen Texte der deutschsprachigen Ausgabe
Copyright © 2020 by Kampa Verlag AG, Zürich
www.kampaverlag.ch
Covergestaltung: Herr K | Jan Kermes, Leipzig
Coverabbildung: © CHAMPIONS DU MONDE 1930
REF 200059; TM. & © MOURON. CASSANDRE.
Lic 2019-26-09-01 www.cassandre.fr
Satz: Tristan Walkhoefer, Leipzig
Gesetzt aus der Stempel Garamond LT / 200130
Druck und Bindung: CPI books GmbH, Leck
Auch als E-Book erhältlich
ISBN 978 3 311 12515 0

Inhalt

Der Mann hinter dem Spiegel   7

Der Schuppen am Teich   61

Der nackte Mann   115

Die Verhaftung des Musikers   171

Der Würger von Moret   223

Der alte Mann mit dem Drehbleistift   275

Nachwort von Daniel Kampa   325

Der Mann
hinter dem Spiegel

I

Wo eine junge Dame in den Armen des kräftigen Torrence in Ohnmacht fällt und wir die merkwürdige Hierarchie der Agence O kennenlernen

Elf Uhr morgens. Der dicke Nebel, in dem Paris erwacht ist, gehört zu der Sorte, die sich bekanntermaßen den ganzen Tag nicht auflösen wird. Die junge Dame hat ihr Taxi an der Rue du Faubourg Montmartre anhalten lassen und eilt in die Cité Bergère. Im Palace muss gerade eine Probe stattfinden, denn zwanzig oder dreißig Showgirls oder Statistinnen laufen draußen auf dem Gehsteig auf und ab.

Direkt gegenüber dem Bühneneingang des berühmten Musical-Theaters befindet sich ein Friseursalon, wo in kreischendem Lila der Schriftzug *Chez Adolphe* an der Fassade prangt. Rechts daneben eine kleine Tür, ein dunkler Flur und ein Treppenhaus, das von keinem Pförtner verteidigt wird. Ein Emailleschild mit vier Worten schwarz auf weiß: *Agence O, dritter Stock links*.

Die größten Bühnenstars sind durch das Portal auf der anderen Straßenseite gegangen, Politiker, königliche Herrschaften und Multimillionäre haben die Garderoben hinter der Bühne besucht. Wie viele dieser Persönlichkeiten sind an einem Morgen wie heute auch hier hineingeschlichen, mit hochgeschlagenen Mantelkragen und Hüten, die ihre Gesichter verbargen, die Stufen hinauf zur Agence O?

Im dritten Stock hält die junge Frau einen Moment inne und holt einen Spiegel aus ihrer Handtasche. Aber nicht, um ihr Make-up zu überprüfen. Im Gegenteil, als sie sich betrachtet, nimmt ihr Gesicht einen noch gehetzteren Ausdruck an. Sie klingelt. Langsam nähern sich Schritte. Die Tür wird von einem nichtssagenden Bürodiener geöffnet. Der Warteraum sieht schäbig aus. Eine Zeitung auf einem kleinen Tisch. Vermutlich hat der Bürodiener gerade darin gelesen.

»Ich möchte den Chef sprechen«, sagt sie aufgeregt. »Würden Sie ihm bitte sagen, dass es sehr dringend ist.«

Und sie betupft ihre Augen mit einem Taschentuch. Der Bürodiener muss schon viele Besucher wie sie gesehen haben, denn er geht ganz gemächlich auf eine Tür zu, verschwindet, taucht wenig später wieder auf und winkt sie herein.

Im nächsten Moment betritt die junge Frau das Büro von Joseph Torrence, Ex-Inspektor der Pariser Kriminalpolizei und Chef der Agence O, einer der berühmtesten Privatdetekteien der Welt.

»Bitte treten Sie ein, Mademoiselle«, sagt er. »Nehmen Sie Platz.«

Nichts könnte gewöhnlicher aussehen als dieses Büro, das Zeuge so vieler schrecklicher Geständnisse geworden ist. Nichts könnte beruhigender wirken als der große Torrence, ein unbekümmerter Riese von einem Mann, Ende vierzig, sehr gepflegt und gut genährt.

Das Fenster zur Cité Bergère hat Milchglasscheiben, an allen Wänden stehen Bücherregale und Aktenschränke, und hinter dem Mahagonischreibtisch, in Torrence' Reichweite, befindet sich ein Safe, wie man ihn in Büros überall auf der Welt finden kann.

»Verzeihen Sie, Monsieur, wenn ich ein bisschen nervös bin. Sie werden es verstehen, wenn ich Sie eingeweiht habe. Wir sind hier doch unter uns, nicht wahr? Ich komme gerade aus La Rochelle. Was dort passiert ist ...«

Sie hat sich nicht hingesetzt. Sie läuft auf und ab. Sie faltet ihr Taschentuch zusammen und wieder auseinander, offensichtlich in äußerster Aufregung, während Torrence fortfährt, mechanisch seine Pfeife zu stopfen.

In dem Moment geht die Tür auf. Ein großer rothaariger junger Mann, der anscheinend so schnell gewachsen ist, dass sein Anzug nicht Schritt halten konnte, betritt den Raum, bemerkt ihre Anwesenheit und stammelt:

»Oh, Verzeihung, Boss.«

»Was gibt's denn, Émile?«

»Nichts ... Ich ... Ich hab was vergessen ...«

Er nimmt irgendeine Akte aus dem Regal und ist in seiner Verlegenheit so tollpatschig, dass er beim Hinausgehen gegen den Türrahmen rempelt.

»Fahren Sie fort, Mademoiselle«, sagt Torrence.

»Ich weiß gar nicht mehr, wo ich stehen geblieben bin ... Es war alles so tragisch, so unerwartet ... Mein armer Vater ...«

»Vielleicht fangen Sie damit an, mir zu erklären, wer Sie eigentlich sind?«

»Denise ... Denise Étrillard aus La Rochelle. Mein Vater ist der Notar Étrillard. Er wird Sie heute Nachmittag aufsuchen. Er ist kurz nach mir abgefahren. Aber ich hatte solche Angst, dass ich dachte, es wäre besser ...«

Direkt hinter dem banalen Büro von Torrence liegt noch ein kleineres, dunkleres Büro, vollgestopft mit einer höchst erstaunlichen Vielzahl von Dingen. Dort sitzt an einem gewöhnlichen, unlackierten Holztisch der junge Rothaarige, den der große Boss mit Émile angeredet hat. Er beugt sich vor. Er betätigt eine Art Schalter, und sofort kann er jedes Wort mithören, das nebenan gesprochen wird.

Ihm gegenüber befindet sich ein Spion. Von der anderen Seite würde niemand den Spion vermuten, denn er sieht aus wie ein normaler kleiner Spiegel zwischen den Regalen.

Émile beobachtet und lauscht teilnahmslos, mit unbewegten Augen hinter der großen Hornbrille und einer nicht angesteckten Zigarette zwischen den Lippen, fast wie einer dieser Weichensteller, die man manchmal in ihren Glaskästen thronen sieht.

»Denise Étrillard ... Mein Vater ist der Notar Étrillard ...«, sagt die junge Dame.

Ohne mit der Wimper zu zucken, hat Émile ein

schweres Verzeichnis hervorgeholt. Er geht die Liste der Notare unter E durch – Étienne ... Étriveau ... Aber kein Étrillard!

Er lauscht und beobachtet weiter. Diesmal sieht er in einem Telefonbuch für das Gebiet La Rochelle nach. Dort findet er einen Étrillard, oder besser gesagt die Witwe eines Étrillard, Fischhändlerin ... Auf der anderen Seite des Spions fährt die Stimme fort:

»Ich fühle mich im Moment nicht in der Lage, es Ihnen ausführlich zu erklären ... Mein Vater, der spätestens um vier Uhr hier sein wird, kann Ihnen das alles viel besser berichten als ich ... Es war so schrecklich unerwartet. Das Einzige, worum ich Sie in der Zwischenzeit bitten möchte, ist, diese Dokumente, die ich noch retten konnte, in Ihrem Safe aufzubewahren.«

Émile greift zum Telefon vor ihm auf dem Tisch. Es klingelt in Torrence' Büro. Torrence nimmt ab und hört zu.

»Frag sie, um wie viel Uhr sie angekommen ist ...«

Währenddessen hat die junge Frau aus ihrer Handtasche einen eindrucksvollen gelben Umschlag gezogen, den fünf rote Wachssiegel noch feierlicher erscheinen lassen.

»Sind Sie gerade in Paris angekommen?«, fragt Torrence.

»Ja, ich habe das erste Taxi genommen und bin sofort hergekommen. Mein Vater hat gesagt ...«

»... dass Sie sich an uns wenden sollen?«

»Wir haben gestern Abend einfach ruhig beisammengesessen, als wir plötzlich Geräusche aus seinem Büro hörten. Mein Vater nahm seinen Revolver. Wir konnten in der Dunkelheit einen Mann erkennen, aber er ist durch die Hintertür entkommen. Meinem Vater war sofort klar, dass jemand versucht hat, an diese Dokumente zu kommen. Aber er konnte La Rochelle nicht einfach so verlassen ... Aus Sorge, dass sie zurückkommen würden, hat er mir diesen Umschlag anvertraut. Wenn er Ihnen die ganze Sache erklärt hat, werden Sie verstehen, warum ich so nervös bin und solche Angst habe. Diese Leute sind absolut skrupellos.«

Währenddessen ist der rothaarige Émile weiterhin wie ein gehorsamer Bürodiener seinen Aufgaben nachgegangen. Nachdem er das Verzeichnis französischer Notare und das Telefonbuch für Charente-Inférieur durchgesehen hat, sitzt er jetzt über dem Zugfahrplan, ohne jedoch die Frau länger als ein paar Sekunden aus den Augen zu lassen.

Wirklich ziemlich gut aussehend, diese junge Dame. Sie ist exakt so gekleidet, wie sich eine Tochter aus guter Familie vom Land kleiden sollte. Ihr graues, maßgeschneidertes Kostüm sitzt perfekt. Ihr Hut ist modern, aber nicht zu ausgefallen. Sie trägt perlgraue Wildlederhandschuhe.

Aber da ist eine Kleinigkeit, die Torrence nicht sehen kann, weil er zu nah bei ihr ist und weil es schwierig ist, eine Person mit voller Aufmerksamkeit zu mustern, während man mit ihr spricht.

Wohingegen Émile an seinem Mikroskop, wie er den Spion zu nennen pflegt ...

Wenn sie, wie sie gerade behauptet hat, La Rochelle

eilig verlassen musste, wenn sie den größten Teil der Nacht im Zug gesessen hat, wenn sie gerade erst in Paris angekommen ist und vom Bahnhof direkt ein Taxi hierher in die Cité Bergère genommen hat, wie kommt es dann, dass ihr einfaches und absolut gediegenes Kostüm noch immer diese ordentlichen Falten aufweist, besonders die an den Ärmeln, die entstehen, wenn man Kleider in einem Koffer zusammenlegt?

La Rochelle ... Mal sehen, von La Rochelle nach Paris-Gare d'Orsay ... Nun, der einzige Zug, mit dem sie hätte kommen können, ist um 6 Uhr 43 in Paris eingetroffen.

»Alles, worum ich Sie bitte«, sagt sie nochmals zu Torrence, »ist, dass Sie diese Dokumente sicher in Ihrem Safe aufbewahren, bis mein Vater kommt. Ich bitte Sie, Monsieur. Er wird Ihnen alles erklären. Und ich bin mir sicher, dass Sie sich danach nicht weigern werden, uns zu helfen.«

Sie lügt gut. Sie ist sogar sehr überzeugend. Sie läuft auf und ab. Ist auch ihre Nervosität gespielt?

»Nun, wenn Sie mir versichern können, dass Ihr Vater heute Nachmittag hier sein wird ...«, erklärt sich Torrence widerwillig bereit. »Aber ich hätte trotzdem gerne eine Adresse von Ihnen hier in Paris. Haben Sie schon ein Hotel?«

»Noch nicht. Das habe ich als Nächstes vor. Ich wollte nur zuallererst hierherkommen.«

»In welches Hotel werden Sie gehen?«

»Ich glaube ... Ins Hôtel d'Orsay. Ja, direkt am Bahnhof. Sie werden dieses Dokument für mich aufbewahren, nicht wahr? Es ist doch sicher dort, oder? Niemand würde es wagen, Ihren Safe anzurühren?«

Sie versucht, ein blasses Lächeln zustande zu bringen.

»Nein, das würde in der Tat niemand wagen, Mademoiselle. Und nur zu Ihrer Beruhigung werde ich den Umschlag gleich jetzt vor Ihren Augen hineinlegen.«

Und der gute Riese Torrence steht auf, zieht einen kleinen Schlüssel aus seiner Tasche und öffnet den Safe. Die junge Frau tritt einen Schritt näher.

»Wenn Sie wüssten, wie erleichtert ich bin, die Dokumente endlich an einem sicheren Ort zu wissen!«, sagt sie. »Die Ehre, das Leben einer ganzen Familie steht auf dem Spiel …«

Während Torrence den Safe sorgfältig wieder abschließt, greift Émile erneut zum Hörer, aber diesmal klingelt es am Empfang, wo der Bürodiener Zeitung lesend im Warteraum sitzt. Ihr Gespräch ist kurz, wenn man es überhaupt als Gespräch bezeichnen kann. In Wirklichkeit sagt Émile nur:

»Hut …«

Gleichzeitig runzelt der junge Rotschopf die Stirn. Als der Safe wieder geschlossen ist, lehnt sich Denise taumelnd an Torrence' Schreibtisch und stammelt:

»Oh, ich bitte um Verzeihung! Ich konnte es bis jetzt zurückhalten … Aber es war solch eine Anspannung … Jetzt, wo meine Aufgabe fast erledigt ist, werde ich … Ich …«

»Fühlen Sie sich nicht wohl?«, fragt Torrence besorgt.

»Ich weiß nicht, ich …«

»Vorsicht!«

Sie ist in seine Arme gesunken. Ihre Augen sind halb geschlossen. Sie ringt nach Luft und kämpft gegen die Ohnmacht an.

Torrence will um Hilfe rufen, aber sie protestiert.

»Nein. Verzeihen Sie bitte. Es ist wirklich nichts. Nur ein dummer Schwächeanfall ...«

Sie versucht ihn anzulächeln, ein armseliges, kleines Lächeln, das das Herz des kräftigen Torrence rührt.

»Sie werden doch um vier Uhr hier sein, nicht wahr?«, fragt sie. »Dann komme ich mit meinem Vater. Sie werden alles erfahren. Jetzt bin ich ganz sicher, dass Sie uns Ihre Hilfe nicht verweigern.«

Sie steht in der Mitte des Büros. Sie bückt sich.

»Mein Handschuh«, sagt sie. »Auf Wiedersehen, Monsieur, ich kann Ihnen versichern ...«

Barbet, der Bürodiener, den sie so nennen, weil seine strähnigen Barthaare an den gleichnamigen Vogel erinnern, bringt sie zur Tür. Sobald sie im Treppenhaus ist, setzt er seine in der Cité Bergère berühmte grünliche Melone auf, zieht seinen Mantel an, geht durch ein anderes Treppenhaus hinunter und erreicht so noch vor der Besucherin die Rue du Faubourg Montmartre.

Was Torrence angeht, der hat sich zu dem kleinen Spiegel umgedreht und Émile kaum merklich zugezwinkert. Émile verlässt sein Büro und betritt das des Chefs.

»Und, was sagst du zu der Kleinen?«

Worauf der Angestellte mit dem zu kleinen Anzug in einem Ton antwortet, der keine Widerrede duldet:

»Ich denke, dass du ein verdammter Esel bist!«

Jeder, der jemals einen Fuß in die Agence O gesetzt hat, jeder, der in schwierigen oder bedrohlichen Situationen den berühmten Detektiv Torrence um Hilfe gebeten hat, wäre nicht wenig überrascht, ihn so zu sehen: Mit schamrotem Gesicht, hängendem Kopf und vor Verlegenheit stotternd steht er vor dem jungen Mann, den er gelegentlich als seinen Angestellten oder seinen Fotografen und manchmal als seinen Fahrer vorstellt.

Und in der Tat hat Émile sich verändert. Natürlich ist sein Anzug nicht größer oder weiter geworden. Seine Haare sind immer noch genauso flammend rot, und er hat immer noch Sommersprossen und kurzsichtige Augen hinter der Hornbrille.

Dennoch, er sieht nicht mehr so jung aus. Fünfundzwanzig? Fünfunddreißig? Wer das einschätzen kann, muss schon ein verdammt kluges Kerlchen sein. Seine Stimme ist trocken, schneidend.

»Was hattest du in der linken Jackentasche?«, fragt er.

Torrence überprüft seine Taschen.

»Oh, mein Gott!«

»Mein Gott, in der Tat! Wenn du glaubst, dass eine junge Frau in deine Arme fällt, weil sie dir nicht widerstehen kann ...«

»Aber sie war ...«

Torrence ist niedergeschmettert, entsetzt und gedemütigt.

»Es tut mir leid, Chef. Ich hatte Mitleid mit ihr. Ich bin ein verdammter Esel, du hast recht. Was sie mir da aus der Tasche gezogen hat ... Das ist eine Katastrophe ... Wir müssen ihr hinterher. Wir müssen sie finden, koste es, was es wolle ...«

»Barbet ist ihr auf den Fersen.«

Obwohl er daran gewöhnt ist, kann Torrence nicht umhin, wieder einmal erstaunt zu sein.

»Das Taschentuch, nicht wahr?«, fragt Émile.

»Ja. Du weißt ja, ich hab's vorsichtig in einen alten Umschlag gepackt und dachte mir, dass ich heute Nachmittag ...«

»Mach den Safe auf, schnell, Idiot!«

»Du willst, dass ... Ich soll den ...«

»Beeil dich, verdammt noch mal!«

Torrence gehorcht. Trotz seiner Größe und seines Umfangs ist er nur ein kleiner Junge, wenn er dem dünnen jungen Mann mit der Brille gegenübersteht.

»Hast du immer noch nicht begriffen?«

»Was begriffen?«

»Nimm den Umschlag aus dem Safe. Leg ihn auf deinen Schreibtisch. Nein, auf den Boden. Das ist sicherer ...«

Also nein! Diesmal übertreibt der Chef aber wirklich. Torrence kann sich nicht vorstellen, dass ein Umschlag, der höchstens ein Dutzend Seiten enthält ...

Stimmt schon, dass es kleine Bomben gibt, aber sicher nicht so klein, dass ...

»Ich hoffe nur, dass sie Barbet nicht entwischt«, bemerkt Émile.

Das schlägt dem Fass den Boden aus. Torrence ist sprachlos. Barbet entwischen, also wirklich! Als ob es je einer geschafft hätte, Barbet abzuhängen!

»Erinnerst du dich, was einen guten Obergefreiten ausmacht, Torrence?«, fragt Émile. »Er ist groß, kräftig und dumm. Also, wenn das so weitergeht, fürchte ich, dass du's bald bis zum Obergefreiten bringen wirst!«

»Was soll ich dazu sagen?«

»Nichts. Sag mir nur, was wir heute Morgen gemacht haben.«

»Die Versicherung hat heute Morgen um acht angerufen, damit wir uns …«

»Wie oft ist das in den letzten sechs Monaten vorgekommen?«

»Da muss ich in meinem Kalender nachsehen. Vielleicht zwölf- oder dreizehnmal …«

»Und was haben wir jedes Mal am Tatort gefunden?«

»Nichts.«

»Du meinst, wir haben jedes Mal einen ausgeraubten Juwelierladen vorgefunden. Jedes Mal die gleiche Methode. Ein Mann lässt sich am Abend zuvor in dem Gebäude einschließen. Ein Mann, der über Schlösser nur lachen kann, egal, wie ausgetüftelt sie auch sein mögen, und der von jeder Alarmanlage, die je erfunden wurde, weiß, wie man sie austrickst. Einer, der seinen Job sauber und fehlerlos erledigt. Welche Spuren hat er bis jetzt hinterlassen?«

Torrence wird rot wie ein Schuljunge, der seine Hausarbeiten nicht gemacht hat.

»Überhaupt keine Spuren.«

»Und was war heute Morgen im Juwelierladen in der Rue Tronchet?«

»Wir haben ein Taschentuch gefunden.«

»Sagt dir das nichts?«

Torrence gibt seinem Schreibtisch einen ordentlichen Faustschlag.

»Was bin ich doch für ein Esel! Ein verdammter Esel! Ein gottverdammter Esel!«

»Riechst du nichts?«

Torrence schnüffelt. Die breiten Nasenflügel dieses guten Essers schlagen die Luft wie die Flügel eines Vogels.

»Nein, ich rieche nichts.«

Zwei- oder dreimal hat Émile bereits einen besorgten Blick auf das Telefon geworfen.

»Ich hoffe nur, dass Barbet …«

Sechs Monate lang hat die Agence O mit leeren Händen dagestanden. Sechs Monate sind vergangen, seit sich die größte auf Schmuckversicherungen spezialisierte Versicherungsgesellschaft an die Agentur gewandt hat, weil die Polizei nichts erreicht hatte. Dreizehn Diebstähle in sechs Monaten. Ohne eine Spur. Ohne den kleinsten Anhaltspunkt.

Und heute Morgen … Torrence und der rothaarige Émile waren, die schwere Fotoausrüstung mit sich schleppend, zur selben Zeit am Tatort erschienen wie die Polizei. Vor dem Schaufenster des Juweliers hatte sich eine Menschentraube gebildet.

»Entschuldigung, Chef«, rief Émile. »Könnten Sie mir bitte mal helfen, einen neuen Film einzulegen?«

Torrence kam. Émile flüsterte ihm zu:

»Unter meinem Fuß … Ein Taschentuch … Sei vorsichtig.«

Torrence ließ etwas fallen, und während er sich bückte, um es aufzuheben, schnappte er sich das Taschentuch. Etwas später, als ihn niemand beobachtete, steckte er es in einen Umschlag, den er in seiner Tasche verschwinden ließ.

Wer könnte das gesehen haben? Vielleicht einer, der draußen in der Menge zwischen den zwei- oder dreihundert Schaulustigen stand.

Im Taxi, mit dem sie zurück in die Cité Bergère gefahren waren, hatten sie sich das Taschentuch angesehen. In der einen Ecke war ein Wäschereizeichen.

»Jetzt haben wir ihn«, hatte Émile gesagt. »Torrence, du fängst heute Mittag damit an, die Pariser Wäschereien abzuklappern ...«

Das Telefon klingelt.

»Hallo? Ja ... Wo? Im Quatre Sergeants? Nun, dann isst du eben auch zu Mittag, alter Junge. Was soll ich dir sonst sagen? Wenn du den Fehler machst, sie aus den Augen zu verlieren ...«

Dann erklärt er Torrence:

»Dein junges Fräulein aus La Rochelle sitzt jetzt im Restaurant Quatre Sergeants an der Bastille und hat gerade ihr Mittagessen bestellt ... Riechst du immer noch nichts?«

»Ich glaub, ich krieg eine Erkältung, Chef.«

»Aber das sollte dir nicht auch die Augen verstopfen ...«

Von dem gelben Umschlag auf dem Boden steigt eine dünne Rauchfahne auf. Torrence will sich auf ihn stürzen.

»Lass ihn einfach liegen, alter Junge«, sagte Émile. »Genau, was ich vermutet habe.«

»Sie wussten, dass der Umschlag anfangen würde zu brennen?«

»Wenn nicht, hätte sie keinen Grund gehabt, so hartnäckig darauf zu bestehen, dass du ihn im Safe einschließt.«

»Ich muss gestehen ...«

»... dass du nichts verstehst. Dabei ist es ganz leicht. Jemand hat gesehen, wie du das Taschentuch aufgehoben und in deine Tasche gesteckt hast. Jemand hat sofort begriffen, dass wir endlich einen Anhaltspunkt haben, und da der Ruf der Agence O ein recht bedeutender ist, hat jemand Angst bekommen. Wann sind wir ins Büro zurückgekommen, Torrence?«

»Um halb elf.«

»Und um elf kommt diese Denise hereinspaziert. Wo konnte das Taschentuch zu diesem Zeitpunkt sein? Entweder war es noch in deiner Tasche, oder du hast es auf den Schreibtisch gelegt oder, noch besser, da du ein vorsichtiger Mann bist, hast du es vorübergehend in den Safe gelegt. Sieh mal ...«

Jetzt züngelt eine kleine Flamme aus dem Umschlag, und dann, wenig später, ist er samt seines Inhalts verbrannt.

»Da hast du's! Hättest du den Umschlag im Safe liegen lassen, wären jetzt alle Unterlagen darin verbrannt. Ein kleiner Trick, den man schon als Chemiestudent lernt. Man tränkt Löschpapier mit irgendeiner chemischen Lösung, und in Verbindung mit Luft geht es nach einer gewissen Zeit in Flammen auf.

Während dir die junge Dame aus La Rochelle ihr Märchen aufgetischt hat und du darauf eingegangen bist, ist sie in deinem Büro auf und ab gegangen und hat jede Kleinigkeit aufgenommen.

Du hast den Safe aufgemacht, und sie hat sich vorgebeugt und direkt hineingeschaut. Den Umschlag mit dem Taschentuch hat sie nicht gesehen.

Also steckte es mit großer Wahrscheinlichkeit noch in deiner Tasche. Dann musste sie dir eben noch eine kleine Komödie vorspielen, die des erschöpften Fräuleins, das ohnmächtig wird und sich an die Schultern ihres netten, fetten Retters klammert.«

»So fett bin ich nun auch wieder nicht«, protestiert Torrence.

»Trotzdem ist es ihr gelungen, und während sie in deine Arme gesunken ist, hat sie sich das Taschentuch zurückgeholt, und wenn dieses Untier von Barbet sie unglücklicherweise verliert ...«

Er nimmt seinen Hut und Mantel.

»Ich gehe besser und kümmer mich selbst darum.«

»Wollen Sie mich dabeihaben, Chef?«, fragt der arme, eingeschüchterte Torrence mit der Haltung eines geprügelten Hundes.

Und doch wird er in der ganzen Welt als einer der größten Detektive angesehen.

II

Wo eine Traubenschere zweckentfremdet wird und wo einem Rumpunsch eine unerwartete Bedeutung zukommt

Alle Gäste sind gegangen, einer nach dem anderen. Das Restaurant ist praktisch leer. Jetzt riecht es nur noch nach abgestandenen Küchendünsten, Wein und Kaffee.

Drüben in einer Ecke nahe der Tür hat Émile Barbet abgelöst, nachdem sie gemeinsam zu Mittag gegessen haben; gut gegessen sogar, denn es gab Schnecken, und Émile hat zwei Dutzend verspeist. Unglaublich, was sich Émile, so lang und dünn, wie er ist, alles einverleiben kann – selbst die reichhaltigsten Speisen, die am schwersten zu verdauen sind und vor denen sogar der stärkste Magen zurückschreckt.

»Geh zurück ins Büro«, sagt er zu Barbet. »Sag dem Chef, dass ich noch nicht weiß, wann ich zurück sein werde.«

Hat er zu viel gegessen? Oder ist ihm die halbe Flasche Bordeaux in den Kopf gestiegen? Um sicherzugehen, bestellt er einen schwarzen Kaffee. Aber natürlich muss er dessen Wirkung mit einem Glas vom besten Cognac des Hauses abmildern.

Auf der anderen Seite des Raums hat die junge Frau

aus La Rochelle ein goldenes Zigarettenetui aus der Tasche gezogen und sich eine ägyptische Zigarette angesteckt. Über die leeren Tische zwischen ihnen hinweg sehen sie sich an. Auf dem Fußboden liegt immer noch etwas Sägemehl. Die Kellnerin hat mit dem Saubermachen angefangen; sie fegt den Boden und wechselt die Tischdecken. Aber die beiden sitzen ihr immer noch im Weg, und es ist bereits drei Uhr nachmittags.

Als Émile angekommen ist, hat er gar nicht erst irgendwelche Tricks versucht. Er ist direkt auf Barbet zugegangen, der in seiner Ecke saß und versucht hat, sich hinter einer Zeitung zu verstecken.

»In Ordnung!«, hat er gesagt. »Wie ist sie hergekommen?«

»Mit dem Taxi. Leider!«, hat Barbet geseufzt, denn wenn sie mit der Metro oder dem Bus gefahren oder nur ein kleines Stück gelaufen wäre, hätte er leicht herausfinden können, was sie in ihrer Tasche hat.

Unter anderem Namen, der der Polizei bestens bekannt ist, war Barbet früher als berühmter Taschendieb tätig. Er hatte sogar eine Art Schule in der Nähe der Porte Clignancourt in Montmartre, wo er eine Puppe mit Glöckchen benutzt hat, die die Schüler filzen mussten, ohne sie zum Klingeln zu bringen.

Aber jetzt ist er anständig geworden. Warum? Nun, das geht niemanden außer Émile und ihn etwas an.

»Hat sie irgendwelche Telefongespräche geführt? Hat sie jemanden getroffen?«

»Nein. Sie ist nur einmal zur Toilette gegangen. Ich

bin ihr bis zur Tür gefolgt. Aber anstandshalber musste ich ja draußen warten.«

Sie guckt zu den beiden rüber, und Émile ist sicher, dass sie ihn erkannt hat. Wenn man bedenkt, dass sie ihn im Büro in der Cité Bergère nur äußerst kurz gesehen hat, muss sie demnach heute Morgen in der Menge vor dem Juwelier gestanden haben.

Was soll's! Mit manchen Leuten hat es einfach keinen Sinn, Verstecken zu spielen.

»Du kannst gehen, Barbet.«

Jetzt sitzen sie und er allein im Restaurant, zwischen ihnen die gesamte Länge des Raums, und hin und wieder scheint es fast so, als lächelten sie sich an. So sehr, dass eine der Kellnerinnen, die allmählich ungeduldig wird, zu ihrer Kollegin sagt:

»Ich möchte gern mal wissen, warum die sich so anstellen. Sollen sie die Sache doch einfach anpacken, um Himmels willen! Früher oder später landen die eh zusammen im Hotel ...«

Um zehn nach drei fragt Émile mit der Art von Schüchternheit, die er in der Öffentlichkeit fast immer an den Tag legt, und mit einer übertriebenen Höflichkeit, die gut zu seinem Aussehen passt:

»Ach, bitte, Mademoiselle, könnte ich vielleicht noch einen Cognac bekommen?«

Auf der anderen Seite des Raums ruft die junge, angeblich aus La Rochelle stammende Frau ihrerseits:

»Würden Sie mir bitte ein paar Trauben bringen? Und einen Rumpunsch!«

»Angezündet?«

»Natürlich angezündet.«

Sie bekommt ihre Trauben mit einer leicht gebogenen Traubenschere. Die Kellnerin entfacht ein Streichholz, um den Rum anzuzünden, der eine dunkle Schicht im Glas bildet.

Dann zieht die Unbekannte, nachdem sie Émile einen langen Blick zugeworfen hat, demonstrativ ein Taschentuch aus ihrer Handtasche, schneidet mit der Traubenschere eine Ecke ab und lässt das Stückchen Stoff in den brennenden Alkohol fallen.

»Was machen Sie denn da?«, platzt es aus der Kellnerin heraus.

»Nichts. Nur ein altes Hausrezept.«

Dabei lächelt sie Émile einladend an. Émile steht auf und durchquert das Restaurant.

»Darf ich?«, fragt er.

»Bitte sehr«, antwortet sie. »Mademoiselle! Bringen Sie das Glas von Monsieur an meinen Tisch ...«

Und einen Moment später in der Küche grinst die Kellnerin über das ganze Gesicht.

»Was hab ich gesagt? Stellen sich dermaßen an! Und dann landen sie doch beieinander wie alle anderen auch. Jetzt aber mal los! Bloß raus hier! Sollen machen, was sie wollen, solange sie mir nicht beim Putzen im Weg rumsitzen ...«

»Ich glaube nicht, dass wir die Ehre hatten, einander vorgestellt zu werden?«, sagt sie.

Und während sie es sagt, bläst sie einen Mundvoll Rauch in sein Gesicht. Er seinerseits hat das Gesicht etwas zur Seite gedreht, aus Rücksichtnahme, denn er denkt an die zwei Dutzend Schnecken, die förmlich in Knoblauch schwammen.

»Es sei denn«, antwortet er, »Sie sind wirklich die Tochter des Notars aus La Rochelle.«

Sie lacht und entspannt sich. Was soll's! Auch ihr wird klar, dass sie es nicht länger mit Torrence zu tun hat und dass es zwecklos ist, weiter Spielchen zu treiben.

»Ist der Safe auch nicht zu sehr in Mitleidenschaft gezogen worden?«

»Der Umschlag wurde rechtzeitig entfernt.«

»Ist Ihr Chef, Torrence, darauf gekommen?«

»Monsieur Torrence«, antwortet er im Vortragston, als läse er es aus einer Werbebroschüre vor, »ist ein Mann, der alles sieht, alles weiß und an alles denkt.«

»Und trotzdem nicht helle genug ist, um zu merken, wenn seine Taschen geleert werden. Ich frage mich, ob nicht Sie irgendwo im Raum versteckt waren und derjenige sind, der ... Aber kommen wir zur Sache. Haben Sie vor, den ganzen Nachmittag hierzubleiben?«

»Ich bestehe nicht darauf ...«

»Legen wir also die Karten auf den Tisch ... Zuerst hat mich ihr bärtiger kleiner Kumpel beschattet. Dann haben Sie ihn abgelöst. Nach dem, was ich über die Agence O und ihre erfolgreich gelösten Fälle gehört habe, wäre es wohl kindisch zu glauben, dass ich Sie durch einen Hinterausgang oder durch Umsteigen in der Metro abhängen kann. Sie haben die erste Runde verloren, aber die zweite gewonnen.«

»Ich verstehe nicht ...«, stotterte er, die Unschuld in Person, ganz das Bild eines geohrfeigten Mannes.

»Sie hatten das Taschentuch. Ich hab's mir zurückgeholt. Zufälligerweise habe ich nichts dagegen, Ihnen zurückzugeben, was davon übrig ist. Das Wäschereizeichen hat sich in meinem Rumpunsch aufgelöst. Also, jetzt sind Sie an der Reihe, mich zu beschatten. Und deshalb kann ich nirgendwo hingehen. Was für ein Spaß!«

»Um ehrlich zu sein«, seufzt er, »finde ich das gar nicht so übel.«

»Sie vielleicht nicht«, sagt sie. »Mademoiselle! Die Rechnung bitte!«

»Beide zusammen?«

»Wie kommen Sie darauf? Der Monsieur kann seine selbst bezahlen.«

Was würde Torrence sagen, wenn er sie so sehen könnte! Nicht länger die junge Dame oder zumindest eine verdammt abgebrühte junge Dame. Dennoch hat sie eine gewisse Würde, etwas, das man bei Leuten, mit denen Polizisten und selbst Privatdetektive normalerweise zu tun haben, selten antrifft.

»Sind Sie manchmal gesprächiger?«, fragt sie.

»Niemals.«

»Schade. Wir halten die Kellnerinnen von ihrer Arbeit ab. Bezahlen Sie Ihre Rechnung, und dann lassen Sie uns gehen! Ich nehme an, die Richtung ist Ihnen egal? Unter diesen Umständen sollten wir zur Seine runterlaufen. Dort ist es ruhiger.«

Sie wissen nicht, dass ihre Kellnerin gerade eine Wette verloren hat. Sie hat geschworen, dass die beiden im erstbesten Stundenhotel in der Rue de la Bastille verschwinden würden. Stattdessen schlendern sie langsam den Boulevard Henri-IV hinunter.

»Sie möchten doch unbedingt wissen, wo ich hingehe, wo ich herkomme und für wen ich heute Morgen gearbeitet habe, stimmt's?«, fragt sie. »Das ist es doch, oder? Sie sind mir gefolgt, und Sie werden mir auch weiter hinterherschnüffeln. Und ich für meinen Teil bin fest entschlossen, Ihnen keinerlei Informationen zu geben. Mit anderen Worten: Ich werde nicht nach Hause gehen und keinen Kontakt zu Leuten aufnehmen, die ich kenne.«

Verärgert wendet sie sich zu ihm um und fährt ihn an: »Warum zum Teufel stecken Sie sich nicht endlich Ihre Zigarette an?«

»Verzeihen Sie ... Eine alte Angewohnheit ... Ich zünde sie nie an.«

Sie hatte gedacht, dass es mit ihm ein Leichtes sein würde, und dabei hat sie noch nie einen so leidenschaftslosen Typen getroffen wie diesen großen rothaarigen jungen Mann, der ihr mit einer derart außergewöhnlichen Entschlossenheit hinterherläuft.

»Aber warum behalten Sie sie dann im Mund?«

»Ich weiß nicht. Wenn es Sie wirklich stört ...«

»Warum geben Sie sich als Detektiv Torrence' Fotograf aus?«

»Wie bitte? Was meinen Sie damit?«

»Versuchen Sie nicht, mir was vorzumachen. Heute Morgen hatten Sie eine dicke Kamera um den Hals. Sie haben so getan, als würden Sie Fotos machen. Aber Sie haben vergessen, die Kappe von der Linse zu nehmen ...«

Er lächelt und gibt zu:
»Nicht schlecht ...«
»Was machen Sie in der Agence?«
»Ich arbeite dort.«
»Und höchstwahrscheinlich sind Sie unterbezahlt.«
»Woher wissen Sie das?«
»Sie tragen Anzüge von der Stange, die einlaufen, wenn es regnet.«
Sie haben die Île Saint-Louis erreicht. Sie seufzt.
»Ich frage mich, was ich mit Ihnen machen soll. Von der Tatsache, dass ich gerne meine Kleider wechseln würde, mal ganz abgesehen.«
»Das bezweifle ich nicht.«
»Warum sagen Sie, dass Sie es nicht bezweifeln?«
»Weil Sie das Kostüm in Eile angezogen haben, in letzter Minute, sodass Sie keine Zeit mehr hatten, die Falten aus den Ärmeln zu bügeln. Normalerweise kleiden Sie sich sorgfältiger, vornehmer vermutlich, denn Sie haben Ihre Strümpfe nicht gewechselt, und Sie tragen Strümpfe für hundertzehn Franc das Paar. Ein bisschen teuer für die Tochter eines Provinznotars.«
»Sind Sie vielleicht Strumpfexperte?«
Er senkt den Blick und wird rot.
»Wie dem auch sei«, sagt er, »Ihr Komplize oder Ihre Komplizen erwarten Sie und fangen an, sich Sorgen zu machen. Ich möchte gerne mal wissen, wie Sie denen mit mir auf den Fersen eine Nachricht zukommen lassen wollen. Sie müssen schließlich auch einen Platz zum Schlafen finden. Sie müssen ...«
»Schöne Aussichten!«

»Das wollte ich auch gerade sagen ...«

Gedankenverloren beobachten sie eine Kette von Lastkähnen, die ein Schlepper flussaufwärts zieht.

»Andererseits«, fährt Émile in seiner angeborenen Demut fort. »Wenn Sie nicht in Ihrem eigenen Bett schlafen, werden wir es morgen früh wissen.«

Sie schaudert, sieht ihn an und sagt:

»Erklären Sie mir das.«

»In Anbetracht des Stadiums, das wir inzwischen erreicht haben, wäre es taktlos von mir, diese Bitte abzuschlagen. Folgen Sie für einen Moment meinem Gedankengang. Wenn das Taschentuch, das während des Diebstahls im Juwelierladen verloren wurde, ein ausreichend schlagender Beweis war, um Sie zu dieser Tat heute Morgen zu veranlassen ...«

»Beeilen Sie sich! Es ist kalt hier draußen.«

»Ich wollte sagen, dass es zwei Arten von Wäschereizeichen gibt. Die für private Kunden; die sind nicht so kompromittierend. Aber moderne Wäschereien haben einen großen Kundenstamm. Darum benutzen sie für die Wäsche der großen Hotels besondere Zeichen ...«

»Das ist unsinnig!«, fällt sie ihm ins Wort.

»Trotzdem sind Sie blass geworden! Wie dem auch sei, ich nehme an, dass Sie und Ihr Komplize oder Ihre Komplizen in einem Hotel wohnen, wahrscheinlich in einem der größeren. Das Wäschereizeichen hätte uns auf Ihre Spur gebracht. Jetzt ist es nur noch Teil eines Punschs, den hoffentlich niemand trinken wird! Ich würde vorschlagen, wenn Sie nichts dagegen haben – es ist wegen der Schnecken, die ich gegessen habe –, in die kleine Bar dort zu gehen und an der Theke ein Bier zu trinken?« Sie folgt ihm herablassend.

»Zwei Bier vom Fass!«

»Das erklärt immer noch nicht, warum Sie, falls ich heute Nacht nicht in meinem Bett schlafe, wissen ...«

»Nun, Sie haben gesehen, dass ich meinen Kollegen weggeschickt habe.«

»Der, der so aussieht wie ein Hund auf Entenjagd?«

»Genau. Er und ein paar andere haben jetzt viel Arbeit vor sich. Morgen früh werden wir dann die Namen und Beschreibungen aller Frauen Ihrer Altersgruppe haben, die in Pariser Hotels registriert sind und die die Nacht nicht in ihrem Zimmer verbracht haben. Auf Ihr Wohl! Wirt, was schulde ich Ihnen?«

»Ich habe Ihnen vorhin eine Frage gestellt.«

»Haben Sie das? Ich erinnere mich nicht ...«

Sie laufen wieder den Fluss entlang.

»Was verdienen Sie in der Agence O? Was würden Sie sagen, wenn ...«

»Das hängt davon ab, wie viel Sie bei sich haben.«

Sie nimmt ihn beim Wort und öffnet ihre Handtasche. Sie sind an der Spitze der Insel angekommen, von der aus man oben Notre-Dame sehen kann. Der Nebel hat sich gelichtet.

»Wenn ich Ihnen ...«

Sie zählt die Scheine. Dreißig ... vierzig ...

»... fünfzigtausend Franc geben würde?«

Sie ist außer sich vor Freude. Auf keinen Fall kann dieser schlecht gekleidete junge Mann, der aussieht wie ein armer Angestellter, ein solches Vermögen ablehnen.

»Sie müssen nur die Metro verpassen, die ich nehmen werde ...«

»Aber dann«, antwortet er ruhig, »hätten Sie gar kein Geld mehr bei sich. Nein, bestimmt nicht! Fünfzigtausend Franc ist alles, was Sie in Ihrer Tasche haben. Und wenn Sie Ihren Komplizen nicht wiederfinden würden? Wenn er Angst bekommen und schon das Weite gesucht hätte?«

Sie kann sich ein leises Lächeln nicht verkneifen.

»Sie lehnen ab? Ist es nicht genug?«

»Es ist zu viel und nicht genug. Ich bin nicht gut im Rechnen. Die Arbeit gestern Nacht hat Ihnen Schmuck im Wert von achthunderttausend Franc eingebracht. Und letzten Monat in der Rue de la Paix zwei Millionen. Der Einbruch am Boulevard Poissonnière ...«

»Ich frage Sie zum letzten Mal. Ja oder nein?«

Daraufhin flüstert er, unbeholfen galant:

»Ich genieße Ihre Gesellschaft viel zu sehr.«

»Es wird Ihnen noch leidtun.«

Jetzt tut sie so, als beachtete sie ihn überhaupt nicht mehr. Sie überquert die Brücke und hält ein Taxi an. Ohne auf eine Einladung zu warten, steigt er gleich mit ein. Das Taxi hält vor einem Geschäft für Damenunterwäsche in der Rue Saint-Honoré.

»Ich kann mir kaum vorstellen, dass Sie ...«

»Oh, ich liebe feine Unterwäsche«, versichert er ihr.

Er folgt ihr von Abteilung zu Abteilung. Als sie zur Kasse gehen, fragt die Verkäuferin:

»Wohin sollen wir die Ware schicken?«

Und plötzlich kommt ihr eine Idee, und sie platzt heraus:

»Geben Sie alles dem Diener meines Mannes hier.«

Schuhe … Seidenstrümpfe … Hin und wieder wirft sie ihm einen ironischen Blick zu, aber er ist nicht das kleinste bisschen verunsichert und hält die Pakete gut fest, außer als er seine Brille putzen muss.

»Haben Sie noch immer nicht genug?«, fragt sie.

»Oh, das macht mir gar nichts aus. Nur, dass nicht alles ins Taxi passen wird.«

Fünf Uhr … sechs Uhr … Als der Taxifahrer an einer besonders verkehrsreichen Kreuzung warten soll, wirft er ihnen böse Blicke zu und folgt ihnen bis zur Ladentür.

»Welches Hotel? Tja, mal sehen … Hôtel du Louvre.«

Und dann, im Hotel angekommen, fragt sie nach einem Zimmer. Émile bleibt hinter ihr stehen.

»Doppelzimmer?«

»Nein. Ein Einzelzimmer. Nur für mich«, antwortet sie.

»Und für Monsieur?«

»Ich brauche keins«, stottert Émile.

Sie ist äußerst gereizt. Oben im Zimmer, wo sich die Pakete auf dem Bett türmen, bebt sie fast vor Wut.

»Wie lange soll das noch so weitergehen?«

»Ich glaube, es ist das Beste, wenn wir runter an die Bar gehen und einen Cocktail trinken. In diesem Hotel gibt es eine exzellente amerikanische Bar«, antwortet Émile.

»Oh, jetzt sind Sie Barexperte, was?«

»Ebenso sehr wie für Strümpfe, Madame Baxter.«

Das ist der Name, den sie an der Rezeption angegeben hat.

»Und ein noch größerer Experte, wenn es um Juwelendiebe geht. Sie machen wirklich einen Fehler, wenn Sie mich nicht auf einen Manhattan an die Bar begleiten.«

Fassungslos folgt sie ihm in die Bar. Es ist schwer, sich den zurückhaltenden Monsieur Émile in einer amerikanischen Bar vorzustellen, und doch scheint er sich dort absolut wohlzufühlen und belehrt sogar den Barmann über die Anteile für den Cocktail.

»Wie Sie wissen, meine kleine Dame ...«

»Ich verbiete Ihnen, mich ›meine kleine Dame‹ zu nennen.«

»Wie Sie wissen, meine liebe Freundin.«

Sie macht den Mund auf, um wieder zu protestieren, aber ihr ist klar, dass sie bei ihm nicht das letzte Wort haben wird. Selbst wenn man ihn ohrfeigte, bis er rot wäre wie ein Hummer, auf ihm herumtrampelte und ihn bösartig verfluchte, würde er niemals seine Gelassenheit oder seine eigenartige Selbstsicherheit verlieren; Letztere war umso eigenartiger, da sie mit dieser verblüffenden Bescheidenheit einherging.

»Sie sind jung ...«, fährt er fort.

»Und was ist mit Ihnen?«

»Ich? Wenn Sie wüssten! Wie auch immer. Sie haben sich den härtesten Beruf ausgesucht, der zwar oberflächlich betrachtet die größten Dividenden abwirft, ganz sicher sogar, wenn man an den Wert der Juwelen denkt.

Aber welches Risiko Sie dabei eingehen! Und abgesehen davon, was bekommt man schon für gestohlenen Schmuck, selbst bei den ehrlichsten Hehlern – wenn man sie so nennen kann? Es ist so ein harter Beruf, dass sich nur sehr wenige der seltenen Spezialisten darauf einlassen, und die Polizei kennt ihre Arbeitsweisen ...«

»Wollen Sie damit sagen, dass der Einbruch gestern Nacht ...«

»Der von gestern Nacht und die zwölf anderen, die ihm in den letzten Monaten hier in Paris vorangegangen sind ... Also, bis vor ein paar Tagen hätte ich schwören können, es wäre das Werk von Glatzenteddy ... Barkeeper! Noch mal das Gleiche, bitte!«

»Warum sagen Sie, dass Sie's bis vor ein paar Tagen hätten schwören können?«

»Weil ich ... Nein, entschuldigen Sie, weil mein Chef, Monsieur Torrence, der auf seine eigene Art ein sehr außergewöhnlicher Mann ist, so klug war, mit der New Yorker Polizei Kontakt aufzunehmen, und dabei herausgefunden hat, dass Glatzenteddy immer noch im Gefängnis sitzt. Die Nachricht hat uns erst gestern erreicht, aber es besteht kein Zweifel.«

»Haben Sie irgendeinen Beweis, dass ich nicht Glatzenteddy bin, oder seine Komplizin?«, spöttelt sie.

»Glatzenteddy, mein kleines Kind ...«

»Vorher haben Sie mich Ihre ›kleine Dame‹ genannt.«

»Ja, und es könnte vorkommen, dass ich Sie einfach nur ›Kleines‹ nenne! Und jetzt trinken Sie aus. Was ich sagen wollte, Glatzenteddy hat nie mit Komplizen zusammengearbeitet, weder männlich noch weiblich. Die wenigen erfolgreichen Juwelendiebe – diejenigen, die man als internationale Größen bezeichnen kann – haben immer alleine gearbeitet. Aber Glatzenteddy hat es mit dieser Regel bis zur Perfektion getrieben.«

Sie lacht eisig.

»Sie klingen wie ein Lehrer ...«

»Wie ein Dorfschullehrer, stimmt's?«

Manchmal ist sie sich nicht mehr ganz sicher. Er hat so eine komische Mischung aus Demut und Stolz an sich, aus Autorität und Bescheidenheit. Und sein Blick ...

»Was glauben Sie«, fragt er, »ist der gefährlichste Zeitpunkt für einen Juwelendieb?«

»Sie scheinen mehr darüber zu wissen als ich.«

»Wenn er den Schmuck verkauft. Alle wertvollen Juwelen haben eine Identität, eine Bezeichnung, mit der man sie, wohin auch immer, nachverfolgen kann. Deshalb hat sich Glatzenteddy auch nie mit Kleinkram abgegeben. Wenn er ein Ding dreht, dann im großen Stil. Drei oder vielleicht auch sechs Monate lang raubt er die Juwelierläden einer einzigen Stadt aus, sagen wir Paris, London, Buenos Aires oder Rom. Er leistet gute Arbeit, erledigt sie schnell und verfährt immer nach derselben Methode. Aber solange er sich in dem jeweiligen Land aufhält, nimmt er sich sehr genau davor in Acht, auch nur eins der gestohlenen Stücke dort an den Mann zu bringen.

Glatzenteddy ist auf seine Art ein Großhändler. Wie man so hört, hat er genug Kapital, um eine Weile auf der Ware sitzenzubleiben. Wenn er genug Beute gemacht hat, verschwindet er. Keine Spur mehr von ihm. Die internationalen Polizeikräfte warten vergeblich auf sein Wiederauftauchen.

Er tätigt seine Verkäufe weit weg, sagen wir auf einem anderen Kontinent, und viel, viel später. Dann hat er genug in der Hand, um ein paar Jahre friedlich zu leben. Ich möchte wetten, dass er irgendwo auf der Welt unter einem anderen Namen verehrt und respektiert wird, vielleicht sogar als Bürgermeister in seiner Stadt oder in seinem Dorf.

Und dann, wenn ihm das Geld langsam ausgeht, macht er Pläne für einen neuen Feldzug. Er nimmt sechs bis zwölf Monate Urlaub ...«

Émile kippt seinen Drink hinunter und bestellt noch einen.

»Also«, fährt er fort, »wenn die amerikanische Polizei mir – Pardon, ich meine natürlich meinem Chef, dem ehemaligen Inspektor Torrence – nicht garantiert hätte, dass sich Glatzenteddy momentan hinter Gittern befindet, nun, dann hätte ich für meinen Teil jedenfalls schwören können, dass ...«

In diesem Moment passiert etwas Ungewöhnliches. Die junge Dame legt ihre Hand auf seinen Arm und fragt ihn:

»Wer sind Sie eigentlich?«

»Meinen Sie nicht, dass ich Ihnen diese Frage stellen müsste? Sie wissen doch, dass ich nur ein Laufbursche der Agence O bin.«

»Also wenn alle Laufburschen so sind wie Sie, dann möchte ich gerne mal wissen, was der Chef für einer ist.«

»Ich auch.«

»Aber andererseits, wenn Sie der Chef sind, warum geben Sie sich dann als ...«

»Hören Sie, an dem Punkt, an dem wir jetzt angelangt sind – und ich habe inzwischen drei Manhattan getrunken, von den vier Cognacs im Quatre Sergeants und dem Bier in dem Café an der Île Saint-Louis ganz zu schweigen –, kann ich Ihnen genauso gut gestehen, dass es eben meine Methode ist. Wenn ich Sie heute morgen befragt hätte ...«

»Wäre ich auf der Hut gewesen ...«

»Vielleicht. Oder andersherum, ich wäre auf der Hut gewesen. Wie Sie wissen, bin ich wirklich sehr schüchtern, und ...«

»Und ich versuche, Sie mit fünfzigtausend Franc zu kaufen!«

»Haben Sie irgendeine Idee, wo wir zu Abend essen könnten? Ich habe gesehen, dass Sie ein Abendkleid gekauft haben. Über Ihre Figur können Sie sich wirklich glücklich schätzen. Aber wenn wir uns fein machen, muss ich Sie mit zu mir nach Hause nehmen, und Sie müssen dann mit meiner Mutter warten, bis ich ...«

»Sagen Sie, Monsieur Émile ...«

»Was?«

»Wenn Sie könnten, würden Sie mich dann festnehmen?«

Die Unterlippe der jungen Dame zittert. Sie fühlt sich schön. Zwischen den Flaschen hindurch kann sie sich im Spiegel hinter der Bar sehen. Ihre Augen glänzen, ihre Lippen beben. Und zeigt ihr Begleiter, der neben ihr sitzt, nicht sogar ein bisschen Interesse an ihr?

Sie erwartet seine Antwort, ihre Finger haben sich verkrampft. Und die Antwort kommt prompt wie ein Schlag ins Gesicht.

»Ohne mit der Wimper zu zucken.«

»Haben Sie denn überhaupt kein Herz?«

»Mein Vater, Mademoiselle, wurde umgebracht, und zwar von ... Ach, vergessen Sie's, das ist nicht die Art von Geschichte, die man in so einem Rahmen erzählt. Aber ich möchte noch was hinzufügen, wenn es Sie davon abhält, eine Dummheit zu begehen. Falls Sie vorhaben, mich abzuschütteln, hätte ich keine Bedenken, Sie ins Bein zu schießen – und in ein sehr schönes obendrein. So sehr bin ich davon überzeugt, dass Sie in die Einbrüche verwickelt sind, die ...«

»Schwein!«, faucht sie und tritt ihm gegen das Schienbein.

»Und jetzt«, fragt er, »ziehen wir uns zum Abendessen um, oder nicht? Soll ich meine Mutter anrufen, damit sie meinen Smoking zurechtlegt, oder ...«

»Sie haben doch sicher nicht vor, in meinem Zimmer zu bleiben, während ich mich umziehe.«

»Unglücklicherweise habe ich genau das vor. Aber wenn Sie es wünschen, können Sie mich hinter einen Paravent in die Ecke neben der Tür verbannen.«

Fünf Minuten später befinden sie sich im Hotelfahrstuhl auf dem Weg nach oben zur Suite 125.

III

*Wo Torrence eine Entdeckung macht
und eine junge Dame plötzlich so
gesprächig wird, wie es sich ein
Detektiv nur wünschen kann*

Maman, sei bitte so gut und behalte die Mademoiselle im Auge, während ich mich umziehe«, sagt Émile. »Und pass auf, dass Sie nicht rausgeht oder mit jemandem spricht, mit wem auch immer ...«

Es ist eine gemütliche Wohnung am Boulevard Raspail und so bürgerlich, wie man es sich nur vorstellen kann. Émiles Mutter ist so klein, wie er groß ist, und mit Sicherheit war ihr jetzt ergrautes Haar niemals rot.

Als ob es das Natürlichste auf der Welt wäre, hat er ihr seine Waffe in die Hand gedrückt. Sie verhält sich, als hätte sie es gar nicht bemerkt. Sie lächelt ihre Besucherin an und behandelt sie mit äußerster Höflichkeit, ohne auch nur einen Funken Ironie.

»Nehmen Sie bitte Platz, Mademoiselle. Darf ich Ihnen etwas zu trinken anbieten? So, Sie sind also eine Freundin von Émile ...«

Fünf Minuten später ist er fertig, küsst seine Mutter auf beide Wangen, nimmt ihr die Waffe wieder ab und steckt sie in die Tasche.

»Wenn Sie bereit sind, können wir gehen«, sagt er.

Wenig später betreten sie das Pélican in der Rue de Clichy, wo zwischen den Tischen bereits einige Paare zu den Klängen einer kubanischen Band tanzen. Émile hat seine Schüchternheit nicht abgelegt, dennoch bestellt er das Essen wie ein Connaisseur.

»Würden Sie den Herrn dort drüben bitte zu mir herüberbitten?«, fragt er den Kellner.

Der Herr ist Torrence, der, ebenfalls im Smoking, mit übermäßig gestärkter Hemdbrust und knallrotem Kopf an einem kleinen Tisch auf der anderen Seite der Tanzfläche sitzt.

»Wenn Sie mich bitte entschuldigen würden, Mademoiselle«, sagt Émile und steht auf, ohne sie jedoch aus den Augen zu lassen. Er und Torrence bleiben ein paar Schritte von ihr entfernt stehen.

»Ich habe deine Anweisungen befolgt«, berichtet ihm Torrence. »Ich habe mit den besseren Hotels angefangen, die nicht zu luxuriös wirkten. Ich habe allen Portiers das Bild unserer Mademoiselle gezeigt …

Im sechsten Hotel, dem Majestic in der Avenue Friedland, haben sie recht überrascht reagiert.

›Ich dachte, sie wäre oben in ihrem Zimmer‹, hat der Mann an der Rezeption gesagt.

Er hat oben angerufen.

›Komisch!‹, hat er gesagt. ›Jetzt merke ich gerade, dass ihr Bruder auch ausgegangen ist. Er müsste aber jede Minute zurückkommen.‹«

Und Torrence fährt fort:

»Ich habe ihn gebeten, das gesamte Personal des Stockwerks zu versammeln. Das Paar hat sich als Dolly und James Morrison aus Philadelphia eingetragen. Die Frau wohnt in Zimmer 45, der junge Mann in Zimmer 47. Dazwischen gibt es eine Verbindungstür. Soweit ich rausfinden konnte, hat James Morrison recht unregelmäßige Gewohnheiten, gestern Nacht hat er nicht im Hotel geschlafen, und seitdem haben sie ihn auch nicht mehr gesehen.«

»Irgendwelches Gepäck?«, fragt Émile.

»Ich habe mich nicht getraut, vor dem ganzen Stab danach zu fragen. Also hab ich Zimmer 43 genommen und ihnen gesagt, ich hätte meinen persönlichen Kammerdiener dabei.«

Mit einem Augenzwinkern gibt Torrence zu erkennen, dass der besagte Diener kein anderer ist als der struppige Barbet und dass dieser im Moment wahrscheinlich damit beschäftigt ist, die benachbarten Zimmer zu durchstöbern.

»Sobald du etwas hörst, lass es mich wissen«, sagt Émile. »Hier oder woanders. Wenn wir das Pélican verlassen, hinterlasse ich eine Nachricht.«

»Entschuldigen Sie, Mademoiselle Morrison«, sagt er, als er an den Tisch zurückkehrt. »Wie Sie sehen konnten, musste ich meinem Chef ein paar Instruktionen geben. Ist der Kaviar wenigstens frisch?«

Sie scheint von dem, was er gerade herausgefunden hat, nicht sonderlich beeindruckt zu sein. Allerdings reißt sie die Augen auf, als er hinzufügt:

»Torrence verspricht sich ein aufschlussreiches Gespräch mit Ihrem Bruder James heute Abend …«

»Tut er das?«

»In diesem Augenblick hat einer unserer Freunde James im Schlepptau. Torrence wird zu ihnen stoßen, und ich bin überzeugt, dass uns Ihr Bruder bereitwillig einige Erklärungen geben wird …«

Sie sieht auf ihren Teller.

»Armer Jim!«, sagt sie seufzend.

»Es könnte tatsächlich unangenehm für ihn werden. Noch ein wenig Kaviar? Etwas Zitrone?«

»Hören Sie, Monsieur Émile.«

Sie ist nervös und gereizt.

»Ich hätte nicht gedacht, dass Sie so schnell vorankommen … Ich verstehe nicht, wie mein Bruder so unvorsichtig sein konnte und … Aber lassen Sie mich Ihnen zuerst eine Frage stellen. Was haben Sie eigentlich mit diesem Fall zu tun?«

»Eine der größten Versicherungsgesellschaften, die schon seit Langem zu unserer Kundschaft gehört, hat uns beauftragt, den Schmuck zurückzuholen, der bei den dreizehn Einbrüchen der vergangenen Monate entwendet wurde.«

»Das ist alles?«

»Wie meinen Sie das?«

»Ich meine, dass Sie, da Sie nicht zur Polizei gehören, auch nicht verpflichtet sind, ihr den Täter auszuliefern, oder?«

Weder die Paare, die an ihrem Tisch vorbeitanzen, noch die anderen, die an ihren Tischen sitzen, können den Inhalt dieses Gesprächs erahnen, das mit gespitzten Lippen fortgeführt wird.

»Mein Bruder ist ein Dummkopf«, sagt die junge Frau. »Ich war sicher, dass er uns früher oder später in eine solche Situation bringen würde. Erst heute Morgen. Ich musste es selbst in die Hand nehmen, das markierte Taschentuch zurückzubekommen.«

»Wie wär's mit einem Tanz?«, fragt Émile, sehr zur Überraschung seiner Begleiterin.

Aber noch überraschender ist die Tatsache, dass er ein ganz ausgezeichneter Tänzer ist. Sie setzen ihre Unterhaltung auf der Tanzfläche fort, die in orangerotes Scheinwerferlicht getaucht ist, und das Mädchen hat das Gefühl, dass ihr Begleiter sie beharrlicher an sich drückt, als es die Umstände erfordern.

»Sie waren gar nicht so sehr auf dem Holzweg, Monsieur Émile, als Sie vorhin von Glatzenteddy geredet haben. Sie dachten, dass Sie seine Vorgehensweise hinter den Einbrüchen erkannt hätten, und das hat auch einen guten Grund. Ich bin Glatzenteddys Tochter. James ist mein Zwillingsbruder. Bis jetzt hat uns unser Vater immer aus seinen Geschäften rausgehalten.«

Sie setzen sich wieder an ihren Tisch, und der Kellner serviert ihnen Champagner.

»Es ist nicht wichtig, wo wir gelebt haben. Aber Sie müssen wissen, dass Jim und ich wie Kinder aus sehr gutem Hause aufgewachsen sind und gelebt haben. Vor Kurzem ist unser Vater in den Staaten verhaftet worden. Das war das erste Mal, dass die Polizei es geschafft hat, ihn zu schnappen. Und das auch nur durch eine seltsame Folge von Zufällen. Jim und ich dachten, wenn wir nur genug Geld zusammenkriegen würden, könnten wir ihn vielleicht aus dem Gefängnis holen. Also sind wir nach Paris gekommen und ...«

»Und sind in die Fußstapfen Ihres Vaters getreten«, beendet Émile ihren Satz.

Sie lächelt schwach.

»Sie sehen ja, dass wir im Grunde nicht damit durchgekommen sind. Jim musste ja bei dem letzten Einbruch sein Taschentuch verlieren. Ich habe Sie durchs Schaufenster gesehen. Ich wollte ...«

Ihre Augen sind feucht geworden. Ihre Lippen zittern ein bisschen, und sie trinkt einen Schluck Champagner.

»Ich nehme es Ihnen ja gar nicht übel«, fährt sie fort. »Jeder von uns macht schließlich nur seine Arbeit, richtig? Was mir Angst macht, ist der Gedanke, dass Jim ins Gefängnis kommt. Er ist ein so sensibler Junge. Als wir noch Kinder waren, war ich immer die Stärkere von uns beiden, und er war mehr wie ein Mädchen. Wie bitte?«

»Nichts. Ich habe nichts gesagt.«

»Deswegen habe ich Ihnen vorhin die Frage nach der Polizei gestellt. Selbst wenn man ihn wirklich verhaften würde, könnte Jim Ihnen gar nicht sagen, wo die Juwelen sind, denn es war meine Aufgabe, sie zu verstecken. Wenn Sie mir versprechen, ihn laufen zu lassen, gebe ich sie Ihnen zurück. Sie haben Ihren Auftrag erfüllt, und ich verspreche Ihnen, dass Jim und ich noch heute Nacht das Land verlassen ...«

Sie hat ihre Hand über den Tisch gestreckt und berührt Émiles.

»Seien Sie nett«, flüstert sie mit einem einnehmenden schiefen Lächeln.

Er zieht seine Hand nicht weg. Er ist verlegen, und wie immer in solchen Situationen fängt er an, langsam und gründlich seine Brille zu putzen.

»Sind die Juwelen im Majestic?«, fragt er, nachdem er sich geräuspert hat.

»Sie reden nicht um den heißen Brei herum, was? Wenn ich Ihnen antworte, woher soll ich dann wissen, dass Sie Ihr Versprechen halten?«

»Verzeihung, aber bis jetzt habe ich noch nichts versprochen.«

»Lehnen Sie also ab? Glauben Sie, dass Sie Jim zum Reden bringen? Sie kennen ihn nicht. Er ist dickköpfiger und sturer als eine Frau und ... Wie spät ist es eigentlich?«

»Halb zwölf ...«

Aber, aber! Warum wirkt es, als steigerte sich dadurch ihre Nervosität? Könnte es der Zeitpunkt sein, zu dem ihr Bruder James ins Majestic zurückkommen sollte, oder ...

»Noch ein Tanz?«, fragt er.

»Nein danke. Ich bin langsam ein bisschen müde. Abgesehen davon, dass ich mir Sorgen um meinen Bruder mache und dass ... Schenken Sie mir noch ein Glas Champagner ein?«

Ihre Hand zittert nervös. Émile hält die Flasche in der Hand und beugt sich über den Tisch. Das Letzte, was er sieht, sind ihre Augen, denen er jetzt sehr nahe ist, und es scheint, als funkelten sie ironisch.

Er hat keine Zeit, lange darüber nachzudenken. Genau in diesem Moment ist der Raum stockdunkel. Man kann die Kellner herumhuschen hören. Paare stoßen zusammen und lachen.

»Bewegen Sie sich nicht, Mesdames, Messieurs. Nur einen Moment Geduld, bitte. Eine Sicherung ist rausgesprungen …«

Émile versucht, seine Begleiterin festzuhalten, aber seine Hände greifen ins Leere. Er steht auf und geht geradeaus in Richtung der Tür und der Treppe, aber die Leute versperren ihm den Weg, und als er sie zur Seite schieben will, protestieren sie.

»Was glaubt der denn, wo er hinläuft?«

»Was für ein Rüpel!«

Die Lichter gehen wieder an. Dolly ist nirgendwo zu sehen. Aber heißt sie denn überhaupt Dolly? Oder Denise? Oder ganz anders? Émile geht nach unten zur Garderobe.

»Haben Sie vielleicht eine junge Frau gesehen, die …«

»Die, die gerade nach draußen gegangen ist, weil ihr nicht gut war? Ich wollte ihr ihren Mantel geben, aber sie hat gesagt, dass sie nur kurz Luft schnappen will.«

Natürlich auch draußen keine Spur von Denise-Dolly. Émile steht ohne Hut und im Smoking auf dem leer gefegten Gehweg unter der Leuchtreklame des Casino de Paris, als ein Taxi vorfährt. Torrence steigt aus.

»Wo ist er hin?«, fragt Torrence.

Émile runzelt die Stirn. Er fragt sich, ob Torrence …

»Hast du ihn entwischen lassen, Chef? Stell dir vor, was wir rausgefunden haben, als wir das Gepäck durchsucht haben: Bruder und Schwester sind ein und dieselbe Person! Offensichtlich ein Mann!«

»Oder eine Frau«, entgegnet Émile.

»Auf jeden Fall eine ziemlich heiße Sache.«

»Das kommt davon, wenn man Zurückhaltung übt«, seufzt der rothaarige junge Mann. »Während sie sich im Hotel umgezogen hat, hab ich die meiste Zeit hinter einem Paravent gestanden. So hatte sie die Gelegenheit, eine Nachricht zu schreiben. Als wir im Pélican ankamen, muss sie dem Maître oder einem der Kellner den Zettel zugesteckt haben, vermutlich mit einem dicken Schein.

Bitte machen Sie um Punkt halb zwölf für einen Moment alle Lichter aus.

Und zu dem Zeitpunkt hat sie mich auch gebeten, ihr noch etwas Champagner einzuschenken, damit ich eine Flasche in der Hand hatte.«

Torrence sagt nichts. Vielleicht macht es ihn gar nicht so unglücklich, zu sehen, dass selbst sein merkwürdiger Chef auf so einen simplen Trick hereinfallen kann. Nach langem Zögern traut er sich zu fragen:

»Bist du sicher, dass sie dir nichts aus den Taschen geklaut hat?«

IV

*Wo Torrence über die Untätigkeit seines
Chefs entsetzt ist und Letzterer endlich
doch noch ein paar Anweisungen gibt*

Drei Uhr morgens in der Cité Bergère. Torrence hat auf dem Elektrokocher Wasser heiß gemacht und bereitet Kaffee zu. Émile hat sich auf einer schmalen Couch ausgestreckt und starrt an die Decke.

»Was ich nicht verstehe, falls es dich interessiert, wie ich darüber denke«, sagt Torrence schließlich, »ist, dass du nicht mal ins Majestic rübergehst, um nachzusehen. Ich gebe zu, dass Barbet selten irgendeinen Hinweis übersieht. Und habe selbst alles noch mal überprüft ...«

Émile reagiert nicht. Schwer zu sagen, ob er Torrence' Stimme überhaupt hört. Es sieht eher nicht danach aus.

»Kurz und gut, wie ist die Lage? Wir wissen nur, dass der Einbrecher, ob Mann oder Frau ...«

»Frau«, fällt Émile ihm trübselig ins Wort.

Er hält es für unangebracht hinzuzufügen, dass er sie, als sie ein paar Stunden zuvor miteinander getanzt haben, so fest an sich gedrückt hat, dass er an ihrer Weiblichkeit keine Zweifel hegt.

»Meinetwegen. Also wie ich schon sagte, wir haben den Beweis, dass die Einbrüche von einer Frau begangen wurden und dass sich diese Frau unter den Namen

Dolly Morrison und James Morrison im Hotel Majestic eingetragen hat, was wohl recht praktisch war. Denn so konnte sie mal als junge Frau, mal als junger Mann auftreten. In einem Hotel von der Größe des Majestic wäre es kaum jemandem aufgefallen, dass sie nie zusammen gesehen wurden. Und was die Frage betrifft, ob sie nun wirklich Glatzenteddys Tochter ist … Wer immer sie auch ist, sie ist uns entwischt. Bleibt nur noch eine Frage, die einzige, die überhaupt noch zählt: Wo hat sie die Juwelen versteckt? Denn wir können sicher sein, dass sie dort auftauchen wird, wo sich der Schmuck befindet. Das Majestic wird überwacht. Wir haben in keinem der beiden Zimmer etwas gefunden. Und sie hat auch nichts in einem der Hotelsafes deponiert.«

Émile meldet sich mit verträumter Stimme:

»Für einen Polizisten bist du wirklich gesprächig, Torrence!«

»Und du bist wirklich apathisch! Ich frage mich allmählich, ob dir klar ist, dass uns die Zeit davonläuft. Sicher, ich habe der Polizei ein Bild von unserer süßen kleinen Gangsterbraut gegeben, und im Augenblick beobachten die jeden Bahnhof und jeden Hafen.«

»Hör mal, Torrence, wenn du nicht deine Klappe hältst, gehe ich raus und lege mich auf den Treppenabsatz.«

Nun, mal sehen … Wenn also … Wegen Torrence' Geschwätzigkeit muss Émile mit seinen Überlegungen von vorne anfangen. Wenn also diese Frau dreizehn Einbrüche begangen hat, wenn sie sich zwei Zimmer in einem großen Pariser Hotel leisten kann, wenn noch keins der

Schmuckstücke verkauft wurde, wenn sich die Juwelen offensichtlich nicht im Hotel befinden ...

»Gibst du mir bitte eine Tasse Kaffee, Torrence?«

Was hat Glatzenteddy in so einem Fall gemacht? Wir wissen es nicht, denn er hat nie mit jemandem über seine Methode gesprochen. Aber zumindest von einer Sache ist Émile überzeugt: Das Mädchen hat nicht gelogen. Sie ist wirklich Glatzenteddys Tochter. Und es ist durchaus möglich, dass sie diese Einbrüche begangen hat, um ihren Vater aus dem Gefängnis freizukaufen.

Das ergibt alles einen Sinn. Es klingt nach der Wahrheit ...

Gut! Sie ist also in Paris. Erfolgreich dreht sie ihr erstes Ding auf dem Boulevard de Strasbourg. Dann folgt ein Einbruch dem anderen, fast wöchentlich.

Was macht sie mit ihrer Beute? Das ist die Hauptfrage. Was macht sie mit den Juwelen, bis sie genug zusammen hat, um ins Ausland zu reisen und sie dort zu verkaufen?

Als wäre er den Gedankengängen seines Chefs gefolgt, ruft Torrence, während er eine zweite Kanne Kaffee macht:

»Sie muss irgendwo in Paris noch einen Unterschlupf haben.«

»Ich wette dagegen.«

Warum? Erstens, weil sie zu klug dafür ist. Und zweitens, weil sie genauso verfährt wie ihr Vater, der während seiner langen Karriere nur einmal geschnappt wurde, und weil sie diese Arbeitsweise durch äußerste Sorgfältigkeit perfektioniert.

Abgesehen davon hat die Polizei, obwohl Glatzenteddy jetzt schon seit einigen Monaten sitzt, noch nicht eins der gestohlenen Schmuckstücke gefunden!

Außerdem haben sie in ihrem Zimmer im Majestic einen Koffer mit einem Geheimfach voller Diebeswerkzeug entdeckt. Wenn das Mädchen tatsächlich noch eine zweite Unterkunft in Paris bewohnen würde, hätte sie diese kompromittierende Ausrüstung wahrscheinlich dort aufgehoben.

»Hättest du was dagegen, dich hinzusetzen, anstatt wie ein Bär im Zirkus auf und ab zu tänzeln?«

»Ich versuche nur, nicht einzuschlafen«, murrt Torrence. »Wenn wir schon die ganze Nacht hier rumsitzen müssen ...«

Also, fangen wir noch mal ganz von vorne an. Diesmal macht sich Émile seine Gedanken in der ersten Person. Er versucht sich in die junge Frau hineinzuversetzen. Er wird zum Juwelendieb. Er hat gerade erfolgreich sein erstes Ding gedreht. Er hat die Juwelen in seiner Tasche, sie sind nicht sehr schwer. Er hat nur die wertvollsten Stücke genommen, vorzugsweise Diamanten ...

Was wird er mit ihnen machen?

Eine tiefe Falte zieht sich über seine Stirn. Wie besessen starrt er immer noch auf denselben Punkt an der Decke.

Notgedrungen müssen die Juwelen für Wochen oder sogar Monate an einem sicheren Ort bleiben ...

Für den Fall, dass ich verhaftet oder verfolgt werde oder mein Aufenthaltsort entdeckt wird ...

Er spürt, dass er der Wahrheit näher kommt. Verflucht! Ob sie verdächtigt wird, ob man sie verfolgt, ob ihr Gepäck mag durchsucht werden – alles, was zählt, ist, dass niemals ein Beweis gegen sie gefunden wird.

»Hast du's jetzt begriffen, mein kleiner Torrence?«

Der kleine Torrence von einem Meter achtzig sieht seinen schmalen Chef mit geweiteten Augen an.

»Was soll ich begriffen haben?«

»Wie viele Postämter gibt es hier in Paris?«

»Ich weiß nicht. Vielleicht hundert.«

»Wie spät ist es?«

»Halb fünf.«

»Würde es dir was ausmachen, den Chef der Kriminalpolizei zu wecken? Du weißt, dass er einem ehemaligen Mitarbeiter von Kommissar Maigret keine Bitte abschlagen würde. Bitte ihn, uns später für eine Stunde so viele Männer auszuleihen, wie er entbehren kann. Du kannst dir vorstellen, wie wichtig es ist, dass das sofort geschieht. Die Postämter machen um acht Uhr auf, richtig? Also an jedem Postamt … Hast du es jetzt begriffen? Gib jedem Mann ein Foto, nur vom Gesicht, nicht von der Kleidung. Nein, keinen Kaffee mehr, danke! So, ich werde in der Zwischenzeit ein wenig die Augen zumachen …«

Paris wird langsam lebendig. Der Nebel hat sich verflüssigt und fällt als eiskalter Nieselregen herab. Die Straßen scheinen von Glanzlack überzogen. In dem Moment erscheinen bei allen Postämtern, die gerade erst aufmachen, noch verschlafene und missmutige Männer.

»Kriminalpolizei. Können Sie mir sagen, ob vor Kurzem eine Person, die dieser hier ähnlich sieht ...«

Émile schnarcht. Man kann sich kaum vorstellen, dass ein so dünner junger Mann so geräuschvoll schläft. Es ist kurz vor neun, als Torrence ihn weckt.

»Chef! Chef!«

»Wo?«, fragt Émile, sofort im Vollbesitz seiner Sinne.

»Dunkerque ... Hôtel Franco-Belge.«

»Das Telefon! Schnell!«

»Das Hotel?«

»Ja, das Hotel. Und auch die Polizei von Dunkerque. Beeil dich!«

Sie haben beide noch ihren Smoking von letzter Nacht an. Die Hemden leuchten nicht mehr so frisch, und beiden sind Bartstoppeln gewachsen. Darüber hinaus hat Torrence fast überall seine Pfeifenasche verstreut. Das Büro riecht wie am Morgen nach einer Party, und schmutzige Tassen und Croissantreste sind über die Schreibtische verteilt.

»Hallo, Vermittlung, würden Sie mich bitte mit der Nummer 180 in Dunkerque verbinden? Und gleich danach mit der Nummer 243 ... Ja, es ist wichtig ... Eine offizielle Angelegenheit.«

Émile ist wieder in sein kleines Büro gegangen. Er hat es wirklich mit Verzeichnissen. Dunkerque ... Es war halb zwölf, als sie das Pélican verlassen hat. Gut. Vor halb sieben gibt es keinen Zug nach Dunkerque.

Und wenn sie das Auto genommen hat? Er zählt die Kilometer auf der Straßenkarte und überschlägt es im Kopf ...

Das Telefon klingelt.

»Chef! Das Hôtel Franco-Belge.«

»Hallo? Spreche ich mit dem Hoteldirektor? Der Direktor ist nicht da, sagen Sie? Sie sind die Rezeptionistin? Hier spricht die Polizei …«

Nicht nötig, zu sagen, dass es nur eine Privatdetektei ist.

»Hören Sie, Madame, in den letzten paar Wochen müssen Sie mehrere kleine Päckchen für einen Gast erhalten haben, Madame Olry … Stimmt das?«

Die Rezeptionistin wiederholt den Namen.

»Madame Olry? Warten Sie, ich frage nach. Ich hab mit der Post nichts zu tun … Jean! Ist irgendwelche Post für eine Madame Olry gekommen? Wie bitte? Ja, Monsieur, es stimmt. Die Dame hat uns anscheinend irgendwo aus dem Ausland geschrieben und uns gebeten, ihre Post für sie aufzuheben … Jean! Woher kommt die Post für die Dame? Nur einen Moment, Monsieur … Wie bitte, Jean? Aus Bern in der Schweiz?«

Und dann kommt ihre Stimme lauter durch das Telefon.

»Aus Bern, Monsieur. Anscheinend sind hier mehrere kleine Päckchen für sie angekommen. Einen Moment bitte, Madame … Jean, kümmerst du dich bitte mal um Madame?«

War es Intuition? Émile wird blass.

»Bitte legen Sie nicht auf, Madame! Madame! Sagen Sie, haben Sie nicht eben mit einer Frau gesprochen, die in Ihr Hotel gekommen ist?«

»Ja, Monsieur.«

»Ist die Frau mit einem Auto gekommen?«

»Einen Moment. Ich seh mal nach ... Ja, Monsieur, vor der Tür steht ein Auto. Ein Taxi aus Paris ...«

»Bitte sprechen Sie nicht so laut, um Himmels willen! Und sprechen Sie nicht so viel! Hören Sie nur zu, was ich Ihnen jetzt sage. Sie dürfen die Frau auf keinen Fall gehen lassen. Sie wird Sie wahrscheinlich nach der Post für Madame Olry fragen. Sie müssen unbedingt ...«

»Sie glauben, dass das Madame Olry ist?«

»Dumme Kuh!«, ruft Émile wutentbrannt.

Die ahnungslose Rezeptionistin tappt mitten in den Fettnapf, als wäre es das Natürlichste auf der Welt. Selbstverständlich wendet sie sich sofort zu der Frau um und fragt:

»Sie sind Madame Olry, nicht wahr? Ich hab hier jemanden am Telefon, der ...«

»Halten Sie um Himmels willen den Mund!«

»Was? Ich kann Sie nicht verstehen?«

»Verdammt! Was macht die Dame jetzt?«

»Warten Sie. Ich rufe sie zurück. Madame! Hören Sie, Madame! Was in aller Welt ... Jean, lauf der Dame nach und frag sie, ob sie ... Hallo? Sind Sie noch da? Können Sie sich das vorstellen? Die Dame ist wieder ins Auto gestiegen ... Ja, Jean? Das Taxi ist abgefahren, sagst du? Hallo? Das Taxi ist wieder abgefahren, Monsieur. Sagen Sie mir, was ich jetzt tun muss. Was ist, wenn jemand die Päckchen abholen will?«

»Wo sind sie?«

»Ich weiß nicht. Wahrscheinlich in der Schreibtischschublade, wo wir die Post für unsere Gäste aufheben. Wir kriegen eine Menge davon.«

»Madame, Sie müssen diese Päckchen sofort in Ihrem Safe einschließen. Sie dürfen sie niemandem aushändigen. Wenn die Dame zurückkommt ... Aber das ist wohl kaum zu befürchten. Nach dem, was sie gehört hat, ist das nicht sehr wahrscheinlich. Nein, sie wird sicher nicht zurückkommen, Madame. Auf Wiederhören, Madame.«

Als er auflegt, funkeln seine Augen wild. Er wischt sich über die Stirn und lässt sich auf einen Stuhl fallen.

»Wenn ich diese Idiotin von Rezeptionistin in die Finger kriege!« Und Torrence, der von alldem nichts mitbekommen hat, fragt:

»Was ist denn los?«

»Wir hatten sie schon in der Falle! Während ich am Telefon war, stand sie in der Hotellobby. Sie war gerade aus Paris gekommen, mit einem Taxi! Noch ein paar Sekunden mehr, und sie hätte die Päckchen verlangt, die dort für sie lagen. Wir hätten nur noch dafür sorgen müssen, dass in dem Moment die Polizei reinkommt und sie festnimmt. Ich wusste, dass ich nicht auf dem Holzweg war, ich konnte mich unmöglich geirrt haben. Es musste einfach ein Hotel in der Nähe der Grenze sein. Verstehst du, Torrence? Es ist ganz simpel. Nach jedem Einbruch sind die Juwelen einfach in kleinen Päckchen abgeschickt worden, adressiert an eine Madame Olry, und nicht mal per Einschreiben. Direkt zu einem Hotel an der belgischen Grenze. Damit, falls irgendwas schiefgeht ...«

Er nimmt eine Zigarette aus der Schachtel, aber wie üblich vergisst er, sie anzustecken. Allmählich beruhigt er sich wieder. Am Ende muss er sogar lächeln.

»Sie muss sich wirklich gefragt haben, wie ich …«

Es war gleichzeitig ein Gefühl der Zufriedenheit und der Wut: das Gefühl, gegen einen starken Gegner gekämpft zu haben; das Gefühl, es mit einem Ebenbürtigen zu tun gehabt zu haben.

Und diesmal hat keiner verloren!

Zumindest hat Émile die Juwelen wiedergefunden, und das war alles, was die Versicherung von ihm verlangt hat. Aber Dolly … Aber war es Dolly? Oder Denise? Wie auch immer, inzwischen hatte sie genug Zeit, über die Grenze zu kommen.

Er würde sie wahrscheinlich nie wiedersehen.

Wie würde sie ihn in Erinnerung behalten?

Wie würde er sie in Erinnerung behalten?

»Was soll ich jetzt tun, Chef?«, will Torrence wissen.

»Du rufst jetzt besser die Versicherung an. Bitte sie, jemanden vorbeizuschicken, der dich nach Dunkerque begleiten soll. Du wirst ihnen sagen, dass … Nun, dass du letzte Nacht, dank deiner besonderen Vorgehensweise und der unvergleichlichen Organisation der Agence O, entdeckt hast, dass …«

»Der Direktor der Kriminalpolizei wird sicher wissen wollen, was aus der jungen Frau geworden ist.«

»Tja, sag ihm einfach die Wahrheit. Sag ihm, dass du keinen blassen Schimmer hast!«

In dem Moment klingelt es an der Tür. Barbet kann nicht aufmachen, denn er überwacht immer noch das

Majestic. Also öffnet Émile selbst, ohne daran zu denken, dass er immer noch seinen Smoking trägt.

»Sie möchten den Chef sprechen? Wen darf ich melden? Bitte nehmen Sie Platz, ich sehe mal nach, ob er Sie empfangen kann.«

Deutsch von Sabine Schmidt

*Der Schuppen
am Teich*

I

*Wo Torrence und sein Fotograf Émile
sich trotz arktischer Kälte und in einer
wenig einladenden Landschaft auf die
Suche nach einer Leiche machen*

»Verdammter Beruf, Saftladen, verdammter«, knurrt Torrence, als er an Longjumeau vorbeifährt und ein gemütliches kleines Bistro bemerkt, dem er einen sehnsüchtigen Blick zuwirft. In der Nacht ist das Thermometer auf etwa zwanzig Grad minus gefallen. Es ist zehn Uhr morgens. Der Himmel fahl, die Schottersteine von eisigem Weiß, Torrence' Nase beunruhigend violett. Er sitzt allerdings auch in einem kleinen offenen Auto und muss alle paar Kilometer die Eisschicht abkratzen, die sich auf der Windschutzscheibe bildet.

»Von welchem Laden sprechen Sie?«, fragt sein großer, magerer Reisegefährte freundlich, der fabelhafte Émile, der einen riesigen Fotoapparat mit sich schleppt.

»Von der Agence O, mein Gott! Hätte uns der Chef nicht wenigstens ein anständiges Auto geben können?«

Und Émile seufzt theatralisch:

»Ich frage mich, ob der Chef nicht recht hat ... Gewisse Leute, vor allem solche, die ein wenig breit sind und den guten Dingen gern zusprechen, scheinen ärgerlicherweise die Neigung zu haben, in allzu bequemen Fahrzeugen am Steuer einzuschlafen ...«

Das gilt dem kräftigen, sanguinischen Torrence. Was den Chef der berühmten Detektei Agence O betrifft, so würde alle Welt wohl staunen zu erfahren, dass das niemand anders ist als der Fotograf Émile, der sich so bescheiden gibt und nur in abgetragenen Kleidern herumläuft.

»Entweder ist dieser Anruf eine Finte«, knurrt Torrence, weil er an diesem Morgen offenbar mit dem falschen Fuß aufgestanden ist, »oder wir haben es mit einer verrückten Alten zu tun ...«

Jedenfalls ein sehr seltsamer Anruf. Torrence saß in seinem schönen warmen Büro. Émile befand sich in seinem kleinen Hinterzimmer, von wo er alles sehen und alles hören konnte, und war dabei, sorgfältig einen Bleistift zu spitzen. Das Telefon klingelte. Sie nahmen gleichzeitig ab, denn sie hatten eine gemeinsame Leitung.

»Hallo ... Agence O? Kann ich mit Inspektor Torrence sprechen?« Torrence trug nämlich für viele immer noch seine alte Amtsbezeichnung der Kriminalpolizei, wo er lange der Mitarbeiter Maigrets gewesen war.

»Hallo, ja, am Apparat ...«

»Warten Sie, ich muss erst sicher sein, dass er immer noch da ist ...«

»Hallo? Von wem sprechen Sie?«

»Ich schaue kurz aus dem Fenster … Ja, ich sehe ihn … Wundern Sie sich nicht, wenn wir plötzlich unterbrochen werden, und vor allem, rufen Sie nicht zurück … Hier ist Marie Dossin … Ja, mit zwei s … Maison du Lac, bei Ingrannes, im Wald von Orléans … Die Leute hier halten es für ein Schloss, sie nennen es Château du Lac … Sie müssen kommen, aber bitte versprechen Sie mir, dass Sie der Polizei nichts sagen! Heute Morgen habe ich eine Leiche im Schuppen entdeckt … Hallo?«

»Ich höre …«

Unterdessen schreibt Émile, der alles genau nimmt, ein stenographisches Protokoll dieser seltsamen Mitteilung.

»Hallo! Mein Mann darf nicht wissen, dass ich mit Ihnen spreche … Ich beobachte ihn die ganze Zeit aus dem Fenster … Er weiß nicht, dass ich es weiß, verstehen Sie?«

»Um wessen Leiche handelt es sich?«

»Ich glaube … Ich habe sie nicht deutlich gesehen, es war halb dunkel, aber ich glaube, es ist die von Jean Marchons, einem Freund von uns. Er hängt an einem Balken …«

»Hm … Also ein Suizid?«

»Ich weiß nicht … Ich glaube nicht … Kommen Sie … Bevor Sie zum Schloss kommen, gehen Sie zum Schuppen, direkt am Ufer des Teichs. Sie werden ihn ganz leicht finden. Die Tür ist nicht abgeschlossen. Ich habe Angst … Achtung! Ich glaube, *er* kommt zurück …«

Arpajon ... Étampes ... Pithiviers ... Sie haben den Eindruck, allein auf der Straße zu sein, und wenn doch einmal ein Wagen überholt, sind es Pariser auf dem Weg zur Entenjagd. Der Wald ist alles andere als einladend, mit seinen schwarzen Stämmen, die sich vor dem Weiß des Himmels abzeichnen. Nachdem sie das Auto neben der Kirche von Ingrannes geparkt haben, betreten die beiden Männer den Gasthof.

Vielleicht ist dieser Landstrich zu anderen Zeiten einnehmender, aber bei dem derzeit herrschenden Wetter wirkt alles nur schwarz und weiß wie ein Trauerbrief, und die Alte, die ihnen den Rum bringt, ist auch kein erfreulicher Anblick.

»Das Schloss am See? Biegen Sie bei der nächsten Kreuzung links ab, fahren Sie zum Wald des Gehängten Wolfs ...«

Sieh an! Man hängt hier sogar Wölfe!

»Kennen Sie Monsieur Dossin?«

»Warum sollte ich ihn nicht kennen?«

Die beiden Männer tauschen bei dieser ziemlich unerwarteten Antwort einen Blick.

»Und Madame Dossin?«

»Was wollen Sie von Madame Dossin?«

»Nichts ... Wir werden ihr vielleicht einen Besuch abstatten. Wohnen die beiden schon lange hier?«

»Kann sein ...«

»Ein Freund der beiden, Monsieur Jean Marchons, hat uns gesagt ...«

Sie verzieht keine Miene, beide Hände liegen auf ihrem runden Bauch.

»Sie kennen Monsieur Marchons?«, fragt Torrence hartnäckig weiter.

»Man kann nicht alle Leute kennen.«

Nach diesem überwältigenden Erfolg fahren sie in ihrem kleinen Auto mit knirschenden Reifen auf dem hart gewordenen Schnee der Forststraßen dahin. Die Heizung qualmt wie eine Lokomotive. Von Zeit zu Zeit kommen sie auf der vereisten Fahrbahn ins Schleudern.

»Sehen Sie irgendwo ein Schloss?«

Eine halbe Stunde lang drehen sie sich im Kreis und landen schließlich wieder auf dem Hauptplatz von Ingrannes, wo sie beschließen, mit einem zweiten Glas Rum gegen die Kälte anzukämpfen.

»Na? Haben Sie ihn gesehen?«, fragt die Wirtin, die so aussieht, als würde sie höchstens ein Mal pro Jahr lächeln.

»Wen?«

»Monsieur Dossin ... Gerade ist er hinausgegangen ...«

»War er allein?«

»Warum sollte der Mann nicht allein sein? Ich habe ihm gesagt, dass er Besuch bekommt.«

Diesmal fragen sie eingehender nach dem Weg, und nach ein paar Minuten sehen sie die zugefrorene Fläche eines recht großen Teichs, dem man die eindrucksvollere Bezeichnung See gegeben hatte. Rechts davon, hinter einem Tannenwald, entdecken sie die Schieferdächer eines offenbar recht großen Anwesens. Dort bellt ein Hund, als sich das Auto nähert.

Torrence' Laune hebt sich nicht. »Was sollen wir machen?«, fragt er unschlüssig.

Der berühmte Detektiv ist an diesem Morgen entschieden nicht in Hochform, und bei Émile sieht es nicht besser aus.

»Wir klingeln«, entscheidet Émile. »Die Alte hat ja schon Bescheid gegeben, dass wir kommen.«

»Aber Madame Dossin hat doch am Telefon gesagt...«

Émile zuckt mit den Schultern, steigt aus und geht zu einem schmiedeeisernen Gittertor, wo sich die Klingel befindet. Auf der anderen Seite des Zauns kommt ein Hund angelaufen, der wütend nach Émiles Mantel schnappt.

»Ist jemand da?«, schreit Émile. »Ist denn niemand zu Hause?«

Zwei Mal, drei Mal klingelt er, ohne Ergebnis, oder vielmehr mit dem einzigen Ergebnis, dass der Hund sich geradezu tollwütig gebärdet. Plötzlich sagt eine Stimme neben ihm, so dicht neben ihm, dass er zusammenzuckt:

»Sie wünschen?«

Der Mann, der da steht, kommt nicht aus dem Haus, sondern aus dem Wald. Er ist um die fünfzig, vielleicht etwas älter, sein Bart ist mit grauen Strähnen durchzogen. Er trägt Stiefel, Jagdkleidung und eine pelzgefütterte Jacke, die ihm ein herrschaftliches Aussehen verleiht.

»Mein Chef wünscht...«, stottert Émile und dreht sich zu dem kleinen Auto um, dessen Motor immer noch läuft.

Aber was wird Torrence sagen können? Er steigt aus. Er hustet. Er beginnt:

»Ich hatte erwartet, Madame Dossin hier anzutreffen, die mich beauftragt hat ...«

»Meine Frau liegt im Bett«, bemerkt der Herr des Château du Lac recht trocken.

»Es tut mir leid zu erfahren, dass Madame Dossin krank ist. Nichts Schlimmes, hoffe ich?«

Der Schlossherr antwortet nicht, doch seine Haltung sagt deutlich:

»Ich sehe nicht, was Sie die Gesundheit meiner Frau angeht.«

Und er wartet.

»Chef ...«, meldet sich Émile, der voraussieht, dass Torrence im nächsten Moment ratlos umkehren wird.

»Sie wissen, dass ich mich leidenschaftlich für solche malerischen Orte interessiere. Da Sie ihr Freund sind, das heißt, da Sie Madame Dossin von früher kennen, könnten Sie ihren Mann vielleicht um die Erlaubnis bitten, diesen Schuppen zu fotografieren, den ich unten am Teich sah? Mit diesem schummrigen Licht, den Lichtreflexen auf dem Eis, ich glaube, ich könnte ...«

Stirnrunzelnd blickt Monsieur Dossin von einem zum anderen, und ohne die Hand von dem Schlüssel zu nehmen, den er eben in das Schloss im Gittertor gesteckt hat, sagt er:

»Fotografieren Sie, was Sie wollen.«

Er hat ihnen nicht den Hund auf den Hals gehetzt. Das ist schon einmal gut! Ohne sich weiter um sie zu kümmern, überquert er den großen Hof, und sie sehen, wie er mit schwerem Schritt langsam die Stufen der Freitreppe hochsteigt.

»Seltsames Haus ...«, knurrt Torrence. »Was machen wir?«

»Mein Gott, wir fotografieren ...«

»Ich bin mehr und mehr davon überzeugt, dass uns hier jemand einen bösen Streich gespielt hat.«

»Ich nicht ...«

Sie sind jetzt am Teich. Der Schuppen sieht aus wie jeder andere Schuppen am Ufer irgendeines Teichs. Wahrscheinlich dient er der Aufbewahrung von Booten und Angelgerät. Émile nimmt an, dass der Schlossherr sie von einem Fenster aus beobachtet, und spielt, so gut es geht, seine Fotografenrolle.

»Wenn da drin wirklich einer aufgehängt ist ...«

Er nähert sich dem Schuppen. Die Tür hat kein Schloss, keinen Riegel, keinerlei Absperrvorrichtung. Er drückt dagegen. Die Bretter haben sich gelockert und lassen ein wenig Licht herein. Ein alter Kahn fault vor sich hin.

»Was hab ich Ihnen gesagt?«, sagt Torrence, der hinter Émile eingetreten ist, mit einem hämischen Lachen.

Kein Erhängter. Nicht einmal der Schatten eines Erhängten. Keine Spur eines Stricks zum Aufhängen.

»Wenn ich wüsste, wer zum Teufel für diesen Anruf verantwortlich ist ...«

Torrence kann sich nicht beruhigen. Émile hingegen untersucht den Ort mit Engelsgeduld.

»Können Sie mich mal auf Ihre Schultern heben, Chef?«

So erreicht er den Deckenbalken, an dem ein dicker Haken aus Eisen befestigt ist. »Haben Sie den Gehängten gefunden?«, fragt Torrence feixend?

»Noch nicht. Aber dieser Haken sollte verrostet sein und ist es nicht, jedenfalls nicht an der Stelle, wo der Strick ihn blank gerieben hat.«

»Welcher Strick?«

»Der Strick, den jemand weggenommen hat ... Sie können mich wieder herunterlassen. Das ist nicht überwältigend, aber es ist besser als nichts. Wenn dieser Eisenhaken nicht vor Kurzem benutzt worden wäre, wäre er völlig verrostet, so aber ist er es nur dort, wo die Oberfläche nicht abgerieben wurde ... Was ist in dieser Kiste?«

Torrence beugt sich hinunter.

»Werkzeug. Aber in einem erbärmlichen Zustand, es wird bestimmt nicht oft benutzt.«

Eine Säge, Nägel, Angelhaken, Eisenringe, ein Durcheinander, wie man es in jedem Haus auf dem Land findet. Alles ist verrostet. Émile untersucht auch diese Dinge sorgfältig. Er zieht eine Lupe aus der Tasche und betrachtet damit eingehend einen schweren Hammer. Er murmelt:

»Hier ist jedenfalls etwas, das benutzt wurde ...«

Am eisernen Kopf des Hammers kleben ein paar verklumpte Haare, wie von einem eingeschlagenen Schädel.

Torrence ist nicht überzeugt.

»Ich dachte, wir würden einen Gehängten suchen. Sollte man Leute neuerdings hängen, indem man ihnen Hammerschläge verpasst?«

Émile springt auf. Er hat etwas gesehen und eilt auf die andere Seite des alten Kahns. Er schwenkt eine Zeitung, eine Lokalzeitung. Er sucht nach dem Datum – und triumphiert:

»Das ist die Zeitung von heute. Das heißt, jemand hat kurz vor uns diesen Schuppen betreten, denn soweit ich weiß, trifft die Zeitung nicht vor neun oder zehn Uhr morgens in Ingrannes ein. Wir sollten Madame Dossin einen Besuch abstatten.«

»Man wird uns nicht einlassen.«

»Irgendwie müssen wir es schaffen, Chef. Wir müssen uns unbedingt mit dieser Dame unterhalten, die solche mysteriösen Anrufe tätigt ...«

Zehn Minuten später, nachdem Émile den Eisenhaken fotografiert und die Zeitung an einem sicheren Ort verstaut hat, stehen die beiden Männer erneut am Zaun des Schlosses, und der Hund bereitet ihnen denselben Empfang wie zuvor.

Sie klingeln ein Mal, zwei Mal ... Auf einmal bemerkt Émile in einem Fenster des ersten Stocks das Gesicht einer Frau, das, vermutlich wegen der beschlagenen Scheibe, ungesund blass zu sein scheint.

»Sehen Sie, Chef? Man könnte meinen, sie würde uns Zeichen geben.«

Das stimmt. Aber was will sie mit ihren Zeichen sagen? Ihre Handbewegungen sind schwer zu deuten. Sie scheint auf etwas zu deuten. Auf den Schuppen? Aber sie kommen doch gerade von dort! Auf etwas, was weiter weg ist? Hinter dem Schuppen ist nur der Teich. Und der Teich ist zugefroren. Will sie vielleicht sagen, dass der Gehängte ins Wasser geworfen wurde? Das ist unmöglich. Was dann?

»Klingeln Sie noch einmal!«

Oberhalb der Treppe öffnet sich die Tür. Da steht der

Hausherr, eine Pfeife im Mund, und betrachtet sie von Weitem. Wird er kommen, um das Gittertor zu öffnen, oder wird er sie einfach stehen lassen? Das wäre für zwei berühmte Detektive recht beschämend.

Er scheint nachzudenken, zu zögern. Schließlich dreht er sich um. Er ruft ins Haus hinein.

»Es würde mich nicht wundern, wenn wir ein paar Schrotkugeln abbekämen«, bemerkt Torrence.

Aber nein. Auf den Ruf seines Herrn hin taucht ein livrierter Diener auf. Der Herr sagt etwas. Der Diener überquert den Hof, einen großen Schlüssel in der Hand.

»Wenn die Herren bitte eintreten würden ... Monsieur Dossin bittet mich, Ihnen zu sagen, dass Sie doch angesichts der Kälte Ihren Wagen lieber in die Garage fahren sollten ...«

Torrence mag das gar nicht. Diese unvermittelte Fürsorglichkeit beunruhigt ihn etwas.

Wenn das Auto erst einmal in der Garage steht, jenseits dieses Gittertors, das sich so schwer öffnen lässt, wer weiß, ob sie dann das Schloss noch verlassen können, wenn es ihnen passt?

»Los!«, flüstert Émile ihm zu.

Zwanzig Kilometer von Paris entfernt, fünfzehn Kilometer von Pithiviers entfernt – übrigens hat sich Torrence vorgenommen, auf der Rückfahrt eine Täubchenpastete zu erstehen, eine Spezialität der Gegend –, man könnte meinen, sie befänden sich am verlassensten Ort der Welt.

Der Hund knurrt weiter, aber leise, während er den Fotografen beschnüffelt.

Der Hausherr steht immer noch in recht vornehmer Haltung oberhalb der Treppe und erwartet sie. In der Garage stehen schon zwei Autos, ein großer amerikanischer Wagen und ein kleiner, wahrscheinlich für die alltäglichen Besorgungen.

Als die beiden Männer vor Monsieur Dossin stehen, fragt dieser sehr huldvoll:

»Dürfte ich erfahren, meine Herren, wer von Ihnen der berühmte Detektiv Torrence ist?«

Torrence verbeugt sich, aber ihm ist nicht wohl dabei. Wer kann ihm verraten haben, wer sie sind? Sein Name ist nicht im Auto zu finden, das man hätte durchsuchen können, während sie im Schuppen waren.

»Ich wusste nicht, mit wem ich die Ehre hatte ... Mein bescheidenes Heim steht Ihnen offen. Darf ich Sie bitten einzutreten?«

Was das bescheidene Heim betrifft, so finden die beiden Männer überaus komfortable und angenehm temperierte Räumlichkeiten vor. Es handelt sich zwar nicht um ein prunkvolles Schloss, aber um ein großzügiges Landhaus, in dem alles vorhanden ist, was man für ein komfortables Leben benötigt. Sie werden in eine eichengetäfelte Bibliothek geführt. Im Kamin prasselt ein Feuer. Die Sessel sind mit hellem Leder überzogen und zwischen den Teppichen sind herrliche antike Fliesen zu sehen.

»Ich habe gerade erst erfahren, dass meine Frau Sie heute Morgen angerufen hat.«

Also hat er sich auf dem Postamt erkundigt. Dort hat er die Nummer erfahren, die seine Frau in Paris verlangte.

»Setzen Sie sich doch bitte. Vielleicht ein Gläschen Armagnac, bei dieser Kälte?«

Eine ehrwürdige kleine Flasche, die Gläser aus geschliffenem Kristall. Der Diener ist verschwunden, und der Gastgeber gibt sich herrschaftlicher denn je, doch ein Schatten von Traurigkeit umgibt ihn, wie den Männern nicht entgeht.

»Ich muss offen sagen, meine Herren, dass ich, als ich Sie heute Morgen, bei Ihrem ersten Besuch, so wenig willkommen hieß, meine guten Gründe hatte, genauer gesagt, einen einzigen schwerwiegenden Grund, der es rechtfertigte, Neugierige von meinem Haus fernzuhalten ... Auf Ihr Wohl!«

»Dieser Armagnac ...«, beginnt Torrence.

»Er ist siebzig Jahre alt. Was ich sagen wollte ... Durch Ihren Beruf sind Sie daran gewöhnt, dass man Ihnen dramatische Geständnisse macht. Nun gut, meine Herren, Sie sollen wissen, dass meine arme Frau nicht mehr bei klarem Verstand ist.«

Seine Stimme ist brüchig geworden. Er senkt den Kopf.

»Ich habe mich nie dazu durchringen können, sie in ein ... ein Hospital zu bringen ... Was erklärt ...«

Torrence sieht Émile an, wie um zu erfahren, was er von dieser Mitteilung halten soll. Émile betrachtet mit starrem Blick die Fliesen oder vielmehr die Stiefel ihres Gastgebers, wirklich schöne Stiefel, robust und weich, die glatt an den Beinen anliegen. Man könnte glauben, Émile hätte in diesem Augenblick nur diesen einen Gedanken:

Wenn ich nur solche Stiefel haben könnte ...

Doch das ist es ganz und gar nicht, was Émile denkt, und wenn er die Stirn runzelt, dann, weil er sich fragt:

Warum zum Teufel hat dieser Herr das Bedürfnis gehabt, in der kurzen Zeit, die wir im Schuppen verbrachten, andere Stiefel anzuziehen, obwohl die, die er heute Morgen getragen hat, weder feucht noch schmutzig waren?

Und er versucht, sich an die ersten Stiefel zu erinnern. Sie waren zum Schnüren, während es sich bei diesen hier um Reitstiefel handelt.

Natürlich gäbe es eine Erklärung. Wenn Monsieur Dossin plötzlich auf die Idee gekommen wäre, auf ein Pferd zu steigen, hätte er die Stiefel wechseln müssen. Reiter sind Leute, die die Tradition lieben, auf korrekte Kleidung achten ...

»... was Ihnen erklärt, meine Herren, dass das zurückgezogene und einsiedlerische Leben, das wir hier ...«

Er fährt zusammen, denn Émile ergreift gerade jetzt, wo man es am wenigsten erwartet, das Wort. Und fragt mit unschuldiger, um nicht zu sagen dümmlicher Miene:

»Haben Sie Pferde?«

»Nein ... Ich verstehe nicht, was das ...«

»Egal. Fahren Sie fort.«

Wenn er kein Pferd besteigen wollte, warum, zum Kuckuck, hat er dann die Stiefel gewechselt?

II

*Wo ein Hausarzt wie gerufen kommt
und ein gewisser Fasan noch mehr, würde
ihm nicht eine Besucherin folgen*

Maigret arbeitete gern bei Bier oder Rotwein. Torrence, der so lange sein Schüler war, arbeitet bei allem, was sich trinken lässt, und gibt nichts auf das prasselnde Kaminfeuer oder den tiefen Sessel, in dem er versinkt. Hat nur er die Klingel gehört? Jemand kratzt an der Tür. Sie öffnet sich. Der Gastgeber steht auf.

»Sie erlauben?«

Er bleibt nur ein paar Sekunden in der Diele, und als er zurückkehrt, wirkt er noch ernster als zuvor.

»Der Doktor …«, äußert er. »Er ist zu meiner Frau hinaufgegangen … Sie sehen, meine Herren, dass ich nichts vor Ihnen geheim halte. Die Lage ist schmerzlich, schwierig …«

Dieser Mann ist makellos. Mit seinem fast viereckigen Bart könnte er eine historische Figur spielen, eine durch und durch anständige Persönlichkeit, einen Mann mit großem Herzen. Torrence, der gegen seine Benommenheit ankämpft und an dessen Sohlen schon die Flammen des Kaminfeuers züngeln, murmelt ohne Überzeugung:

»Und Ihr Freund Jean Marchons? Haben Sie ihn schon lange nicht mehr gesehen?«

»Mehrere Tage. Er wohnt in Pithiviers. Er kommt uns nur selten besuchen.«

Gut! Da kommt der Doktor schon die Treppe wieder herunter. Diesmal wird er umstandslos in die Bibliothek geführt und vorgestellt, und mit ihm kommt eine Märchenstimmung in den Raum. Er ist kein Arzt, sondern ein Gnom, ein Kobold, dessen rundes, rosiges Gesicht, schneeweißer Spitzbart und glänzende Äuglein anscheinend dafür geschaffen sind, anderen absolutes Vertrauen einzuflößen.

»Treten Sie ein, Doktor. Diese Herren kommen aus Paris. Erlauben Sie, dass ich sie Ihnen vorstelle: Der berühmte Detektiv Torrence von der Agence O, und sein Gehilfe, Monsieur … Monsieur …«

»Émile!«

»Doktor, würden Sie ihnen sagen, was Sie über meine Frau wissen? Ich weise Sie darauf hin, dass Doktor Aberton unser Landarzt ist und dass er hier wohnt, in Sully, das heißt, acht Kilometer von hier entfernt, schon seit seiner Kindheit. Sagen Sie es ihnen, Doktor.«

»Nun, meine Herren, da mein geschätzter Patient mich von der Schweigepflicht entbindet, muss ich Ihnen eröffnen, dass Madame Dossin, die sich seit langer Zeit in meiner Obhut befindet, seit einiger Zeit unter psychischen Störungen leidet und …«

»Ein Schlückchen Armagnac, Doktor?«

»Gern. Umso mehr, als es gerade anfängt zu schneien. Ein Medikament, das wir nicht oft verschreiben, aber unsere Kranken nehmen es ein, ohne uns zu konsultieren … Ha, ha!«

Torrence fühlt sich wie eine Made im Speck, die Füße nah am Feuer, ein Glas in der Hand, das ständig nachgefüllt wird. Gibt es irgendwo ehrlichere Leute und ein schöneres Haus? Er entspannt sich. Er erklärt sogar:

»Wissen Sie, in unserem Beruf sind wir daran gewöhnt, dass Frauen falsche Anschuldigungen machen, und wir wissen, was davon zu halten ist ...«

Émile ist weniger nett, und unwillkürlich flüstert er:

»Vergessen Sie nicht, Chef, dass Sie hergekommen sind, um mit Madame Dossin persönlich zu sprechen ...«

Monsieur Dossin und der Doktor wechseln einen Blick.

»Ihr Arzt wird das entscheiden«, sagt Monsieur Dossin schließlich. »In ihrem Zustand, und nach der Krise, die sie heute Morgen hatte, da weiß ich nicht, ob ...«

»Ganz sicher nicht!«, erklärt der Arzt. »Auch wenn die Polizei hier wäre und mich um meine Meinung fragte, würde ich sagen: Wenn es sich nicht um einen Notfall handelt, bestehe ich darauf, dass man meine Patientin in Ruhe lässt.«

»Ich danke Ihnen, Doktor. Ich darf mich nun entschuldigen, mein Herr, und ...«

»Ein letzter Schluck Armagnac?«

Nun sind sie wieder in ihrem kleinen Auto, Torrence und Émile.

»Schämen Sie sich nicht, Chef?«

»Wofür?«

»Sie haben ganze drei Glas Schnaps getrunken und schon ganz feuchte Augen davon. Und die Stiefel ...«

»Welche Stiefel?«

»Die, die Monsieur Dossin ausgezogen hat.«

»Sie werden doch nicht behaupten, dass er seine Stiefel ausgezogen hat, ohne dass ich es merkte ...«

»Er hat sie ausgezogen, bevor wir kamen ... Egal. Halten Sie in Ingrannes ...«

Dieses Mal wenden sie sich nicht an die Wirtin im Gasthof, der sie nicht trauen, sondern an einen Mann auf der Straße, der ein Reisigbündel auf dem Rücken trägt.

»Wo kann man hier in der Gegend essen und übernachten?«

»In Sully, mein Herr.«

Auch das Postamt ist in Sully. Der Schnee fällt in kleinen kompakten Flocken, die zwischen Hals und Mantelkragen eindringen und auf dem Rücken schmelzen.

»Was habe ich heute Morgen gesagt?«, äußert Torrence triumphierend. »Ein Scherz oder eine Verrückte ... Nun ist es also eine Verrückte. Wenn dieser Landarzt nicht ein Schauspieler ist, perfekt in seiner Rolle, wird man mir nicht weismachen ...«

Sie erreichen das an einem Kanal gelegene Sully und halten vor einem Gasthof, der komfortabler wirkt als der von Ingrannes.

»Können wir hier essen und haben Sie vielleicht auch ein Zimmer für uns?«

»Ich werde den Patron fragen.«

Eine halbe Stunde später serviert man ihnen einen prächtigen Fasan zum Abendessen, der sicherlich gewildert wurde, denn die Jagdsaison ist vorbei.

»Wissen Sie, meine Herren, hier in der Gegend gibt es Perlhühner, die so groß werden wie Fasane …«

Der Patron zwinkert ihnen zu.

»Kennen Sie Doktor Aberton?«

»Bei Gott, er ist der beste Mensch der Welt. Wenn einem an der Weihnachtskrippe ein heiliger Joseph fehlt, kann man ihn nehmen, mit Ochs und Esel.«

»Er ist mit den Leuten vom Schloss befreundet, nicht?«

»Er ist mit der ganzen Welt befreundet. Er hilft allen. Und hin und wieder trinkt er auch gern ein Gläschen …«

»Was halten Sie von Madame Dossin?«

»Hm!«

»Verzeihung? Ich habe Sie nicht verstanden. Was sagten Sie?«

»Ich habe gesagt: Hm!«

»Was bedeutet das?«

»Es bedeutet ›Hm‹, wie ich bereits sagte. Noch ein Flügel? Aber ja! Verstehen Sie, hier in der Gegend mögen wir diese Kreaturen nicht besonders …«

»Von wem reden Sie?«

»Diese Kreaturen … Also, als der arme Monsieur Dossin diese … diese ›Hm‹ … wieder zurückbrachte …«

»Einen Moment … Wollen Sie andeuten, dass Madame Dossin einen Liebhaber hat?«

Die Miene des Wirts verdüsterte sich.

»Jeder hier wird es Ihnen bestätigen, mein Herr.«

»Heißt ihr Liebhaber Jean Marchons?«

»Wir mögen hier keinen Klatsch und Tratsch, mein Herr.«

»Vielleicht können Sie uns trotzdem sagen, wer Monsieur Jean Marchons ist?«

»Ein reizender Mann. Ein sogar allzu reizender Mann, der Vermögen hat, wie es heißt, und der, wie es auch heißt, nach Pithiviers gezogen ist, um näher an … Verzeihen Sie, ich glaube, da verbrennt etwas im Ofen.«

Was da verbrannte, war seine Zunge. Wie lange würde man brauchen, um sie wieder zum Reden zu bringen?

»Was sagen Sie dazu, Chef?«, fragt Émile leise.

»Ein Wunder.«

»Was?«

»Dieser Fasan … Im Übrigen ist der Doktor ja … Wir können schließlich bei diesem Mann nicht einbrechen und uns mit Gewalt Zugang zum Zimmer einer kranken Frau verschaffen. Sie sind jung, Monsieur Émile. Ich bin älter als Sie, und als ich noch der Polizei angehörte, hat es mir hinterher oft leidgetan, dass ich die Ansichten der Experten ignorierte … Was hat uns der Doktor gesagt? Dass sie verrückt ist …«

»Und was hat uns der Haken gesagt?«

»Gemach, gemach! Lassen Sie sich nicht hinreißen. Man kann alles Mögliche an diesen Haken gehängt haben. Einen Sack mit irgendwelchen Dingen … Wenn der Doktor nicht aufgetaucht wäre und wenn er sich seiner Sache nicht so sicher gewesen wäre …«

Der Wirt trat wieder aus der Küche. Auf dem Herd brutzelten Pilze, die direkt aus dem Wald kamen.

»Wenn wir recht verstanden haben, mein Herr, war Madame Dossin die Geliebte von Jean Marchons, und ihr Mann, der arme Kerl, wusste von nichts … Ha, ha!«

Der Wirt lacht nicht.

»Aber war diese Dame nicht geistig etwas verwirrt?«, fragt Émile hartnäckig weiter, während er sich mit dem Rest seines Fasanenschlegels beschäftigt.

»Ich weiß nicht, ob Sie das als geistig bezeichnen können«, erwidert der Patron des Gasthofs. »Bei uns nennt man es anders. Und wenn ich so eine Frau hätte, dann können Sie mir glauben, dass …«

Eine entschiedene Geste beendet seinen Gedanken.

»Welchen Wein darf ich Ihnen zu den Pilzen servieren, meine Herren? Was würden Sie von einem kleinen Roten von der Rhône halten, sehr stark, aber durchaus abgerundet im Geschmack? Und danach einen …«

Er hat keine Zeit, seinen Satz zu beendet. Die Tür öffnet sich. Eine Frau erscheint. »Madame …«, stottert er.

Glühende Augen, riesengroße, wunderschöne Augen voller Unruhe. Ein bleiches Gesicht. Auf dem Kopf eine hübsche Pelzmütze. Weiche Stiefel.

Sie ist mit dem Fahrrad gekommen. Es lehnt am Eingang.

»Monsieur Torrence?«

»Ja?«

»Sie haben es gesehen, nicht? Er hat Sie nicht zu mir gelassen.«

Es ist also Madame Dossin, die sie angerufen hat und zu der sie nicht vordringen konnten.

»Entschuldigen Sie … Sehen Sie nur, wie weit es mit mir gekommen ist …«

Sie öffnet ein wenig ihren Pelzmantel, und man sieht, dass sie darunter nur ihr Nachthemd trägt.

»Er wollte nicht, dass ich mit Ihnen rede. Er hat alles getan, um mich daran zu hindern, das Haus zu verlassen. Ich dachte mir schon, dass Sie nicht gleich wieder fahren würden, dass Sie seine Lügen nicht glauben. Ich schwöre Ihnen, dass er ihn getötet hat! Ich habe es schon lange befürchtet ... Ja, ich hatte Angst ...«

»Verzeihung, Patron ... Sie haben nicht zufällig einen Raum, in dem wir ...«

»Wir haben den Saal, wo die Hochzeiten gefeiert werden, aber er ist nicht geheizt. Wissen Sie, man heiratet hier lieber im Sommer ... Schade um die kalte Jahreszeit. Und schade um die Pilze! Und um den Roten von der Rhône. Er hat so eine schöne goldbraune Farbe ...«

»Ich höre Ihnen zu, Madame«, sagt Torrence und setzt sich an einen Tisch.

»Ich musste aus dem Fenster klettern. Ich bin sicher, dass Joseph unser Gespräch heute Morgen mitbekommen hat ...«

»Joseph?«

»Sein Kammerdiener, der auch unser Oberkellner ist. Das ist seine verdammte Seele ... Wenn Sie wüssten, wie viel ich in diesem Haus schon leiden musste! Ich habe ihn betrogen, das stimmt ...«

»Verzeihung ... Wen haben Sie betrogen?«

»Meinen Mann.«

Sie ist mindestens zwanzig Jahre jünger als er. Sie ist eine schöne Frau mit leidenschaftlicher Ausstrahlung, feurig und vital.

»Ich habe ihn betrogen, das gebe ich zu ... Aber er wusste, als ich ihn geheiratet habe, dass ich zwanzig war und er schon fast fünfzig … Er wusste, dass ich in diesem feuchten und kalten Schloss nicht glücklich sein kann.«

»Verzeihung, Madame … Heute Morgen, am Telefon, haben Sie von einer Leiche gesprochen …«

»Sie haben ihn nicht gefunden?«

»Nein.«

Einen Moment scheint sie sprachlos zu sein. Wie zu sich selbst sagt sie leise:

»Wann es ihm wohl gelungen ist …«

»Besinnen Sie sich, Madame, und erzählen Sie uns der Reihe nach, was passiert ist.«

»Aber er wird kommen …«

»Und dann?«

»Wird er mich ins Schloss zurückbringen. Er wird mich wieder einschließen … Wenn Sie wüssten, wie wütend er in mein Zimmer gekommen ist, als er erfahren hat, dass ich mich an Detektive gewandt habe …«

»Was wissen Sie von Jean Marchons?«

»Er ist mein Geliebter. Er *war* mein Geliebter …«

»Sie sagen, er *war* … Wie lange kennen Sie ihn schon?«

»Seit Jahren.«

»Und Ihr Mann wusste von nichts?«

»Bis vor Kurzem, nein …«

Torrence hat die Fragen gestellt. Plötzlich meldet sich Émile schüchtern:

»Wo haben Sie ihn getroffen?«

»Im Wald … In Orléans … In Paris …«

»Und im Schuppen?«

»Nein, nie.«

»Ich danke Ihnen.«

Jetzt übernimmt wieder Torrence.

»Als Sie mich heute Morgen angerufen haben, was wussten Sie da?«

»Gestern. Ja, gestern sollte mich Jean gegen vier Uhr besuchen. Sie müssen wissen, dass mein Mann auf der Jagd war und dass bei solchen Gelegenheiten ...«

»Wir verstehen.«

»Jean stellte sein Auto gewöhnlich bei einem seiner Pächter ab. Denn er hat zwei Höfe in dieser Gegend gekauft. Ich hörte ihn in der Ferne hupen ...«

»Sie haben ihn gestern gehört?«

»Ja ... Aber er ist nicht gekommen. Mein Mann hingegen ist früher als gewöhnlich zurückgekehrt. Kurz darauf habe ich gesehen, dass er noch einmal wegging und den Schuppen am Teich ansteuerte. Ich habe nicht besonders darauf geachtet.«

»Hatte er einen Hammer in der Hand?«, fragt Émile.

»Ich ... Ich weiß nicht ...«

»Ist er lange weggeblieben?«

»Ein paar Minuten. Während des ganzen Abends war er in düsterer Stimmung. Ich war unruhig ... Heute Morgen kurz nach Sonnenaufgang bin ich hinausgelaufen ...«

»Sie haben irgendetwas geahnt?«, sagt Torrence, der immer noch an die Pilze denkt, die ihm entgangen sind.

»Ich weiß nicht, wie ich es ausdrücken soll ... Ich habe seine Hupe gehört, als er kam. Ich habe ihn wegfahren hören. Im Wald, vor allem in diesem dichten Wald, der außerhalb der Jagdsaison menschenleer ist, hört man alle Geräusche meilenweit ... Ich dachte an Jean ... Ich sagte mir, dass mein Mann, wenn er ihm aufgelauert hätte ...«

Émile, arglos, flüstert:

»Sie sind zum Schuppen gelaufen ...«

»Ja. Und ich habe eine Leiche gesehen, die dort hing. Die von Jean Marchons. Ich bin ins Haus zurückgekehrt. Ich habe Sie angerufen ...«

»Warum haben Sie nicht die Polizei alarmiert?«

Sie betrachtet die beiden Männer erstaunt.

»Weil ich doch nicht einfach meinen Mann anzeigen konnte. Ich wollte vorher wissen ...«

»Haben Sie Blut gesehen?«

»Blut?«, wiederholt sie und sieht erst Torrence, dann Émile an.

»Und einen Hammer?«

»Ich verstehe nicht, was Sie sagen wollen ... Die Leiche hing an dem dicken Haken in der Mitte des Balkens. Ich habe darauf gewartet, dass mein Mann das Haus verlässt, wie jeden Morgen. Ich habe ihn vom Fenster aus beobachtet. Ich habe Sie angerufen. Joseph muss mich gehört haben ... Dann, als Sie unten waren – denn ich habe gemerkt, dass Sie unten waren, und habe sogar versucht, ihnen durchs Fenster ein Zeichen zu geben –, dann ist der Doktor gekommen und wollte mir einreden, dass ich krank sei ... Ich bin nicht krank. Aber er hat Angst, verstehen Sie ... Sie haben Angst ... Denn ich habe entdeckt, dass der Doktor sich gut mit ihm stellt. Mein Mann war eifersüchtig auf Jean. Er hat ihn getötet ... Ich weiß nicht, wohin er heute Morgen seine

Leiche geschafft hat, aber ich bin sicher, dass er ihn getötet hat.«

Sie ist eine strahlend schöne Frau, eine Frau, wie man sie nur selten im Leben zu Gesicht bekommt.

»Verzeihung, Madame ...«

Émile stellt seine Fragen immer schüchterner.

»Könnten Sie mir sagen, unter welchen Umständen Sie Monsieur Dossin geheiratet haben?«

»Ich schäme mich nicht dafür. Maman war gerade gestorben. Ich war allein ... Wir haben uns an Bord eines Schiffes kennengelernt. Ich hatte Angst, wegen meines Alters, aber er hat mir geschworen, dass er immer verstehen würde, wenn ...«

»Sind Sie gleich in das Château du Lac gezogen?«

»Nein, nicht sofort ... Wir waren drei Jahre lang auf Reisen, von Cannes nach Italien, von Italien zum Wintersport ...«

»Und Ihr Mann war oft eifersüchtig?«

»Ja.«

»Hat er Sie aus Eifersucht hier eingeschlossen?«

»Ich glaube, ja ...«

»Und doch haben Sie es geschafft. Ich bitte um Verzeihung, aber die geringsten Details sind wichtig. Jean Marchons ...«

»Ich habe ihn in Paris kennengelernt, bei einem unserer kurzen Aufenthalte dort ... Er ist meinetwegen nach Pithiviers gezogen. Deshalb hat mein Mann ihn getötet.«

»Sie wissen aber offenbar nicht, wie er ihn getötet hat?«

Sie betrachtet sie einen Augenblick lang nacheinander.

»Ich war nicht dort«, sagt sie. »Er war erhängt ...«

»Sie wissen, dass es sehr schwer ist, jemanden gegen seinen Willen zu erhängen?«

Da beginnt sie zu weinen.

»Woher soll ich denn das alles wissen? Sie stellen mir Fragen ... Ich weiß es nicht ... Und er wird kommen und mich zurückbringen. Er wird wieder behaupten, dass ich verrückt bin. Ich schwöre Ihnen ... Ich schwöre Ihnen beim Leben meiner Mutter, dass ich es nicht bin.«

In diesem Moment hält ein Auto vor dem Gasthof. Émile geht ans Fenster.

»Es ist Ihr Mann«, sagt er ruhig.

»Monsieur Torrence ... Monsieur Torrence! Ich flehe Sie an ... Tun Sie irgendetwas. Rufen Sie die Polizei. Ich will nicht ... Ich will nicht ...«

Der Wirt erscheint.

»Monsieur Dossin ist gerade gekommen. Ich habe ihm gesagt, dass ... dass ...«

»Er soll heraufkommen«, unterbricht ihn Émile.

Torrence ist selten in seinem Leben etwas so peinlich gewesen. Was wäre, wenn er noch Mitglied der Kriminalpolizei wäre? Welche Szene wird man nun erleben?

Es kommt anders. Monsieur Dossin ist ruhig, ernster denn je.

»Entschuldigen Sie, meine Herren«, sagt er mit einem traurigen Lächeln. »Ich habe mich bemüht aufzupassen, aber ein Augenblick genügte, und ...«

Am seltsamsten ist, dass die junge Frau nicht protestiert.

»Ich komme mit dir«, sagt sie stotternd. »Ich dachte mir schon, dass du kommst. Aber ich sage dir lieber, dass diese Herren alles wissen und dass die Polizei ...«

Der Wirt ist verschwunden. Vielleicht lauscht er in irgendeiner Ecke, aber man sieht ihn nicht.

»Sie erlauben, meine Herren, dass ich meine Frau zurückbringe und dass ... Selbstverständlich stehe ich Ihnen weiterhin zur Verfügung.«

»Meine Herren«, sagt sie, bevor sie ihm zum Eingang folgt, »denken Sie daran, was ich Ihnen gesagt habe, und handeln Sie entsprechend ...«

All das in dem großen Festsaal, in dem noch die Papiergirlanden der letzten Feier hängen!

Torrence wendet sich an Émile. »Was soll ich tun?«, fragt er.

Émile sieht wie zufällig woandershin. Er schaut aus dem Fenster. Er beobachtet den Kanal, wo ein Fährmann ...

Plötzlich äußert er unerwartet bestimmt:

»Es macht Ihnen doch nichts aus, noch ein paar Minuten hier zu warten? Ich bin sofort für Sie da ...«

Schon hat er, geschmeidig wie ein Aal, den Saal verlassen. Er durchquert den Gastraum, erreicht den Kai, hält am Rand des Kanals inne.

»Wer ist das?«, will er wissen.

»Genau das frage ich mich auch«, erwidert der Fährmann trocken angesichts des starren Leichnams in seinem Kahn. »Ich habe ihn flussaufwärts gefunden, drei oder vier Kilometer von hier ... Er war ein kleines bisschen zu groß, aber ich sagte mir ...«

Émile wird nie erfahren, was der Fährmann sich gesagt hat, als er diese makabre Entdeckung machte. Er ist ganz damit beschäftigt, die Taschen des Toten zu leeren. Im Fenster des ersten Stocks des Gasthauses sieht er den dicken Torrence, der sein Tun mit entgeisterter Miene verfolgt.

Eine Brieftasche. Visitenkarten.

Jean Marchons ...

»Also ... Ich glaube, wir sollten besser die Polizei benachrichtigen«, protestiert der Fährmann. »Als ich ihn aus dem Wasser zog, in der Nähe des Teichs, hat mir meine Frau schon eingeschärft, dass wir nicht ...«

Und Émile, der gerade eine Wunde entdeckt hat, von Gerichtsmedizinern als Quetschwunde bezeichnet, die nur von einem Hammerschlag auf den Kopf herrühren kann, gibt ein kaum vorschriftsgemäßes »Halt die Klappe!« zurück.

III

*Wo Émile sich noch mit Stiefeln beschäftigt,
während Torrence sein Bestes tut*

Die Leiche ist im Festsaal des Gasthofs auf den Billardtisch gelegt worden, und Émile hat den grünen Stoffbezug, der vor Kurzem noch dem Billardspiel diente, über sie gebreitet. Die Wirtin ist aus der Waschküche herbeigelaufen und hat sich noch schnell die Hände getrocknet, jetzt muss man sie mithilfe eines kleinen Gläschens wieder aufrichten, während das Dienstmädchen wie blödsinnig immer wieder den Kopf schüttelt.

Jemand hat sich auf die Suche nach einem Polizisten gemacht. Unterdessen hat Torrence telefonisch Kontakt mit Orléans aufgenommen. Während er redet, betrachtet er träumerisch Monsieur Dossin, der reglos dasitzt, die Stirn in die Hände gestützt.

»Hallo? Ja ... Bitte benachrichtigen Sie die Staatsanwaltschaft ... Es handelt sich fast sicher um Mord. Ja ... Ich werde hierbleiben, bis Sie kommen ... Selbstverständlich werde ich dafür sorgen, dass sich niemand entfernt ...«

Dossin fährt zusammen. Galten diese letzten Worte nicht ihm?

»Keine Angst«, murmelt er mit traurigem Lächeln. »Ich habe gar nicht die Absicht zu fliehen.«

»Aber dieses Mal solltest du es zugeben, nicht?«

Der Angriff kam von seiner Frau, mit harter, schneidender Stimme.

»Glaubst du, du wirst den Leuten jetzt noch erzählen können, dass ich verrückt bin und dass du mich aus Mitleid in diesem finsteren Schloss einschließt? Weil du eifersüchtig bist, jawohl! So eifersüchtig, dass du den Mann, den ich liebe, abgepasst und getötet hast! Als du gesehen hast, dass ich dein Verbrechen entdeckte, hast du die Leiche schnell verschwinden lassen. Ich hab mir schon gedacht, dass du ihn in den Kanal geworfen hast, da das Wasser dort noch nicht zugefroren ist wie im Teich…«

Émile erinnert sich an die erste Begegnung mit der jungen Frau, als sie ihnen, ein bleiches Gespenst, am Fenster des ersten Stocks Zeichen machte, die er nicht verstand. Wie hätte er ahnen können, dass sie sie mit ihrem Winken auf den Kanal in der Ferne aufmerksam machen wollte?

Ohne sich um Torrence zu kümmern, geht Émile nun zur Tür, als sei ihm plötzlich etwas eingefallen. Er schiebt die wenigen Neugierigen zur Seite, die sich auf der Schwelle gesammelt haben, klappt den Mantelkragen hoch und setzt sich in das kleine Auto.

Einige Minuten später trifft er beim Château du Lac ein, das in der eisigen Reglosigkeit des Waldes verlassener und trostloser wirkt denn je. Nur der Hund steckt seine Schnauze durch die Gitterstäbe, schnüffelt und knurrt dumpf.

Émile geht nicht hinein. Nachdem er das Auto am

Weg abgestellt hat, geht er zum Schuppen, und von dort sieht er sich um. Der Kanal kann nur vor ihm sein, auf der anderen Seite des Teichs, den er umrunden muss.

Er geht in diese Richtung, langsam, mit suchendem Blick.

Leider sind auf dem gefrorenen Boden keinerlei Spuren zu entdecken. Er geht etwa einen halben Kilometer. Es wird bald dunkel werden. Die Landschaft ist eindrucksvoll wie eine phantastische Kulisse, und die Stille ist fast erschreckend.

Als er dreihundert Meter gegangen ist, kommt schon der Kanal in Sicht, und er bleibt zufrieden stehen.

Es sieht ganz so aus, als hätte er gefunden, was er sucht. Gehört das Land von hier an einem anderen Besitzer? Jedenfalls sind drei Reihen Stacheldraht über den Weg gespannt, dem er folgt.

Er ist nicht ungeduldig. Er klingelt zwei Mal, drei Mal. Er beobachtet den Hund, der nicht aufhört zu bellen. Ohne dieses segensreiche Gitter würde er ...

Schließlich taucht der ernste Diener auf, um ihm zu öffnen, genauer gesagt, um zu verhandeln.

»Es ist niemand da.«

»Ich weiß. Ihr Herr schickt mich. Er wird heute Nacht und wahrscheinlich auch in den nächsten Tagen nicht zurückkommen, deshalb soll ich ihm ein paar Toilettenartikel und Wäsche zum Wechseln bringen ...«

Émile riskiert wenig. Wie die Dinge stehen, wird Monsieur Dossin aller Wahrscheinlichkeit nach tatsächlich noch heute Abend festgenommen.

»Hat er Ihnen das schriftlich gegeben?«, fragt der Diener misstrauisch.

»Er hat jetzt an anderes zu denken. Verstehen Sie nicht, was los ist, verdammt noch mal? Die Leiche von Jean Marchons ist entdeckt worden ...«

»Aha!«

»Das scheint Sie nicht zu überraschen.«

Der Diener verzieht keine Miene.

»Machen Sie mir jetzt auf oder nicht?«

Als sich das Tor endlich öffnet, ist es fast völlig dunkel.

»Sie geben nicht so leicht nach, mein Freund. Würden Sie mich jetzt bitte zum Zimmer von Monsieur Dossin führen ...«

»Ich frage mich, ob es nicht meine Pflicht wäre, einen Durchsuchungsbeschluss zu verlangen ...«

»Genau! Ich rate Ihnen, machen Sie nur so weiter ...«

»Was können Sie mir schon anhaben? Und außerdem habe ich den Hund ...«

Dieses Bürschchen wäre in der Lage, Émile an die Luft zu setzen! Da heißt es schlau sein.

»Tun Sie, was Ihr Herr Ihnen aufgetragen hat. Geben Sie mir seinen Pyjama, seine Pantoffeln, seine Zahnbürste, seinen Rasierer ...«

Die Harmlosigkeit dieser Aufzählung gibt den Ausschlag. Zusammen betreten sie ein Zimmer im ersten Stock.

Die Kleider hängen in einem riesigen alten Schrank. Émile wendet sich zu dessen Pendant, einem zweiten, ähnlich gebauten Möbel. Er täuscht sich nicht: Darin befinden sich die Schuhe. Es gibt etwa fünfzehn Paar, sorgfältig aufgereiht.

»Das ist seltsam …«, sagt er halblaut.

»Was ist seltsam?«

»Ein Paar Stiefel fehlt. Es sei denn, Sie haben sie mit hinuntergenommen, um sie zu putzen …«

»Monsieur Dossin trägt seine Stiefel …«

»Ich spreche nicht von seinen Reitstiefeln, sondern von den Schnürstiefeln, die er heute Morgen anhatte, bevor wir hier waren.«

Der Diener zögert keine Sekunde.

»Monsieur hat noch nie Schnürstiefel besessen …«

»Hören Sie, Joseph … Heute Morgen habe ich mit eigenen Augen gesehen, dass Monsieur Dossin Schnürstiefel trug. Übrigens ist das völlig unwichtig. Es fiel mir nur auf, weil ich mir genau solche Stiefel kaufen wollte …«

»Monsieur hat noch nie Schnürstiefel besessen.«

»Aber ich sage Ihnen doch …«

»Monsieur hat noch nie …«

»Joseph, ich bitte Sie, bringen Sie mich nicht zur Verzweiflung! Ich warne Sie vor den Konsequenzen. Morgen oder übermorgen werden Sie nicht mir zu antworten haben, sondern dem Ermittlungsrichter. Und Sie müssen unter Eid aussagen. Würden Sie unter Eid bestätigen, dass Ihr Herr …«

»… noch nie Schnürstiefel besessen hat, genau!«

»Man wird Sie wegen Falschaussage anklagen …«

»Das werden wir sehen. Fest steht …« – und der Blick des Dieners wird härter –, »dass Sie gelogen haben, als Sie sagten, dass Monsieur Dossin Sie beauftragte … Jetzt verstehe ich … Sie wollten nur sein Zimmer durchsuchen, in der Hoffnung, irgendwelche Stiefel zu finden. Na warte! Wenn Sie nicht auf der Stelle abhauen …«

Eindeutig ist dies kein Haus, in dem man sich zu lange aufhalten sollte. Émile zieht es vor, nicht zu widersprechen. Er geht sogar recht schnell die Treppe hinunter, denn Josephs Miene lässt nichts Gutes ahnen. Und im Hof streift der Hund umher …

Alles geht gut. Das Gittertor fällt ins Schloss. Émile steigt wieder ins Auto, er starrt in die Dunkelheit vor ihm, und bevor er den Motor anlässt, murmelt er:

»Was zum Teufel können sie mit diesen Stiefeln gemacht haben?«

Das Haus, in einer ruhigen Straße von Pithiviers gelegen, ist recht hübsch. Bevor er klingelt, hat Émile durchs Schlüsselloch Licht im Inneren erspäht. Bald erscheint eine ältere Frau, die bei seinem Anblick erschrickt, die Hand auf die Brust legt und fragt:

»Ein Unglück ist geschehen, nicht?«

»Verzeihung, Madame … Wohnt hier Monsieur Marchons? Mit wem habe ich die Ehre?«

»Treten Sie ein, mein Herr. Bleiben Sie nicht da draußen in der Kälte und der Dunkelheit. Warten Sie, ich mache Licht im Salon … Aber, du liebe Güte, sagen Sie doch etwas, damit ich mich beruhige! Oder besser, sagen Sie mir die Wahrheit … Ich bin Jeans Haushälterin. Ich habe ihn großgezogen. Er betrachtet mich sozusagen als seine Mutter. Was sagen Sie? Warum senken Sie den Kopf? Ist ein Unglück geschehen? Als ich merkte, dass er nicht zurückkommt ... Er ist doch wenigstens nicht tot?«

»Er ist tot, Madame ...«

»Jemand hat ihn ermordet? Hat ihn wirklich jemand ermordet?«

Sie weint. In einem Sessel sinkt sie zusammen.

»Ich habe ihm immer gesagt, dass das böse enden wird. Ein gut aussehender Junge wie er, gesund, mit einem gewissen Vermögen ... Er hätte jedes junge Mädchen heiraten können. Stattdessen verliebt er sich in diese ... diese ... Sie ist ein schlechter Mensch, nicht wahr, mein Herr? Niemand kann mir weismachen, dass eine anständige und manierliche Frau einen Mann heiratet, der zwanzig oder fünfundzwanzig Jahre älter ist als sie ... Wie ist es passiert? Hat er sie zusammen erwischt? Er hat auf sie geschossen, natürlich! Ein Mann, der immer mit dem Gewehr herumläuft ... Ich kann mir vorstellen, wie es passiert ist ... Er hat bestimmt so getan, als würde er auf die Jagd gehen. Dann ist er geräuschlos zurückgekommen und hat geschossen. Hat man ihn geschnappt, mein Herr?«

»Er hat nicht geschossen.«

»Was hat er dann gemacht?«

»Er ...«

Warum wird Émile in diesem kleinen komfortablen Salon, vor dieser braven Frau, die weint, mit plötzlicher Wucht die Ungeheuerlichkeit dessen klar, was er sagen wird?

»Er … Die Sache ist die, dass Jean Marchons' Schädel mit einem Hammer zertrümmert wurde, und dann …«

Die arme Frau umfasst ihren Kopf mit den Händen, als würde sie selbst geschlagen.

»Dann hat man ihn aufgehängt.«

»Was sagen Sie da?«

»Und schließlich seine Leiche in den Kanal geworfen …«

Das ist zu viel. Sie ist aufgestanden. Sie betrachtet mit einer gewissen Besorgnis diesen Besucher, der solche Ungeheuerlichkeiten von sich gibt.

»Sie werden mir doch nicht weismachen … Aber dann ist der, der das getan hat, wahnsinnig … Nur ein Verrückter kann …«

Émile hat eine Eigenheit, die die Leute immer verwirrt und die sogar den geduldigen Torrence zur Verzweiflung bringt. Wenn ihm eine Idee durch den Kopf schießt, will er ihr sofort auf den Grund gehen, ohne Rücksicht auf seinen Gesprächspartner, den er ratlos zurücklässt.

So ist es auch jetzt.

»Nur ein Verrückter kann …«, hat die Haushälterin begonnen, während sie sich die Augen reibt.

Und sie hat ihren Satz noch nicht beendet, als Émile sie auch schon verlassen hat, ohne ein Wort zu sagen. Er öffnet die Tür, geht zum Auto. Sie muss hinter ihm herlaufen.

»Aber wo ist er? Monsieur? Sagen Sie mir wenigstens, wo er ist.«

»Ach ja … Na gut! Wenn Sie einsteigen möchten …«

»Warten Sie, ich hole mir nur einen Mantel und schließe ab ...«

Auf dem Weg spricht er nicht mit ihr. Er hört nicht, was sie sagt. Madame Dossin ist keine Verrückte, das würde er beschwören. Aber der Doktor hat versichert ...

»Warum, ja, sagen Sie mir das, warum hat man ihn aufgehängt, wenn er schon tot war?«

»Und Sie, sagen Sie mir, warum man ihm, wenn er gehängt wurde, mit dem Hammer auf den Kopf schlug?«

Gedämpftes Scheinwerferlicht in der Ferne. Da ist Sully, das Kanalufer, die Autos der Staatsanwaltschaft von Orléans und der Kriminalpolizei. Émile öffnet die Tür zum Gasthof. Im halbdunklen Festsaal befinden sich zahlreiche Menschen. Die Haushälterin stürzt auf den Billardtisch zu, hebt das Tuch hoch, stößt einen lauten Schrei aus und sinkt ohnmächtig zusammen.

IV

Wo Émile, weil er nichts von der offiziellen Untersuchung hält, ein seltsames Spiel spielt, mit dem undurchdringlichen Joseph als Gegner

Einem ahnungslosen Passanten würde das Château du Lac an diesem Abend vermutlich irgendwie festlich vorkommen. Das Ambiente erinnert an Weihnachtskarten: Die Tannen um das Gebäude herum sind vom Schnee gepudert, im Hof dämpft ein dicker weißer Teppich das Geräusch der Schritte. Zwei oder drei Fahrer der Autos vor dem Tor stampfen mit den Füßen auf, um sich zu wärmen; und alle Fenster sind erleuchtet.

Die Herren von der Staatsanwaltschaft haben beschlossen, da sie schon einmal in Sully sind, auch gleich den Tatort zu besichtigen.

Während die Polizisten in den Zimmern umhergehen, um Gott weiß welche Spuren zu suchen, haben sich die wichtigsten Personen in der Bibliothek versammelt. Der Staatsanwalt und der Ermittlungsrichter sitzen an einem langen Eichentisch, an dessen Ende auch ein bebrillter Protokollführer Platz genommen hat.

Torrence steht aufrecht mit dem Rücken zum Kamin und raucht bedächtig seine Pfeife. Hin und wieder zucken seine Lider, vor allem, wenn sich Schritte der Tür nähern, denn gleich nach ihrem Eintreffen im Schloss ist Émile plötzlich verschwunden.

In einem Sessel sitzend, ist Madame Dossin schöner denn je. Wenn sie nervös wird, beißt sie sich unwillkürlich auf die Lippen, sodass diese eine hübsche blutrote Farbe angenommen haben. In ihren dunklen Augen liegt ein feuriger Glanz. Ein bewundernswürdiges Geschöpf, das fähig wäre, viele Menschen zum Träumen zu bringen und Dramen zu entfesseln. Ein Filmstar könnte sie sein!

Doktor Aberton wurde telefonisch benachrichtigt, er sieht mehr denn je wie ein Kobold aus und scheint sich nicht besonders wohlzufühlen.

»Mir müssen Sie nicht antworten, Doktor. Sondern diesen Herren hier … Aber ich verlange, dass Sie vollkommen aufrichtig sind. Heute Morgen, als Monsieur Torrence hier war, sind Sie gekommen … Entspricht es Ihrer Gewohnheit, mich zu dieser Stunde aufzusuchen?«

»Eigentlich nicht, aber …«

Sie hat die Frage gestellt.

Ihr Mann steht nicht weit von ihrem Sessel entfernt und starrt auf einen Teppich mit blauem Rankenmuster.

»Antworten Sie klar und deutlich, ich bitte Sie … Haben Sie mich regelmäßig behandelt? Haben Sie mich als Ihre Patientin betrachtet?«

»Nicht offiziell …«

Die zarten Finger der jungen Frau spielen mit einem Spitzentaschentuch, das nicht mehr lange ganz bleiben wird. Torrence kommt nicht umhin, sie zu bewundern, auch wenn sie ihm gleichzeitig Angst macht.

»Wenn das so ist, warum haben Sie Monsieur Torrence belogen? Lassen Sie sich nicht irritieren … Ich habe gehört, was Sie gesagt haben … Ich weiß aber, dass mein Mann Sie angerufen hat und Sie bat zu behaupten, dass ich verrückt bin.«

Ein Holzscheit bricht und sinkt, Funken stieben. Torrence vergisst, an seiner Pfeife zu ziehen. Der Ermittlungsrichter spielt verlegen mit einem Brieföffner, während der Staatsanwalt sorgfältig ein Monokel putzt, das völlig sauber ist.

»Antworten Sie mit Ja oder mit Nein: Haben Sie mich behandelt, wie man eine Verrückte behandelt?«

»Nicht genau so …«

»Halten Sie mich für verrückt?«

»Ich antworte auf diese Frage, wenn mich der Herr Richter allein befragt.«

»Sie werden nicht wagen zu wiederholen, dass ich verrückt bin … Wenn ich es wäre, hätten Sie mich auch so behandelt … Meine Herren, ich bitte Sie, Doktor Albertons Verhalten zur Kenntnis zu nehmen. Um meinem Mann zu gefallen, um ihn zu retten, hat er sich nicht gescheut …«

»Ich bedaure, es Ihnen sagen zu müssen, Madame, aber laut Gesetz besteht für Sie die Chance, dass Sie als nicht verantwortlich für Ihre Taten angesehen werden …«

Der Richter wendet sich an Monsieur Dossin:

»Sie leugnen immer noch, Jean Marchons im Schuppen getötet zu haben?«

Der Hausherr senkt den Kopf und antwortet nicht.

»Sie leugnen, ihn danach aufgehängt zu haben? Und den Leichnam dann – heute Morgen, als sie erfuhren, dass die Agence O sich der Sache annehmen würde – aus dem Schuppen zum Kanal gebracht zu haben? Ich mache Sie darauf aufmerksam, dass es so gut wie unmöglich ist, dass eine Frau, selbst eine kräftige Frau, den Transport der Leiche allein bewerkstelligte … Hätte sie sich dagegen eines Fahrzeugs bedient, so hätte dieses Fahrzeug Spuren hinterlassen …«

Durch die halb offene Tür bemerkt Torrence Émile, der geschäftig vorbeigeht, gefolgt vom Kammerdiener wie von einem Schatten.

Émile hat sich mit Josephs Anwesenheit abgefunden. Er gibt sogar vor, seine Anwesenheit angenehm zu finden, und spricht mit ihm wie mit einem Kameraden.

»Sie irren sich, mein armer Joseph. Oder Sie sind kein solch treuer und ergebener Diener, wie ich gedacht habe. Oder Sie betrachten nicht Monsieur Dossin als Ihren Herrn, sondern diese Frau … Na so was! Dieser große Koffer … Wirklich, ich beglückwünsche Sie für die Ordnung in diesem Haus. Wenn meine Mittel es zulassen würden, Sie anzustellen … Wieder nichts! Sehen wir mal … Wie ist es möglich, in einem Haus wie diesem ein Paar Stiefel verschwinden zu lassen? Und es geht nicht nur um die Stiefel! Da ist ja auch noch der Strick, der berühmte Strick zum Hängen, den es definitiv gegeben hat, trotz allem, was man dagegen einwenden mag, denn der Abrieb hat den Haken glatt und glänzend gemacht …«

»Hier entlang, bitte …«

Seltsam, die anderen Polizisten, die das Haus viel methodischer durchsuchen als Émile, machen Joseph gar nichts aus. Allerdings wissen sie nicht, wonach sie suchen. Ihre Suche ist rein gewohnheitsmäßig, denn bei jedem Verbrechen sucht die Polizei nach noch so geringfügigen Spuren.

»Sie werden sehen, mein armer Joseph, Sie werden sich noch bei mir entschuldigen, für den Widerwillen, den Sie mir entgegenbrachten. Entweder ich habe recht, dann sind Sie ein Dummkopf. Oder ich habe nicht recht, und in diesem Fall werden Sie einen wesentlichen Teil ihres restlichen Lebens in einer Zelle verbringen. Aber … Zum Donnerwetter! Können Sie es nicht einfach sagen? Die großen Schornsteine haben mich in die Irre geführt … Wenn man die meterlangen Holzscheite sieht, die in allen Kaminen brennen, glaubt man nicht, dass das noch nicht genügt, dass man außerdem noch eine Zentralheizung braucht. Wo ist der Heizkessel, Joseph? Bemühen Sie sich nicht … Ich muss ja nur den Rohren folgen. Lieber Himmel! Wo lässt man ein Paar Stiefel und einen kräftigen Strick verschwinden, wenn nicht in einem Heizkessel, in dem …«

Er betritt ein Zimmer, in dem zwei Polizisten die Schränke durchwühlen.

»Verzeihung, meine Herren … Mein Chef, Inspektor Torrence, hat gerade eine Idee gehabt … Um sie zu prüfen, benötige ich Ihre Hilfe … Wären Sie eventuell so freundlich, mich in den Keller zu begleiten? Nicht so schnell, Joseph! Meine Herren, ich bitte Sie, halten

Sie diesen übereifrigen Diener auf … Die Handschellen sind vielleicht nicht nötig, aber es wäre bedauerlich, wenn dieser junge Mann vor uns am Heizkessel wäre …«

»Sehen Sie, meine Herren, vor allem erstaunt es mich, dass es nicht schon früher ein Unglück gegeben hat …«

Madame Dossin spricht noch immer, und – was für ihre Zuhörer verwirrend ist und was ein Unbehagen schafft, dem keiner entkommt, nicht einmal der Protokollführer, obwohl er an dramatische Situationen gewöhnt ist – alle stellen sich die eine Frage:

Ist sie verrückt?

Sie spricht immer lebhafter. Sie betont jede Silbe.

»Als ich einwilligte, ihn zu heiraten, hat er mir geschworen, dass er sich niemals erlauben wird, eifersüchtig zu sein, nur weil er alt ist … Das ist die einzige Bedingung, die ich stellte, bevor ich seine Frau wurde. Er versprach mir ein angenehmes Leben, viele Reisen ans Meer, an die Côte d'Azur … Ach! Diese Eifersucht, vor der ich Angst hatte, hat ihn bald aufgezehrt, hat all seine anderen Gefühle beherrscht … Deshalb hat er mich hier eingeschlossen, weil er dadurch jeden Kontakt zwischen mir und der Welt verhindern wollte …«

Es klingt so ehrlich! Und wie sollte man die Leidenschaft dieses Mannes von fünfzig Jahren nicht verstehen, seine Qualen angesichts dieses prachtvollen Geschöpfs?

»Ich habe einen Geliebten gehabt, das ist wahr. Ich liebte Jean Marchons. Und er liebte mich … Wir hatten vor zu fliehen, und wir warteten nur auf eine günstige

Gelegenheit, denn bei diesen Treffen im Wald hatten wir Angst ...«

Torrence ist zusammengefahren. Niemand denkt mehr an Jean Marchons' alte Haushälterin, die an der Tür sitzt und weint. Aber gerade hat sie den Kopf gehoben. Sie hat den Mund aufgemacht, aber sie hat keine Zeit zu sprechen.

So geht Torrence zu ihr, legt ihr sanft die Hand auf die Schulter, zieht sie in den Flur und dann in ein kleines Zimmer im Erdgeschoss. Er schließt die Tür.

»Er hat ihn getötet ... In seiner Wut hat er ihn danach aufgehängt, vielleicht, weil er, wenn man die Leiche später entdecken würde, den Anschein erwecken wollte, dass es Selbstmord war? Aber er hat gemerkt, dass ich heute Morgen telefonierte. Er hatte Angst ... Er hat den toten Körper in den Kanal geworfen ... Er hat mit allen Mitteln und unter Mithilfe des Doktors versucht, mich als eine Verrückte hinzustellen und mir das Verbrechen zur Last zu legen, das er begangen hat ... Warum, sagen Sie mir das, warum hätte ich den Mann töten sollen, den ich liebte?«

Im Keller flüstert Émile, Gesicht und Hände kohlegeschwärzt, mit seiner unvergleichlichen Höflichkeit und Bescheidenheit, die so gut zu der Funktion passen, die er bei der Agence O für sich in Anspruch nimmt:

»Ich bitte Sie, meine Herren, haben Sie die Freundlichkeit, diese Asche nicht zu berühren. Sie werden bemerkt haben, nicht wahr, dass man deutlich die Schnürlöcher von Stiefeln erkennt ... Und was dieses weißliche, schlangenartige Ding betrifft, so bin ich überzeugt, dass Ihre Spezialisten es als Überrest eines verbrannten Hanfseils identifizieren werden.«

»Wir müssen sofort den Staatsanwalt benachrichtigen«, sagt einer der Polizisten. »Ich glaube nicht, dass der Kerl jetzt noch so selbstsicher auftreten kann. Wenn man sich vorstellt, dass er versucht hat, seine Frau als eine Verrückte hinzustellen und ...«

»Kommen Sie, Joseph?«

Der Diener ist empört über diese Vertraulichkeit.

»Ich versichere Ihnen, mein Junge, es ist besser für Sie, wenn Sie mir folgen. Da oben werde ich gezwungen sein, gewisse Dinge offenzulegen, die den Ermittlungen eine etwas andere Richtung geben ...«

Als Émile, gefolgt von Joseph, die Bibliothek betritt, sitzt Monsieur Dossin auf der Anklagebank. Immer noch aufrecht, doch den Blick fest auf den Boden geheftet, antwortet er nicht oder wiederholt mit schwächer werdender Stimme:

»Ich habe nichts zu sagen.«

Zehn Mal, zwanzig Mal wiederholt der Ermittlungsrichter seine Fragen:

»Sie bestreiten also, heute Morgen im Schuppen gewesen zu sein, die Leiche weggeschafft zu haben ...«

Émile hat erfolglos versucht, Torrence auf sich aufmerksam zu machen. Sei's drum. Er tritt vor, ohne daran zu denken, dass sein Gesicht noch ganz schwarz ist, was eine recht überraschende Reaktion hervorruft.

»Verzeihung, Herr Richter ...«

»Einen Moment ... Was machen Sie hier? Wer sind Sie?«

»Entschuldigen Sie die Störung. Ich bin der Fotograf der Agence O. Auf Anweisung des Ex-Inspektors Torrence habe ich einige Nachforschungen angestellt. Und ich habe gerade erst den Beweis dafür erhalten, dass Monsieur Dossin tatsächlich heute Morgen Jean Marchons' Leichnam aus dem Schuppen holte und zum Kanal brachte.«

»Wo ist dieser Beweis?«

»Im Keller. Neben dem Heizkessel. Zwei Polizisten bewachen ihn ... Es handelt sich um die Schnürstiefel, die Monsieur Dossin heute Morgen trug, als wir ankamen, und die dann verschwunden sind. Ich ... Ich meine, Monsieur Torrence ... hat es seltsam gefunden, wie viel Mühe aufgewendet wurde, um ein Paar Stiefel zum Verschwinden zu bringen, und dass man so weit gegangen ist, die Existenz dieser Stiefel zu leugnen ... Ich habe nachgeforscht ... Die Stiefel wurden im Heizkessel verbrannt. Wahrscheinlich waren Spuren darauf, die bewiesen hätten, dass Monsieur Dossin heute Morgen über den Stacheldraht auf dem Weg zum Kanal gestiegen ist. Auch der Strick liegt im Keller, halb verbrannt, aber noch erkennbar, und die Analyse der Überreste ...«

Der Richter und der Staatsanwalt beugen sich zueinander und flüstern sich etwas zu.

»Ich nehme an, Monsieur Dossin, dass Sie unter diesen Umständen nicht mehr daran denken, eine Tat zu leugnen, die ...«

Genau in dem Moment, als die Tür sich öffnet und Torrence hereinkommt, hebt Émile die Hand, als wäre er in der Schule.

»Ich bitte Sie um Verzeihung, Herr Richter. Es gibt den Hammer ...«

»Was meinen Sie? Der Hammer wurde, wenn ich mich nicht irre, im Schuppen gefunden.«

»Richtig«

»Warum genau? Erklären Sie sich, junger Mann.«

»Der Hammer dürfte nicht dort sein ... Das hat mir Monsieur Torrence gerade gesagt. Nicht wahr, Chef? Wenn Monsieur Dossin Jean Marchons getötet hätte, würde der Hammer jetzt auf dem Grund des Kanals oder in der Asche des Heizkessels liegen, aber wir hätten ihn ganz sicher nicht im Schuppen gefunden.«

»Ich verstehe nicht ...«

»Monsieur Torrence hat mir erklärt ... Nehmen wir an, Monsieur Dossin hat Jean Marchons gestern getötet ... Er hat ihm mit einem Hammer den Kopf eingeschlagen ... Und er hofft, dass niemand so bald den Schuppen betritt, einverstanden! Doch dann wäre es nötig, diesen Hammer verschwinden zu lassen ... Heute Morgen erfährt er, dass die Polizei kommen wird, dass sie den Schuppen durchsucht. Folglich will er jede Spur des Verbrechens tilgen.«

»Das ist klar.«

»Deshalb verbrennt er den Strick. Und er will ganz sicher sein, deshalb verbrennt er auch die Stiefel, die ihn verraten könnten. Warum hat er den Hammer nicht mitgenommen?«

»Aber …«

»Weil er ihn nicht gesehen hat … Weil er nicht wusste, wo er sich befand … Weil er vielleicht gar nicht wusste, dass er existiert … Wenn er dieses Verbrechen begangen hätte, ich wiederhole es, wüsste er genau, wo der Hammer lag und …«

Émile wird vor Verwirrung dunkelrot. Er wendet die Augen ab, denn er hat den Blick von Monsieur Dossin aufgefangen, der von trauriger Überraschung zeugt.

»Dieser junge Mann ist verrückt …«, schreit Madame Dossin. Sie macht eine Bewegung, als wollte sie aus dem Sessel springen.

»Ich hätte es lieber gehabt, dass Monsieur Torrence selbst es erklärt, denn ich bin nur sein bescheidener Gehilfe und kenne nicht alle seine Gedanken. Er hat mir gesagt, dass nach seiner Meinung Monsieur Dossin erst heute Morgen durch den Anruf seiner Frau von dem Verbrechen erfahren hat. Wahrscheinlich hatte Joseph den Auftrag, an der Tür zu lauschen … Um uns diesen Anruf zu erklären, hat er Doktor Aberton kommen lassen und uns von Madame Dossins Verrücktheit erzählt.«

»Ich bin nicht verrückt.«

»Doch, doch, Madame … Sie selbst haben den Doktor um diese Diagnose gebeten. Und Ihr Mann hat es getan, um Ihnen das Gefängnis zu ersparen. Ihr Mann, der eine blinde Leidenschaft für Sie hegt und der, um Sie nicht zu verlieren, eingewilligt hat …«

»Er war furchtbar eifersüchtig!«

»Er litt vielleicht, doch er vermied es, sich Ihre Seitensprünge offen einzugestehen und …«

»Das ist nicht wahr!«

Monsieur Dossin hat sein Taschentuch aus der Tasche gezogen und sich damit über die Stirn gewischt, jetzt geht er zu einem kleinen Tisch. Als er sich eine goldgelbe Flüssigkeit in ein Glas aus geschliffenem Kristall einschenkt, stürzt ein Kriminalbeamter auf ihn zu. Und der Schlossherr murmelt:

»Haben Sie keine Angst. Ich werde mich nicht vergiften. Ich brauche bloß einen Tropfen Alkohol, um …«

Seine Frau hingegen ruft exaltiert aus:

»Ich weiß nicht, wer dieser lächerliche und anmaßende junge Mann ist, aber ich verlange, dass er mir sagt, warum ich einen Mann hätte töten sollen, den ich geliebt habe und mit dem ich demnächst …«

Jetzt tritt Torrence vor, der große, gutmütige Torrence, um schließlich ebenfalls seine Stimme zu erheben.

»Nein, Madame, sie wären nicht mit Jean Marchons geflohen. Gerade erst habe ich mich lange mit seiner Haushälterin unterhalten. Jean Marchons hat Sie sehr geliebt, das stimmt. Ihretwegen ist er in diese Gegend gezogen und hat auf ein normales Leben verzichtet. Doch ihm wurde bewusst, wie launenhaft Sie sind, und die hier anwesende Haushälterin … Bitte, Madame, treten Sie vor. Haben Sie keine Angst. Sagen Sie diesen Herren, was Sie …«

»Er hat mir geschworen«, sagt sie, »dass es das letzte Rendezvous wäre …«

Sie bricht in Tränen aus, und in dem Augenblick verändert sich Madame Dossin, so schnell, dass es den Zuschauern unwohl wird. Sie ist nicht mehr die leidenschaftliche Frau, sondern selbst die Geliebte, die sie bis jetzt vor allen verborgen hat. Sie wird zur Furie. Sie schreit. Sie fuchtelt mit den Armen. Ihr Zorn richtet sich gegen Émile, und sie hätte sich auf ihn gestürzt, wenn der kleine Doktor mit dem weißen Spitzbart ihr nicht mit unerwarteter Kraft in den Arm gefallen wäre.

»Er lügt! Er ist ein Spion meines Mannes! Ein Verrückter! Sehen Sie nicht, dass er verrückt ist? Er malt sich das Gesicht schwarz an, das beweist es doch ...«

Man kommt dem Arzt zu Hilfe, und als dieser endlich in der Lage ist, sich dem Richtertisch zu nähern, sagt er leise:

»Was habe ich Ihnen gesagt? Eine Krise ... Und es ist leider nicht die erste ... Monsieur Dossin, mein Patient und Freund, hat mich oft kommen lassen, und ich beobachtete sie. Aber er wollte sich um nichts in der Welt von ihr trennen. Dieser junge Mann hat recht. Es gibt Leidenschaften, in unserem Alter ...«

Monsieur Dossin hat sich zur Wand gedreht, um seine Gefühle zu verbergen. Auf der anderen Seite des Zimmers wirft Joseph seinem Feind Émile einen verblüfften Blick zu. Hat also dieser seltsame junge Mann deshalb so hartnäckig nach den Stiefeln gesucht, um seinen Herrn zu retten?

Der Richter sagt stockend:

»Meine Herren, ich ... ich glaube ... Können Sie sie nicht beruhigen, Doktor?«

»Wenn mir noch jemand helfen würde – ich möchte ihr wenigstens eine Spritze geben und ...«

»Wir kommen nie in Paris an«, knurrt Torrence halb erfroren hinter dem Steuer. »Die Heizung qualmt wie ein Frachtschiff, und ich höre ständig dieses dumpfe Geräusch ...«

Sie überholen die Karren von Gemüsebauern, die von Arpajon aufgebrochen sind, um ihre Ware in die Halles zu bringen.

»Morgen werden alle Zeitungen berichten, dass das die kältesten Tage seit fünfzig Jahren sind.«

»Was für eine Wahnsinnige! Wenn ich daran denke ...«

Und Émile murmelt, während er sich schnäuzt:

»Aber eigentlich gar nicht so wahnsinnig. Zum Beispiel die Idee, uns anzurufen ... Ihr Mann hätte Mühe gehabt, ungestraft davonzukommen ... Vor allem, weil der Arme auch noch so blöd war, die Leiche verschwinden zu lassen. Er wäre verurteilt worden ... Und sie, sie wäre frei gewesen und hätte wahrscheinlich ein Riesenvermögen gehabt.«

»Aber der Strick? Warum ihn aufhängen? Warum einen Toten aufhängen?«

Émile putzt sich noch einmal die Nase. Morgen wird sie eine bläuliche Färbung angenommen haben, was zu seinen roten Haaren einen angenehmen Kontrast bilden wird.

»Wer weiß?«

»Wer weiß was?«

»Das ist vielleicht der Beweis dafür, dass sie wirklich wahnsinnig ist. Schwer zu sagen, was im Hirn von Verrückten vorgeht. Aber es beweist vielleicht auch ... Denn schließlich, Chef, wird das auch der Einwand sein, den der Verteidiger bei der Verhandlung vorbringen wird. Warum einen Toten aufhängen? Und das wird sie vor dem Gefängnis oder Schlimmerem retten.«

Longjumeau. Zwei Uhr morgens. Alle Fenster dunkel. Tock … tock … tock …

»Das ist es!«, verkündet Torrence und lässt das Steuer los.

»Was?«

»Eine Panne … Solche Frauen … Aber ich, ich …«

»Machen Sie sich nichts draus, Chef … Da vorn sehe ich eine Autowerkstatt, ich gehe hin und hole jemanden.«

Deutsch von Susanne Röckel

Der nackte Mann

I

Wo man merkt, dass manchmal das Ordenskleid den Mönch macht, und der berühmte Detektiv Torrence an einem recht ungewöhnlichen Ort einen Klienten aufliest

Zahlreiche Frauen, so wird uns versichert, sind eifersüchtig auf ihre Schwiegermutter. Sie klagen, dass ihre Männer, wenn sie, und sei es nur für eine Stunde, »nach Hause« zurückkehren, aufblühen und eine besondere Heiterkeit an den Tag legen, was die Ehefrauen verstimmt.

Der große und stabile Torrence war nie in besserer Laune als nach der Rückkehr von »zu Hause«. Und das Zuhause war für ihn der Ort seiner Anfänge, das Gebäude am Quai des Orfèvres, wo er als Polizeiinspektor fünfzehn Jahre die rechte Hand von Kommissar Maigret gewesen war.

Für seine ehemaligen Kollegen war Torrence auf Abwege geraten, denn er war Privatdetektiv geworden. Für die meisten Leute hatte er sein Glück gemacht, denn er war auch, wenigstens dem Titel nach, der große Chef der Agence O geworden, der seriösesten, bekanntesten, berühmtesten privaten Detektei überhaupt. An diesem Morgen war er gerade von einem Rundgang am Quai des Orfèvres zurückgekehrt, unter dem Vorwand, irgendeine kleine Auskunft erhalten zu wollen, doch in Wahrheit, um ein paar Stunden lang in der einst so vertrauten Atmosphäre zu baden. Nachdem er umherspaziert war, Hände geschüttelt und mit alten Kameraden geschwatzt hatte, war er noch in die Räume des Erkennungsdiensts gegangen, die für die »Kunden« vielleicht von allen die unheimlichsten sind.

Aber wie so vieles ist auch das eine Frage der Gewohnheit. Torrence liebte diese stets staubigen Treppen, die barbarisch wirkenden Apparate, die Grausamkeit, den gewollten Zynismus derer, die die Sicherheit eines Landes garantieren.

»Es war doch heute keine Razzia …«, bemerkte er leise zu einem Kollegen.

Denn die großen Razzien in den gefährlichen Vierteln von Paris finden gewöhnlich nur an bestimmten Tagen statt. Dennoch herrschte an diesem Morgen beim polizeilichen Erkennungsdienst die fieberhafte Unruhe der großen Tage. Wenigstens sechzig Männer jeden Alters und jeder Haarfarbe, jung und alt, blond, schwarz, darunter sogar richtige Neger, standen splitterfasernackt da und warteten, wie bei der Musterung.

An abgeschabten Tischen nahmen Angestellte ihre Fingerabdrücke. Andere verglichen sie mit Angaben auf Karteikarten. Alle Sprachen wurden gesprochen. Man hörte jeden Zungenschlag. Manche protestierten.

Andere waren lammfromm. Wieder andere schließlich versuchten sich vorzudrängeln, wie in einer Menschenmenge abends vor dem Kino.

»Eine Sonderrazzia in Barbès-Rochechouart«, erklärt ein befreundeter Inspektor Torrence.

Ein Viertel, in dem immer etwas zu holen ist. Dort geht der Polizei bei unangekündigten Durchsuchungen jedes Mal reichlich Wild ins Netz.

In einem anderen Raum warteten die Frauen, geräuschvoller und zynischer als die Männer.

Torrence hatte diesen Beruf so lange ausgeübt! Der Gefangenentransporter, die berühmte grüne Minna, die Verstärkungswagen, an der Straßenecke versteckt, der durchdringende Ton der Trillerpfeife beim Losschlagen, die überstürzte Flucht, die Schreie, die Hektik, der Protest und das plötzliche Auftauchen der Polizei an den verdächtigen Orten, in den Hinterzimmern, den Kellern.

Danach werden alle in Fahrzeugen weggeschafft.

Und gleich darauf wird die Fracht in der Präfektur abgeladen. Befragung durch einen Kommissar. Einige – diejenigen, die wirklich gültige Papiere haben – verschwinden bald. Die anderen, die Mehrheit, verbringen die Nacht im großen Saal der Präfektur, auf Bänken, wo es geht ...

Dann, am Morgen, das Filzen, in einem kleinen Raum, wo alle sich ausziehen müssen, die Fingerabdrücke, die erkennungsdienstliche Behandlung ...

Torrence, die Pfeife im Mund, denn er äfft gern seinen alten Chef nach und hat jetzt eine Pfeife, die noch größer ist als die von Maigret, lässt seinen Blick über diverse Körper schweifen, die im bleichen Tageslicht nicht gerade anziehend wirken. Es gibt mehr schmutzige Füße als saubere. Unvermittelt bleibt Torrence' Blick an einem Gesicht hängen, kehrt zurück, wird zu einem Staunen. Nein! Das ist unmöglich! Außerdem ... Aber nein, wirklich! Torrence ist ja nicht verrückt ... Es ist nicht möglich, dass dieser splitternackte Mann, eingezwängt in der Schlange zwischen einem Araber und einem kleinen schmächtigen Jüngelchen, der berühmte Advokat Duboin ist ...

Trotzdem, eine seltsame Ähnlichkeit ... Mindestens der Bart, ganz gewiss ... Monsieur Duboin ist sehr stolz auf seinen Bart, den er kantig gestutzt trägt, in einem warmen Braunton, und den die Zeitungen so oft abgebildet haben.

Ohne diesen Bart allerdings ...

Der Mann hier hat ein Gesicht, das mit zentimeterlangen Barthaaren bedeckt ist, lausig geschnitten, zweifellos unter einer Brücke, von einem Clochard als Friseur ...

»Rollen Sie Ihren Daumen. Fest drücken. Wie hier ... Jetzt die anderen Finger. Alle zusammen ...«

Der Mann gehorcht ohne Widerrede, doch es scheint Torrence, als würde ihn sein Blick fixieren.

»Ziehen Sie sich wieder an.«

Torrence folgt ihm mit den Augen. Als er wieder aus der Kabine kommt, trägt er die unglaublichsten Kleidungsstücke, die man sich denken kann, und außerdem dummerweise noch in der falschen Größe.

Das System der Karteikarten hat funktioniert. Gegen den Unbekannten liegt nichts vor.

»Zum Erkennungsdienst … Warten Sie, bis Sie dran sind.«

Vermessungen des Schädels, des Gesichtswinkels … Foto im Profil … Torrence scheint es, als würde ein seltsames Lächeln über die Lippen des Mannes huschen.

Und wirklich, als der Unbekannte an ihm vorbeikommt, mitten in der so vielgestaltigen Menge, wird ihm etwas zugeflüstert:

»Wenn Sie die Güte hätten, Monsieur Torrence, am Ausgang auf mich zu warten …«

Er hat noch eine Viertelstunde. Er beeilt sich, ins Chope Dauphine zu kommen, wo man zu Maigrets Zeiten ein süffiges, schäumendes Bier trank. Er bestellt ein Glas. Er eilt zum Telefon.

»Hallo? Das ist doch die Nummer von Monsieur Duboin? … Ich würde gern mit Monsieur Duboin sprechen, bitte … Er ist nicht zu Hause, sagen Sie? Ich habe schon heute Morgen um acht Uhr angerufen, da war er auch nicht da … Ach! Er ist heute Nacht nicht heimgekommen? Ich danke Ihnen … Nein … Nicht nötig. Ich werde ihn ohnehin treffen …«

Torrence ist sehr bewegt. Er sieht immer wieder diesen nackten Mann unter so vielen anderen Nackten vor sich, diese Wangen mit dem wild sprießenden Bart, und diese erbärmlichen Klamotten, die man dem Ärmsten der Armen nicht anzubieten wagte.

Er wartet, einige Schritte vom Ausgang entfernt.

»Sie hätten doch ein Taxi bestellen können, mein lieber Torrence.«

Das ist der Mann, er zieht ein Bein nach und sieht aus, als wäre er wirklich am Ende.

»Ich bitte Sie, rufen Sie eins ...«

Torrence gehorcht, verblüfft. Der Clochard steigt vor ihm in das Auto ein, ganz ungezwungen. Er ist es auch, der die Trennscheibe zur Seite schiebt und dem Fahrer sagt:

»Zur Agence O ... Cité Bergère ... Sie fahren unter dem Bogen durch ...«

Er schließt die Trennscheibe sorgfältig und lässt sich auf die Rückbank fallen, als könnte er jetzt endlich wieder durchatmen. Torrence öffnet den Mund.

»Später, mein Freund! Später!«

Bald hält das Auto in der ruhigen Cité Bergère, wo sich die Büros der Agence O befinden, oberhalb eines Friseursalons.

»Da habe ich wieder Glück!«, bemerkt der Mann.

»Verzeihung, aber ich würde gern wissen ...«

»Wären Sie so gut, das Taxi zu bezahlen?«

Nun sind sie im Büro der Detektei. Der Bürodiener, Barbet, beeilt sich. Etwas später wird die gepolsterte Tür hinter Torrence und seinem Begleiter geschlossen.

»Aber ja, mein Lieber ... Monsieur Duboin, wie Sie schon bemerkt haben ... Es ist ein Glück, dass Sie dort waren ... Wir sind doch allein, nicht, absolut allein?«

Er geht zur Tür, die er öffnet und wieder schließt. Er vergewissert sich, dass die Fensterscheiben aus Mattglas von außen nicht einsehbar sind.

»Setzen Sie sich, mein lieber Freund. Und vor allem, geben Sie mir eine Zigarette ... Haben Sie Feuer? Danke. Und jetzt müssen wir schnell das Notwendigste tun. Nehmen Sie den Hörer ab. Verlangen Sie meine Wohnung. Rufen Sie meine Frau an den Apparat. Ja ... Sehr gut. Sagen Sie ihr ...«

Monsieur Duboin mag einer der berühmtesten Anwälte von Paris sein, aber es gibt dennoch Dinge, die er nicht weiß. Für ihn ist Torrence auch jetzt nur ein Polizeiinspektor, der es zu etwas gebracht hat, das heißt, der seinen »Laden« verlassen hat, um selbstständig zu arbeiten. Wenn er außergewöhnlich erfolgreich ist, umso besser. Doch das hindert ihn nicht daran, Torrence mit einer vertraulichen Herablassung zu behandeln, wie in alten Zeiten, ihm, wenn nötig, den Bauch zu tätscheln und ihn »mein Lieber« zu nennen.

»Hallo? Ist dort die Wohnung von Monsieur Duboin?«

Er zweifelt zum Beispiel nicht daran, dass sie in diesem Raum allein sind, was allerdings nicht ganz stimmt. Hinter einer Scheibe, die wie ein Spiegel aussieht, hält ein junger rothaariger Mann ebenfalls einen Telefonhörer in der Hand, und er lässt den Besucher nicht aus den Augen.

Das ist Émile, der wahre Chef der Agence O.

»Ja, Chérie ... Ich gebe dir Inspektor Torrence, der dir bestätigen wird, dass ich aus rein beruflichen Gründen heute Nacht nicht heimkommen konnte und dir nicht einmal eine Nachricht zukommen lassen konnte ... Sagen Sie es ihr, Torrence ...«

»Ich versichere Ihnen, Madame«, murmelt Torrence, »dass Ihr Mann …«

»Blond oder brünett, dieser rein berufliche Grund?«, erwidert Madame Duboin.

»Ich versichere Ihnen, Madame …«

»Ich schwöre dir, *chérie* … Du wirst es später einsehen … Außerdem schicke ich dir den Inspektor vorbei; sei so gut und lass den Kammerdiener einen meiner Anzüge und einen Mantel holen, er wird alles mitnehmen … Ja … Wäsche, Strümpfe, Schuhe … Er wird es dir erklären.«

Kurzer Blick zu Torrence, der gewissenhaft wiederholt:

»Ich werde es Ihnen erklären, Madame.«

Der junge Mann in seinem kleinen Büro, den alle Monsieur Émile nennen und der in der Agence O einmal als Fotograf, einmal als Mädchen für alles fungiert, verpasst kein Wort und keine Veränderung im Mienenspiel des seltsamen Anwalts.

»Bis gleich, *chérie* … Gib Inspektor Torrence alles mit, was ich dir gesagt habe.«

Er legt auf. Er befiehlt – denn dieser zerlumpte Mann erteilt Befehle wie jemand, der das Herumkommandieren gewohnt ist:

»Wie praktisch, dass Sie diesen Friseur unten haben … Wie heißt er noch? Ich habe seinen Vornamen im Schaufenster gesehen … Genau, Adolphe. Lassen Sie Adolphe heraufkommen. Sagen Sie ihm, er soll diskret sein. Vielleicht hat er etwas in seinem Geschäft, mit dem er mir einen falschen Bart zaubern kann.«

»Zu Adolphes Kunden gehören zahlreiche Schauspieler und Statisten des Palace, dessen Bühneneingang genau gegenüberliegt …«

»Wunderbar! Dann ans Werk, mein lieber Freund! Dann essen wir zu zweit zu Mittag, und ich erkläre Ihnen …«

»Sagen Sie, junger Mann … Ihr Gesicht kommt mir bekannt vor.«

»Ich arbeite meistens mit Monsieur Torrence zusammen.«

Der Advokat ist fünfundvierzig Jahre alt. Er ist dick. Er ist selbstsicher. Er behandelt alle Menschen wie Schauspieler in Nebenrollen. Man spürt, dass ihm die Welt gehört. Sogar der Umstand, dass er noch die Lumpen eines Clochards trägt, kann ihm seine Selbstherrlichkeit nicht rauben. Wird Torrence ihm nicht gleich seine gewohnte Kleidung bringen?

»Was genau ist Ihre Aufgabe in diesem Haus?«

»Das Fotografieren, Monsieur …«

»In diesem Fall vergessen Sie bitte, dass Sie mich gesehen haben. Verstanden?«

Und er drückt Émile einen Hundertfrancschein in die Hand, den dieser demütig annimmt, als wäre er nicht der eigentliche Inhaber und Kopf der Agence O.

»Versteht sich immer noch gut mit der Polizei, Ihr Chef, was?«

»Das stimmt, Monsieur. Wenigstens glaube ich …«

»Glauben Sie, er ist diskret und man kann sich auf ihn verlassen?«

»Dafür würde ich meine Hand ins Feuer legen ...«
»Danke, junger Mann. Achtung ...«

Torrence kommt zurück. Er hat einen Anzug mitgebracht, der eines angesehenen Anwalts würdiger ist als das, was Monsieur Duboin gegenwärtig trägt: gestreifte Hose und seidengefütterte schwarze Weste. Gestärktes Hemd und eine charmante Fliege mit weißen Punkten auf blauem Grund.

Fünf Minuten genügen für die Verwandlung.

»Sagen Sie, mein lieber Torrence ... Ob dieser Bart wohl halten wird? Hat meine Frau Ihnen auch nicht zu viele Fragen gestellt? Ich habe ihr gesagt, dass ich mit Freunden ins Kino gehe ... Offenbar war es ...«

Es gibt in den Büros der Cité Bergère Traditionen, die der Advokat glücklicherweise nicht kennt. So wie er nicht weiß, dass der so harmlos wirkende Émile all seine Gesten belauert, und wie er nicht ahnt, dass es ein Mikro gibt, das es Émile erlaubt, alles zu hören, was er sagt, und wie er nicht wissen kann, dass besagter Émile in diesem Moment den Hörer des internen Telefonapparats abnimmt und dem Bürodiener befiehlt:

»*Chapeau!*«

Und *Chapeau* bedeutet:

»Mein kleiner Barbet, Sie werden dem Herrn folgen, der unser Haus gerade verlässt, und ihn nicht aus den Augen lassen, komme, was wolle ... Dann werden Sie mir persönlich Bericht erstatten über alles, was er gesagt und getan hat.«

»Was halten Sie vom Café de Paris, mein lieber Torrence? Ich muss gestehen, nach dieser Nacht wäre ich durchaus geneigt, wieder in eine etwas elegantere Atmosphäre einzutauchen. Gehen wir! Bitte, nach Ihnen ... Wenn wir bei Käse und Birnen angelangt sind, wird es mir ein Vergnügen sein, Ihnen zu erklären ... Wir werden zusammenarbeiten, mein Freund! Sie werden sehen. Ich habe ja immer gesagt, dass Ihre Agence O ...«

II

*Wo ein prominenter Anwalt seine Kleider
mit einem verlotterten Unbekannten tauscht,
sich mit einer alten Schere den Bart absäbelt
und sich dann an die Agence O wendet*

»Eine Zigarre, mein lieber Freund ... Doch, doch! Sie sind ausgezeichnet.«

Der Advokat beugt sich zu Torrence, der gerade seine Pfeife aus der Tasche gezogen hat und ihm zuflüstert:

»Nicht hier! Das wird sicherlich einen schlechten Eindruck machen ...«

Duboin bewegt sich im Café de Paris wie ein Fisch im Wasser. Schon beim Eintreten muss er überall Hände schütteln. Und kaum sitzt er, steht er wieder auf, um erneut Hände zu schütteln. Nichts erinnert mehr an sein morgendliches Abenteuer und seinen erbärmlichen Auftritt bei der Polizei.

»Sie entschuldigen mich, mein lieber Freund ... Das war X ... Der dicke Bankier dort ... er isst mit dem Minister ...«

Nur sein Bart macht ihm Sorgen, und von Zeit zu Zeit vergewissert er sich, dass er sich durch die Hitze nicht von seinem Kinn ablöst. Er tut das mit einer kleinen amüsanten Geste, die wahrscheinlich bald zum Tick wird.

Schließlich kehrt Ruhe ein. Die Herren, die jeden Tag im Café de Paris dinieren, sind an die Börse, in die Ministerien oder zur Rennbahn zurückgekehrt. Nur vereinzelt sind ein paar Gäste in dem verschwiegenen Raum zurückgeblieben.

»Stellen Sie sich vor, dass heute Morgen, als Sie mich wiedererkannten … Denn ich habe gleich gesehen, dass Sie mich erkannten … Geben Sie es zu!«

»Ich gebe es zu«, sagt Torrence.

»Was würden Sie tun? Das ist das Problem. Sie würden selbstverständlich Ihren einstigen Kollegen mitteilen, dass einer dieser Männer, die sich nackt vor dem Schalter aufgestellt hatten, kein anderer war als der Advokat Duboin. Nun gut, lieber Freund, im gleichen Moment dachte ich an Sie. Sie sehen, es gibt Zufälle im Leben … Ja, ich sagte mir: Nur die Agence O und ihr berühmter Detektiv Torrence können die finstere Geschichte aufklären, in die ich hier geraten bin. Sie standen da … Ich gab Ihnen ein Zeichen … Das war's!«

Und dabei ruft er:

»Eugène! Diese Zigarre zieht nicht …«

Man bringt ihm eine Zigarrenschachtel. Er nimmt eine, und noch eine zweite, was seine Kameraden von heute Nacht in höchstem Maß erstaunt hätte.

»Ich würde sagen, mein lieber Torrence … Ich weiß, Ihre Tarife sind hoch … Eine Detektei wie die Ihre, die für alle großen Versicherungen arbeitet … Egal! Jetzt geht es darum, dass es gelingt, das heißt, dass ein Problem gelöst werden kann, das … Ein Problem …«

Torrence hat zu gut gegessen und döst. Er ist Sanguiniker, und stark gewürzte Speisen bekommen ihm nicht. Was, zum Teufel, hat man ihm da vorgesetzt? In Asche gebackene Trüffeln. Gefüllte Pilze. Fasan ... Genau das, was der Arzt ihm verboten hat, weil eine Embolie droht! Und die Weine! Und der Cognac, der, in einem riesengroßen Glas, das Licht der elektrischen Lampen reflektiert ...

»Mein lieber Freund, es handelt sich um eine Frau ... Ich weiß nicht, wie sie heißt ... Mir ist klar, dass ich betrogen wurde, dass ich, sagen wir ... unvorsichtig war. Ich bin Anwalt, ich bin kein Detektiv ... Ich werde also Abbitte leisten. Gestern habe ich einen Brief dieser Frau erhalten, der nur mit *Huguette* unterschrieben war. Aristokratische Handschrift ... Sie schrieb, dass sie unbedingt meine Hilfe brauche, und bat mich, um elf Uhr abends in der kleinen Bar am Boulevard Rochechouart zu sein, die Chez Jules heißt. Ich bin hingegangen. Ist es noch nötig zu erwähnen, dass ich dort niemanden antraf?«

»Verzeihung ... Der Brief dieser Frau ist ...«

»Sie bat mich, ihn zu verbrennen, und ich war so naiv, es zu tun.«

»Um wie viel Uhr ist die Polizei gekommen?«

»Gegen Mitternacht. Ich hatte mich mehr oder weniger in einer Ecke versteckt. Ich hätte meine Karte zeigen können, man hätte mich sofort freigelassen. Aber stellen Sie sich vor, was die Zeitungen daraus gemacht hätten! *Advokat Duboin bei einer Razzia am Boulevard Rochechouart festgenommen.* Ich habe nichts gesagt, mein lieber Freund. Adel verpflichtet ... Sie verstehen mich doch? Noch eine Zigarre? Noch einen Cognac? Doch, doch ...«

»Sie haben sich verhaften lassen? Aber Ihre Kleidung ...«

»Wie immer, mein lieber Freund ... Wie immer. Etwas diskreter vielleicht. Ich dachte mir schon, dass man uns im Gefängnis durchsuchen würde. Es ist mir gelungen – denn ich hatte ein wenig Geld in der Tasche –, mit einem der Bettler, die mit mir zusammen festgenommen worden waren, die Kleider zu tauschen.«

»Und Ihr Bart?«

»Ja, ja ... Mein Bart ist leider berühmt, in Paris und in ganz Frankreich. Er hat mir am meisten Sorgen gemacht. Ich weiß, dass die Polizisten von heute nicht mehr an die von früher herankommen, als Sie noch dort tätig waren, und doch fürchtete ich ... Kurzum – wir waren etwa sechzig Leute. Zuerst habe ich nur ein Taschenmesser gefunden, und ich wollte gerade ansetzen, als mir ein fürchterlicher Typ, der auf der Straße Hunde und Katzen schert, sein Werkzeug lieh. So, mein Freund, erklärt sich der Zustand, in dem Sie mich heute Morgen antrafen.«

»Und Sie wissen nicht, wer die Frau ist, die ...«

»Die mir geschrieben hat? Nicht die leiseste Ahnung. Deshalb kam mir, als ich Sie sah, die Idee, mich an Ihre Detektei zu wenden. Sie sind ein Ass, mein lieber Torrence ... Mit Ihnen kann es keinen Misserfolg geben. Sie fahren nach Pau und ...«

»Pau?«

»Hatte ich Ihnen nicht gesagt, dass der Brief, den ich

erhielt, in Pau abgestempelt worden war? Das ist der rote Faden ... Ich gebe Ihnen einen Scheck über fünftausend Franc für Spesen ... Doch, doch! Ich weiß, was diese Ermittlungen kosten. Sie nehmen den ersten Zug nach Pau ...«

»Ich kenne nicht einmal die Handschrift dieser Frau ...«

»Ich verlasse mich auf Sie. Sie werden keine Stunde in dieser Stadt sein, ohne gleich zu wittern, wo ...«

Und er ruft mit dröhnender Stimme, seiner Gerichtsstimme, die er auch für die flammenden Appelle seiner Schlussplädoyers gebraucht:

»Eugène! Noch einmal dasselbe!«

»Wenn ich Ihnen doch sage ...«, protestiert Torrence, dessen Gesicht schon ins Lilafarbene spielt, während ihn eine gefährliche Hitze überkommt.

»Aber nein, mein guter Freund ... Eugène! Das Kursbuch, mein Junge ... Suchen Sie mir die Abfahrtszeiten der Züge nach Pau heraus. Pau, ja, P-a-u ... Auf Ihre Gesundheit, mein alter Torrence ... Sie werden mir einen äußerst wertvollen Dienst erweisen, wenn Sie herausfinden, wer diese dumme Gans ist, die versucht hat, mir zu schaden. Denn schließlich ... Denken Sie an meinen guten Ruf ... Was hätte ich im Chez Jules zu schaffen gehabt? Monsieur Duboin bei einer Razzia gefasst! Warum nicht gleich im Gefängnis? Ha, ha! Nun gut ... Eugène, was ist mit dem Zug?«

»Es gibt einen Schnellzug um 16 Uhr 17, mein Herr.«

»Wie viel Uhr ist es?«

»Zehn Minuten vor vier ...«

»Die Rechnung, Eugène ... Sie sind doch nicht etwa verheiratet, mein lieber Freund? Wenn doch, werde ich Ihre Frau benachrichtigen.«

Teufelskerl. Er lässt einem keine Zeit zum Atmen, geschweige denn zum Nachdenken. Und er hat auf alles eine Antwort. Der Beweis: Torrence hat eine letzte Entschuldigung gefunden.

»Ich muss noch ins Büro, um Geld zu holen ...«

»Sie sind verrückt, mein Freund ... Gut! Ich vergaß, dass ich meine Brieftasche ja nicht mehr bei mir habe ... Eugène ... Rufen Sie den Geschäftsführer. Sagen Sie, mein Lieber ... Könnten Sie mir zwei ... nein ... sagen wir, drei Tausenderscheine ... drei oder vier ... Ich werde sie Ihnen später zurückgeben.«

»Mit Vergnügen, mein lieber Maître ...«

»Allerdings habe ich im Büro noch einiges zu erledigen ...«

»Ach, hören Sie mal, Sie haben doch Personal! Ich habe dort einen großen jungen Mann mit Brille bemerkt, ich glaube, Sie nannten ihn Émile ... Er scheint nicht besonders aufgeweckt zu sein, aber gewiss ist er über alles auf dem Laufenden. Danke, Eugène! Gehen wir, mein Guter! Ich begleite Sie zum Bahnhof. Doch, doch! Diese Sache liegt mir am Herzen, verstehen Sie? Es ist der erste Fall, mit dem ich Sie betraue, vielleicht steht meine Ehre auf dem Spiel. Eugène, rufen Sie ein Taxi ...«

Nun sitzen sie im Taxi. Torrence hat draußen die vage Gestalt Barbets bemerkt. Aber wie soll er mit Barbet in Verbindung treten? Und wird sein Kollege nicht seine Spur verlieren?

»Ihr Brief, das ist alles, was ich Ihnen sagen kann, war eine Bitte. Es war der Brief einer Dame von Welt. Sie werden keine Mühe haben, sie zu finden. Ich muss wissen, warum diese Frau mich in eine überaus zwielichtige Bar am Boulevard Rochechouart bestellte ...«

Wenn Torrence nur nicht so viel gegessen und nicht so viel Wein getrunken hätte! Was er jetzt bräuchte, wäre eine ausgedehnte Siesta, kein angestrengtes Nachdenken.

Lärmendes Durcheinander am Gare d'Orsay. Träger, die vorbeieilen.

»Hier entlang ... Ich werde Ihre Fahrkarte kaufen. Erster Klasse, selbstverständlich ...«

Der liebe Maître nimmt seinen Arm. Auch Barbet muss in ein Taxi gesprungen sein, denn er folgt ihnen auf dem Fuß. Torrence gibt vor, seine Pfeife zu stopfen, während der Advokat am Schalter steht. Er lässt seinen Tabaksbeutel fallen.

»Verzeihung, Monsieur ... Sie haben etwas verloren ...«

Monsieur Duboin beobachtet sie! Sei's drum. Während er so tut, als kramte er in seinen Taschen nach Kleingeld, gelingt es Torrence, mit halb geschlossenem Mund zu murmeln:

»Sag Monsieur Émile, dass es wahrscheinlich um Minuten geht ... Boulevard Rochechouart ... Chez Jules ...«

»Sie haben Ihren Tabak verloren? Schlimm! Sehr schlimm für jemanden, der einmal mit Maigret zusammengearbeitet hat. Hier entlang ... Wir haben gerade noch Zeit. Sie werden heute Nacht ankommen ... Ich zähle darauf, dass Sie mir morgen früh ein Telegramm schicken, selbst wenn Sie mir nichts Neues zu berichten haben. Noch einmal, die Kosten spielen keine Rolle. Es ist mir eine Ehre, für alles Notwendige zu sorgen, damit die Agence O diesen Fall aufklären kann, und Sie werden sehen, dass ...«

Mist! Er hat sogar eine Bahnsteigkarte gekauft! Und er lässt Torrence' Arm immer noch nicht los. Die Höflichkeit dieses Menschen ist verdammt hartnäckig.

»Zeitungen? Natürlich ... Nehmen Sie ... Wir werden ein paar Bücher kaufen. Wie wär's mit einem Kriminalroman?«

Er tut, was er sagt.

»Haben Sie noch genug Tabak?«

Ein Vater, der seinen Sohn zum Zug bringt, könnte nicht aufmerksamer sein.

»Warten Sie ... Waggon 3 ... Abteil 2 ... Ich habe einen Platz in Fahrtrichtung genommen ...«

Der Schnellzug steht im Bahnhof. Man winkt bereits. Torrence ist eingestiegen, er hatte keine Zeit zu widersprechen.

»Das Telegramm ... Vergessen Sie nicht, mir zu telegraphieren ...«, ruft der liebe Maître, während sich der Zug in Bewegung setzt.

Und Torrence kann ihm nur noch ein Zeichen geben und rufen – doch seine Stimme wird vom Geräusch des Zugs übertönt:

»Ihr Bart ...«

Tatsächlich ist Monsieur Duboins Bart dabei, sich abzulösen.

Ein Boy schwenkt sein Glöckchen und verkündet:
»Abendessen … Reservierung für das Abendessen …«
Torrence hat keinen Hunger. Doch unvermittelt wird er lebhaft.
»Sagen Sie, wo halten wir als Nächstes?«
»In Tours! Das ist der erste Bahnhof.«

»Hallo? Monsieur Émile?«
Monsieur Émile sitzt seelenruhig in seiner kleinen Kammer vor dem Guckfenster mit freier Sicht auf Torrence' Büro. Wer ihn sieht, würde ihn für einen vorbildlichen jungen Angestellten halten, und mit seinen roten Haaren kommt er einigen besonders naiv vor.
»Hier ist Barbet …«
Barbet hieß früher nicht Barbet. Auch war er, bevor er seinen Dienst als Bürodiener in der Agence O antrat, als Taschendieb bekannt. Doch das zählt nicht, da er sich inzwischen mit Sitte und Anstand versöhnt hat!
Wenigstens in einer gewissen Hinsicht. Das beweist der weitere Verlauf dieses Telefongesprächs.
»Sie haben im Café de Paris gegessen … Unmöglich, da offiziell reinzukommen, hatte nicht die richtigen Klamotten an … Konnte aber doch einen Blick auf sie werfen, hab so getan, als würde ich Zeitungen verkaufen. Der Chef hat sich den Bauch vollgeschlagen.«
»Und dann?«
»Der Advokat hat Torrence in einen Zug in Richtung Pau gesetzt. Wird vor 23 Uhr 45 heute Nacht nicht aussteigen können …«
»Und dann?«

»Der Advokat ist nach Hause gegangen, Rue Montaigne … Da ist er jetzt.«

»Sonst nichts?«

»Torrence hat mir noch schnell zugeflüstert, dass es um Minuten gehe. Eine gewisse Bar namens Chez Jules, Boulevard Rochechouart. Da könnte ich Ihnen einen Tipp geben … Da bin ich oft gewesen. Mist! Vielleicht werden wir belauscht … Damals haben sich dort gern die Hehler getroffen.«

»Ist das alles?«

»Ich hab ihm einen Schlüssel geklaut.«

»Wem?«

»Dem Advokaten. Als er in sein Auto stieg … Stellen Sie sich vor, ich bin gestolpert, und beim Hinfallen hatte ich die Hand in seiner Tasche … Ganz zufällig ist es der Schlüssel zu einem Safe. Aber das ist nun wirklich alles, Chef. Ich bin gegenüber, im Bistro der Taxifahrer … Das Haus hat nur einen Ausgang … Ich hab mir einen Viertel Roten bestellt und warte.«

»Sagen Sie, Barbet, Sie kennen sich doch mit Schlüsseln aus … Ist es ein moderner?«

»Absolut modern, Chef.«

»Warten Sie auf mich.«

»Und wenn der Advokat rauskommt?«

»Ich bin in ein paar Minuten da. Natürlich müssen Sie ihm folgen. Aber hinterlegen Sie den Schlüssel im Bistro. In einem Umschlag …«

In Mitteleuropa, in Amerika und sonst wo glauben die Leute, die von der Agence O gehört haben, dass es sich um opulente Räumlichkeiten mit Personal in Hülle und Fülle handele. Sie wären erstaunt, wenn sie sehen könnten, wie Émile seine Hornbrille aufsetzt, seinen abgeschabten Mantel überzieht und die leeren Zimmer durchquert, die weder luxuriös noch sonderlich bequem wirken.

Es stimmt, heute Morgen waren sie noch so viele, dass Torrence sogar die Zeit fand, am Quai des Orfèvres vorbeizuschauen. Jetzt allerdings …

»Mademoiselle Berthe …«

Ein blondes Mädchen mit anmutigen Rundungen, so jung und unschuldig wirkend wie möglich, tritt mit einem Stenoblock in der Hand ein.

»Nein … Nichts zu diktieren … Passen Sie auf das Büro auf.«

»Bis wie viel Uhr?«

»Woher soll ich das wissen? Vielleicht bis Mitternacht? Vielleicht bis morgen Mittag? Jedenfalls muss immer jemand am Telefon sein.«

Émiles abgewetzter Mantel ist unübersehbar von der Stange und nach dem letzten Regen eingelaufen. Er komplettiert seinen Aufzug durch einen riesigen Fotoapparat, den er mit einem Riemen über der Schulter zu tragen pflegt. Das erlaubt ihm, überall einzutreten, überall anzuhalten, überall unbemerkt einzudringen.

»Ein Fotograf«, sagt man von oben herab.

Wenn man allerdings wüsste, dass er es ist, er selbst, der berühmte Detektiv und Leiter der Agence O, der schon die sensationellsten Fälle gelöst hat …

»Taxi … Rue Montaigne … Ich sage Ihnen dann, wo Sie halten.«

An seiner Lippe klebt eine nie angezündete Zigarette, sein Markenzeichen. Wenn er nachdenkt, sieht man es ihm nicht an.

»Hier ... Lassen Sie mich hier aussteigen«, sagt er dem Fahrer.

Er ahnt noch nicht, dass er sich schon mitten in einem der schwierigsten Fälle seiner Laufbahn befindet.

Torrence hat gewiss seine Fehler, aber er ist kein Dummkopf, denn er hat wenigstens dafür gesorgt, dass Barbet diese Worte mitbekam:

»Sag Monsieur Émile, dass es wahrscheinlich um Minuten geht.«

Nun betritt Émile also die besagte kleine Bar der Taxifahrer. Er sucht seinen Kollegen.

»Ich glaube, ich habe eine Nachricht für Sie ...«, sagt der Patron hinter der Theke.

Wahrhaftig! Der Advokat hat das Haus verlassen. Barbet musste ihm wohl oder übel folgen! Man übergibt Émile einen Umschlag. Der Umschlag enthält einen kleinen Safeschlüssel. Er enthält außerdem ein Blatt Papier, auf dem gekritzelt steht:

Ich mach mich auf die Socken. RE265.78 grün.

Offenbar eine Waggonnummer.

»Patron, einen Kaffee ... Sagen Sie ... Der Mann, der mir diese Nachricht hinterließ ...«

Der andere hört zu. Émile bricht ab.

»Und?«, sagt der Wirt. »Was wollten Sie mich fragen?«

»Ich? Nichts … Absolut nichts.«
»Aber Sie haben doch gesagt …«
»Habe ich etwas gesagt?«

Es ist nämlich so, dass neben Émile, so nah bei ihm, dass er eine Hand spürt, die sich an seiner Seite bewegt, ein wenig vertrauenerweckendes Individuum aufgetaucht ist. Dieses Individuum muss wie Barbet die Fähigkeit besitzen, diskret in die Taschen seiner Mitmenschen einzudringen.

Und obwohl Émile so naiv wirkt, denkt er schnell:

Angesichts der Tatsache, dass ich nicht so aussehe, als würde ich Schätze mit mir herumtragen … Angesichts der Tatsache, dass Taschendiebe in solchen Lokalen eher selten vorkommen … Angesichts der Tatsache, dass ich gerade erst einen Schlüssel aus den Händen dieses achtbaren Gastwirts erhalten habe … Angesichts der Tatsache, dass dieses Bistro sich genau gegenüber dem Wohnsitz von Monsieur Duboin befindet …

Aber das ist nur ein ganz kleiner Teil des Problems!

Monsieur Duboin, der berühmte Advokat, hat sich am Abend zuvor in eine heruntergekommene Spelunke am Boulevard Rochechouart begeben, wo sich, laut Barbet, der es wissen muss, Hehler treffen.

Eine Razzia findet statt, und Monsieur Duboin zieht es vor, sich verhaften zu lassen, statt seine Identität preiszugeben. Das ist schon einmal seltsam. Hätte er nicht vorgeben können, wie so viele andere Bürger, die sich gern mit der Unterwelt einlassen, dass er dort war, um ein wenig die Volkssitten zu studieren? Oder dass er sich mit einem Mandanten traf? Oder …

Und das ist noch nicht alles. Dieser so gepflegte, so gut angezogene Mann zögert nicht, mit einem Clochard die Kleider zu tauschen, um sicher sein zu können, dass man ihn nicht erkennt, und er geht dabei so weit, dass er sich mit der Schere einen Bart abschneidet, der gleichsam sein Markenzeichen ist.

Ist das alles? Immer noch nicht! Er glaubt, dass Torrence ihn erkannt hat, was fast stimmt. Er macht sich das zunutze, um auf einfachere Art dem Polizeigewahrsam zu entkommen, um sich umzuziehen, sein normales Aussehen wieder anzunehmen und seine Frau zu beruhigen. Aber was macht er aus Torrence?

Émile kennt die Einzelheiten nicht. Er weiß nur, dass der arme Torrence sich in einem Zug befindet, der erst gegen Mitternacht, in Tours, wieder anhalten wird. Und dass Torrence gesagt hat: Es geht um Minuten …

Im Lauf seiner vielen Verwandlungen ist es Monsieur Duboin allerdings gelungen, einen kleinen Gegenstand bei sich zu behalten, einen winzigen Schlüssel, den Schlüssel eines modernen Safes.

Barbet hat ihn sich verschafft. Barbet hat einmal gewettet, dass er, wenn es nötig wäre, dem Polizeipräfekten die Uhr stehlen könnte, ohne dass jemand es bemerkte! Er besitzt nun einmal solche Fähigkeiten.

Dieser Schlüssel ist jetzt in Émiles Tasche, und Émile sieht aus wie ein armseliger Fotograf.

Und jetzt, genau in diesem Moment, versucht ein Unbekannter, seine Hand in diese Tasche zu schieben …

Und wir befinden uns vor dem Haus von Monsieur Duboin …

Wenn Émile kein Privatdetektiv wäre – nicht einmal das, denn offiziell ist er ja nur der Fotograf eines Privatdetektivs! –, wenn Émile ein rechtschaffener Polizeibeamter wäre, würde er den guten Mann jetzt am Kragen packen und ihn zum Quai des Orfèvres befördern. Dort würde er eine hübsche kleine Vernehmung beginnen, das heißt, ihn nach Strich und Faden ausquetschen, und nach ein paar Stunden würde er vielleicht …

Émile kann so etwas nicht. Es geht um Minuten, wie Torrence sagte. Dem Kerl folgen? Und wenn er Karten spielt bis in die Puppen?

»Wenn er den Schlüssel will, wird er es sein, der mir folgt …«

Und da ihm dies nun klar ist, bezahlt Émile seine Rechnung, dankt dem Wirt und verlässt würdevoll das Bistro.

Es ist etwa vier Uhr nachmittags. Ein Satz geht ihm im Kopf herum:

»Es geht um Minuten …«

Er geht zu Fuß zu den Champs-Élysées.

Alles in Ordnung: Der Kerl ist ihm auf den Fersen.

III

Wo ein Schlüssel Émile den Weg vorgibt, während ein Unbekannter ihm folgt

Wenn Émile Zeit hätte, würde er sich zum Trost die Geschichte vom Soldaten erzählen, der nachts schrie:

»Hauptmann, ich habe hier zwei Gefangene …«

»Bringen Sie sie her.«

»Aber sie wollen mich nicht loslassen …«

Drei Mal ist Émile stehen geblieben. Drei Mal hat auch sein Verfolger angehalten und so lange gewartet, wie es nötig war. Wir haben es also mit einem paradoxen Vorgang zu tun: Émile von der Agence O verfolgt eine Person, aber es ist diese Person, die ihn verfolgt!

Nun gut! Wir schlagen uns auf seine Seite. Eine Viertelstunde später lässt sich Émile bei Monsieur Augagneur melden. Monsieur Augagneur, der einen langen grauen Kittel trägt, ist niemand anders als der Werkmeister einer sehr bedeutenden Firma, die Safes herstellt, und wenn Monsieur Augagneur plötzlich kein anständiger Mensch mehr wäre, gäbe es nur noch wenige Menschen, die das Gefühl hätten, ihr Geld wäre sicher.

»Guten Tag, Monsieur Émile. Wie geht es Inspektor Torrence? Was kann ich diesmal für Sie tun?«

Émile holt den kleinen Schlüssel aus der Tasche. Monsieur Augagneur versteht, dass er gebeten wird, alles zu sagen, was er darüber weiß.

»Ich kann Ihnen gleich sagen, dass es sich nicht um einen Safe aus französischer Produktion handelt. Es ist ein englisches Modell, und es ist erst vor zwei Jahren auf den Markt gekommen, das schränkt die Suche danach schon einmal ein.«

»Was schätzen Sie, wie viele Safes dieser Art sind in den letzten zwei Jahren auf den Markt gekommen?«

»Sehr wenige … Es handelt sich um äußerst kostspielige Produkte, die eigens dafür konzipiert wurden, den modernsten Einbruchsmethoden standzuhalten. Aber wenn Sie ein paar Minuten erübrigen können und die Kosten tragen, können wir telefonisch bei Smith and Smith in London anfragen. Dank der Nummer auf diesem Schlüssel …«

»Sie erlauben?«

Émile geht ins Vorzimmer. Auf einer Bank sitzt sein Verfolger, in eine Zeitschrift vertieft. Er ruft den Bürodiener.

»Was wollte dieser Herr?«, fragt er leise.

»Wie? Sie kennen ihn nicht?«

»Was heißt das?«

»Aber … Er hat mir nur gesagt, er würde zu Ihnen gehören …«

Einige Minuten später hat Monsieur Augagneur die Firma Smith and Smith am Telefon.

»26 836, ja … Modell B … Was sagen Sie? Sir James … Wie bitte? Buchstabieren Sie den Namen, bitte … R wie Robert, A wie Arthur, Raleigh … Ah ja. Und Sie sagen, dass dieser Safe von Ihren Leuten in der Villa eingebaut wurde, die Sir Raleigh in Le Touquet besitzt? Pardon ... Nein ... Ich verstehe nicht ... In Australien? Sonderbar, wirklich ... Ich danke Ihnen ... Nein, es ist eine private Detektei ... Sie kennen sie sogar ... Die Agence O ... Ja ... Selbstverständlich! Ich danke Ihnen, mein lieber Kollege ...«

Monsieur Augagneur erklärt Émile, der brav gewartet hat:

»Wahrscheinlich haben Sie nicht alles verstanden. Die Geschichte ist ziemlich merkwürdig. Offenbar wurde dieser Safe vor ungefähr anderthalb Jahren bestellt, von Sir James Raleigh ... Sir Raleigh besitzt eine Villa in Le Touquet, und in dieser Villa wurde der Safe von den Leuten der Firma Smith and Smith eingebaut. Aber damals ist Sir Raleigh in Australien gewesen, und er ist seither nicht mehr nach Europa zurückgekehrt. Sein Kammerdiener hat in seinem Namen den Safe bestellt und die ansehnlichen Kosten dafür bar bezahlt ...«

»Glauben Sie, es ist möglich, mit diesem Schlüssel den Safe zu öffnen, wenn man die Zahlenkombination nicht kennt?«

»Nein, das ist völlig unmöglich.«

»Ich spreche natürlich nicht von mir ... Aber ein Spezialist ...«

»Nein, ich glaube nicht ... Selbst der Konstrukteur dieses Safes wäre wahrscheinlich nicht dazu in der Lage ...«

»Ich danke Ihnen.«

Der Mann im Vorzimmer wartet noch immer. Es

ist schwierig, sein Alter, seinen Beruf und selbst seine Nationalität zu erraten.

Er ist Ausländer, wie man sie um die Place de l'Étoile herum häufig antrifft. Er könnte von Pferdewetten leben oder vom Glücksspiel, könnte zur Welt des Kinos gehören oder zweifelhafte Geschäfte tätigen. Er ist gut angezogen, doch seine Eleganz wirkt übertrieben.

Ein kleiner Fisch? Jemand, der etwas zu sagen hat?

Jedenfalls mangelt es ihm nicht an Zynismus. Als Émile den Raum verlässt, ist er es, der ihm die Tür öffnet und ihm den Vortritt lässt. Sie gehen im Abstand von zwei oder drei Stufen die Treppe hinunter. Die Treppe ist leer. Plötzlich spürt Émile, dass Gefahr droht. Er wäre nicht fähig zu sagen, woher er das weiß. Aber er ist sicher, dass ein Angriff auf ihn bevorsteht. Es ist ja auch kinderleicht! Wenn dieser Schlüssel wirklich so eine Bedeutung hat, wäre es für einen Mann, der an Derartiges gewöhnt ist, ein Leichtes, sich auf Émile zu stürzen – zumal der stets seinen Fotoapparat mit sich schleppt –, ihm die Kehle zuzudrücken, ihm den Schlüssel zu entreißen und zu fliehen ...

Émile hat nur wenige Sekunden zum Nachdenken. In welcher Etage befindet er sich jetzt wohl? Die Räume des Safe-Herstellers müssen in der vierten sein. Er ist also in der zweiten ... eine Tür, direkt vor ihm ... Genau in dem Moment, in dem jemand versucht, ihm mit einem kleinen Gummiknüppel auf den Kopf zu schlagen, macht er einen Satz, und der Knüppel streift nur seinen Nacken.

Zehn oder fünfzehn junge Frauen drehen sich um

und blicken ihn entsetzt an. Er ist in den vornehmen Räumen der Modefirma Émilienne Sœurs. Und diese Damen fragen sich …

»Guten Tag, meine Damen …«, murmelt Émile.

Sein Verfolger ist immer noch da. Er hat Zeit genug gehabt, den Knüppel wieder in die Tasche zu stecken. Zur Begrüßung sagt er:

»Ich bin der Begleiter dieses Herrn …«

»Sie wünschen?«

Da äußert Émile den Namen irgendeiner Zeitung.

»Man hat mich beauftragt, Ihre neuen Modelle zu fotografieren.«

»Ich werde Sie zu Mademoiselle Émilienne bringen. Folgen Sie mir bitte, hier entlang …«

Wenn man in diesem verdammten Beruf wenigstens die Zeit hätte, Entscheidungen zu treffen! Aber es ist immer dasselbe. Immer in letzter Sekunde treten die unerwartetsten Ereignisse ein. Die Polizei anrufen, um sich ein, zwei Beamte als Verstärkung zu besorgen? Und dann? Die Agence O ist eine Privatdetektei. Bis zum Beweis des Gegenteils ist Monsieur Duboin ein Klient der Agence O, und er hat ihr einen ganz bestimmten Auftrag erteilt.

Möglicherweise ist die Geschichte mit dem Brief aus Pau ein Trick, um Torrence von Paris wegzulocken. Aber Émile fühlt sich dennoch nicht dazu berechtigt, die Polizei zu alarmieren.

Andererseits spürt er jetzt die Gefahr immer deutlicher. Dieser Schlüssel – irgendjemand will ihn um jeden Preis haben. Wer? Das ist die Frage. Jedenfalls schreckt die Person, die immer noch an Émiles Fersen klebt, vor nichts zurück, um ihn zu bekommen. In belebten Straßen ist das nicht schlimm. Aber sobald sich Émile an einem menschenleeren Ort aufhält ...

»Treten Sie ein, Monsieur ...«

Émile dreht sich zu seinem Ausländer um.

»Sie können gern auf mich warten ...«

Das ist immerhin etwas.

»Entschuldigen Sie, Madame Émilienne ... Ich musste mich dieses Vorwands bedienen, um einen Anruf zu tätigen. Agence O ... Wenn Sie mir erlauben würden, Ihren Apparat zu benutzen ...«

Er verlangt die Nummer der Agence O. Es klingelt lange in den Räumen der Cité Bergère. Émile wird ungeduldig. Niemand nimmt den Hörer ab.

»Vermittlung, bitte ... Madame, wären Sie so nett, es noch einmal zu versuchen ...«

Unmöglich, dass Mademoiselle Berthe das Büro verlassen hat. Wenn sie etwas Bestimmtes zu erledigen haben sollte, wäre es trotzdem ...

»Nichts zu machen, Monsieur. Unter dieser Nummer hebt niemand ab.«

Und wenn er selbst hinginge?

»Hallo! Geben Sie mir die Feuerwehrstation von Château-d'Eau ... Ist da die Feuerwehr? Cité Bergère! Agence O! Schnell! Ein Brand ist ausgebrochen ...«

Mademoiselle Émilienne betrachtet ihn mit großen Augen.

»Glauben Sie wirklich, ein Feuer ...«

Während er wartet, trommelt Émile mit den Fingerspitzen auf den Apparat. Mal sehen, ob die Feuerwehr mehr als vier Minuten braucht, um die Cité Bergère zu erreichen und wenn nötig die Tür aufzubrechen ... Er zieht seine Armbanduhr heraus. Drei ... Vier Minuten ...

Erneut verlangt er nach seiner Nummer. Es klingelt, jemand hebt ab, ohne sich zu melden.

»Hallo! Agence O?«

Eine Männerstimme antwortet ihm, eine Stimme, die nicht Barbet und nicht Torrence gehört. Eine argwöhnische Stimme obendrein.

»Wer ist am Apparat?«

»Ein Angestellter der Agence O ... Sind Sie von der Feuerwehr? Sagen Sie mir schnell, was Sie vorgefunden haben!«

»Wie haben Sie erraten ...«

»Antworten Sie, zum Donnerwetter!«

»Hier ist eine junge Frau, wahrscheinlich die Sekretärin, sie wurde mit Chloroform betäubt. Wir warten auf den Arzt ...«

»Alles ist in Unordnung?«

»Na ja, die Räume sind von oben bis unten gründlich durchsucht worden ... Können Sie gleich hier sein?«

»Ja. Das heißt ... Ich weiß es noch nicht. Lassen Sie einen Beamten als Wache zurück. Ich erkläre es Ihnen später ...«

Dennoch überlief ihn ein Schauder.

Natürlich hatte man es in der Agence O nicht immer mit Heiligen zu tun. Es hat schwierige Momente gegeben, die zuweilen ans Tragische grenzten.

Doch dieses Mal hat Émile den Eindruck, ein Spiel zu spielen, das gefährlicher ist denn je. Das Beunruhigendste daran ist die bewusst herbeigeführte Zerstreuung der Kräfte der Detektei. Torrence blockiert in einem Zug ... Barbet dem Anwalt auf den Fersen ... Émile mit einem unbekannten Verfolger, und Mademoiselle Berthe, die man im Büro mit Chloroform betäubte.

Es liegt ihnen wohl viel an diesem Schlüssel? Wie viele sind es? Was wollen sie? Würden sie davor zurückschrecken, einen Mord zu begehen, um ihr Ziel zu erreichen? Émiles Hand greift erneut nach dem Telefon. Es wäre so einfach! Ein Anruf beim Chef der Kriminalpolizei. Innerhalb von Minuten würden zwei Inspektoren eintreffen ...

»Sie gehen?«, fragt Mademoiselle Émilienne.

»Ja. Ich bitte Sie nur, mir zwei Ihrer Verkäuferinnen mitzuschicken, bis ich im Taxi sitze ...«

Sie begreift nicht. Sie kann nicht verstehen, dass er um keinen Preis mit seinem Verfolger allein bleiben darf, und sei es nur, um zwei Treppen hinunterzugehen.

»Sie sollen ein paar Hutschachteln mitnehmen, um den Schein zu wahren ...«

Die Verkäuferinnen finden das amüsant. Émile lässt drei Taxis vorbeifahren, um schließlich eins zu wählen, das ihm geeignet scheint, eine lange Strecke in hoher Geschwindigkeit zurückzulegen. Der Fahrer ist außerdem jung und kräftig.

»Wohin soll es gehen?«

»Für den Moment noch nirgendwohin. Fahren Sie langsam durch die belebtesten Straßen. Haben Sie einen guten Rückspiegel? Gut, es geht … Hinter uns ist gerade ein Mann in ein rot-schwarzes Taxi gestiegen … Dieses Taxi wird uns folgen …«

»Verstanden, Chef … Ich soll ihn abhängen!«

»Im Gegenteil …«

»Ich soll ihm folgen?«

»Auch nicht … Er wird uns folgen, und Sie werden alles tun, damit er uns nicht aus den Augen verliert. Und jetzt los … Bleiben Sie in diesem Viertel. Ich werde Sie wahrscheinlich den ganzen Abend und die ganze Nacht brauchen.«

Und Émile klebt sich eine nicht angezündete Zigarette an die Lippe, nach seiner seltsamen Gewohnheit. Torrence hat sich lange darüber lustig gemacht. Dann hat er eines Tages bemerkt, dass Émiles Zigaretten zwar nicht brannten, aber doch immer kürzer wurden.

»Sagen Sie mal, Chef … Nein, das gibt's nicht – Sie kauen ja!«

Émile wurde rot. Torrence ließ die Sache auf sich beruhen. Émile kaut natürlich nicht wie ein alter Matrose. Und doch, vor allem in den Momenten tiefen Nachdenkens, knabbert er einen Tabakbrösel nach dem anderen, was er allerdings absolut nicht zugeben will.

Jetzt aber kann er sich nicht erinnern, dass er jemals so viele Probleme auf einmal hatte lösen müssen.

»Es geht um Minuten …«, hat Torrence gesagt.

Das scheint offensichtlich zu sein, da man ihn nur höchstens für eine Nacht fortgebracht hat. Der Advokat Duboin kann nicht hoffen, ihn von seiner Pau-Geschichte überzeugt zu haben. Deshalb ist er übrigens auch an der Gare d'Orsay geblieben, bis der Zug abfuhr. In Tours wird Torrence aussteigen. Wenn er keinen Zug findet, der ihn nach Paris zurückbringt, wird er ein Auto leihen und in den ersten Morgenstunden zurück sein. Weiß Torrence etwas? Hat sich der Advokat, als sie zusammen zu Mittag aßen, in irgendeiner Weise verraten?

Gut! Das rot-schwarze Taxi ist immer noch hinter ihnen. Aber warum ist Émiles Fahrer in die Rue Caulaincourt eingebogen, und vor allem, warum bremst er plötzlich und hupt in einem so seltsamen Rhythmus?

»Sagen Sie, mein Freund ...«

»Ich bitte um Verzeihung, Monsieur, aber Sie sagten, dass Sie mich wahrscheinlich die ganze Nacht behalten würden. Sie haben mir erlaubt, in der Zwischenzeit herumzufahren, wo ich will. Ich habe mir deshalb erlaubt, hier herumzufahren, um meine Frau zu benachrichtigen. Ich wohne in der Nummer 67, zweiter Stock. Ich bin sicher, meine Frau hat meine kleine Melodie gehört ... Sie bedeutet, dass ich noch nicht weiß, wann ich zurückkomme ...«

Der Verfolger hinter ihnen fragt sich wohl vergeblich, was das Hupen zu bedeuten hat!

Wo waren wir? Ein allseits geachteter Anwalt ist in einer höchst zwielichtigen Spelunke am Boulevard Rochechouart aufgekreuzt. Hat man ihm dort den Schlüssel gegeben?

Merkwürdig allerdings, dass der Schlüssel eines Safes, der eigentlich einem bedeutenden Mitglied des englischen Adels gehört, an einem solchen Ort auftaucht!

Denn wenn der Boulevard Rochechouart auch ein Treffpunkt gewisser Tunichtgute niederen Rangs ist, so wird er doch von Dieben der Luxusklasse nur selten frequentiert.

Wegen dieses Schlüssels allerdings ...

Weiß Monsieur Duboin jetzt, dass man ihn ihm gestohlen hat? Was wird er in diesem Fall tun? Wohin ist er gegangen, mit Barbet auf den Fersen? Und warum ist ihm der Ausländer nicht gefolgt? Kann es sein, dass er Barbet gesehen hat, wie er den Schlüssel in einen Umschlag steckte und diesen dem Wirt des Bistros übergab?

Émile klopft an die Trennscheibe.

»Sagen Sie ... Haben Sie einen Revolver?«

»Warum? Sind Sie von der Polizei?«

»Aber nein, mein Freund ...«

»Wenn das so ist, kann ich Ihnen ja sagen, dass ich immer einen Revolver im Wagen habe. Denn ich fahre oft nachts, und letztes Jahr hat es ein paar Überfälle gegeben.«

»Ist er geladen?«

»Sechs Schuss.«

»Geben Sie ihn mir.«

»Aber ...«

»Haben Sie keine Angst. Geben Sie ihn mir und nehmen Sie jetzt die Straße nach Le Touquet ... Sie haben nichts zu befürchten. Was ist in diesem Kanister neben Ihnen?«

»Benzin, für den Notfall ...«

»Würden Sie diesen kleinen Schlüssel hineinwerfen? Danke. Jetzt können wir fahren.«

»Gibt es irgendwann etwas zwischen die Zähne?«

»Das sehen wir, wenn wir unterwegs sind. Denken Sie aber daran, dass es ab jetzt in Ihrem Auto nur eine einzige Sache von Wert gibt, und das ist dieser Benzinkanister. Das heißt, der Schlüssel darin ...«

»Es wird schwer sein, ihn wieder herauszubekommen ...«

»Macht nichts. Nicht so schnell ... Das rot-schwarze Taxi hinter uns ist an der Kreuzung aufgehalten worden, es muss erst wieder aufholen ...«

An Émiles Lippe klebt nur noch eine halbe Zigarette.

IV

*Wo Barbet kaum noch Benzin hat
und nicht zögert, schwere Geschütze
aufzufahren, andere allerdings zu noch
kategorischeren Maßnahmen greifen*

Es goss in Strömen. Die Straße war rutschig. Trotz der Scheibenwischer sahen sie die Hand nicht vor den Augen, und mehrere Male wären sie um ein Haar auf große Lastwagen aufgefahren. Das letzte Schild, das sie gesehen hatten, verkündete: *Abbeville: 17 km.*

Wie viele Kilometer waren sie schon gefahren? Jedenfalls beugte sich Émile auf einmal vor.

»Halten Sie an! Ich sehe da vorn, am Graben, ein Auto, das mir bekannt vorkommt ...«

Es waren sogar zwei, eins davon ein Pariser Taxi. Das andere gehörte dem Advokaten Duboin.

»Ich frage mich, wie sie sich gegenseitig so verbeulen konnten ...«, murmelte der Fahrer.

Émile hatte nicht das Bedürfnis hinzuzufügen, dass er das durchaus verstand. Was das Auto betrifft, das ihnen folgte, so hatte es mit ausgeschalteten Scheinwerfern in einigem Abstand angehalten.

»Was sollen wir machen, Chef?«

»Wir fahren langsam weiter. Sie können nicht weit gekommen sein ...«

Und tatsächlich zeigte ihnen dreihundert Meter weiter ein beleuchtetes Schild ein kleines Restaurant, das von Lastwagenfahrern frequentiert wurde. Als er eintrat, sah Émile Barbet mit dickem Verband um den Kopf. Dessen ungeachtet saß er vor einem großen Teller Linsen mit Würstchen. Etwas weiter entfernt saß Monsieur Duboin allein vor einem Stück kaltem Braten.

Émile überließ seinem Fahrer einen eigenen Tisch und setzte sich zu Barbet.

»Erzähl, schnell.«

»Ganz einfach. Wir haben gut mitgehalten, trotz seines dicken Autos … Und als ich schon glaubte, dass wir endlich irgendwo hinkämen, sagt mir mein Taxifahrer, dass er kein Benzin mehr im Tank hat … Na ja, und da mir die Pflicht über alles geht …«

»Welche Pflicht?«

»Man hat mich angewiesen, ihm zu folgen, oder? Da ich ihm aber nicht mehr folgen konnte, musste ich ihn am Weiterfahren hindern … Ich sagte dem Fahrer, er soll ihn rammen und die Agence O würde die Kosten übernehmen … Wir haben ihn also einfach rechts überholt und …«

Es war wahrscheinlich das erste Mal, dass dieses wohlanständige Restaurant eine Zusammenkunft dieser Art erlebte, denn Émiles Verfolger war nun ebenfalls eingetroffen und hatte sich in der Nähe des Eingangs niedergelassen. Monsieur Duboin betrachtete die diversen Individuen mit sichtlichem Argwohn.

»Was hat er in Paris gemacht, bevor er losgefahren ist?«, fragte Émile.

»Ich glaube, er war ziemlich in Panik wegen seines Schlüssels ...«

Augenzwinkern von Barbet, der, wiewohl inzwischen zum anständigen Menschen geworden, nie glücklicher ist, als wenn man ihm erlaubte, jemandem die Taschen zu durchsuchen.

»Wo ist er hingegangen?«

»Ins Gefängnis. Ich gebe zu, dass ich nicht mit ihm hineingegangen bin ... Aber während er in La Santé einen Häftling besuchte, habe ich Erkundigungen eingeholt ... Sein Mandant ist offenbar ein Ausländer, man nennt ihn den Commodore, ein Typ, der Geldwäsche betreibt, Dokumente fälscht, das ganze verdammte Programm ... und zwar in großem Stil!«

»Und dann?«

»Dann ist er in einen Haushaltswarenladen gegangen.«

»Wie?«

»Ja, ein Geschäft für Haushaltswaren ... Ich konnte nicht erkennen, was er kaufte. Dann sind wir losgefahren ... Wie gesagt, als mein Fahrer aufgeben wollte, fand ich es besser, ihn für ein paar Hundert Franc Schadensersatz den Zusammenstoß machen zu lassen ... Oder noch weniger! Er ist offenbar versichert ... Er wird es so drehen, dass es der andere war, der ...«

Der Commodore ... Émile runzelt die Stirn. Der Commodore ... Wie alle Welt hat er vor ein paar Tagen gelesen, dass in einem großen Bankhaus an der Avenue de l'Opéra ein internationaler Betrüger verhaftet wurde, bekannt unter dem Namen Commodore, genau in dem

Moment, als er versucht hat, sich einen hohen Betrag mit einem gefälschten Scheck auszahlen zu lassen. Die Rede war von einer Million ...

Welche Verbindung könnte es geben zwischen ...

Plötzlich steht Émile auf und steuert auf den Advokaten zu, der überaus nervös zu sein scheint.

»Wie geht es Ihnen, mein lieber Maître?«

»Es kommt mir vor, als würde ich Sie kennen, aber ... Wenn Sie mir noch einmal sagen würden, wie Sie heißen ...«

»Émile ... Der Angestellte des Ex-Inspektors Torrence ... Ich dachte, dass Sie mich vielleicht brauchen könnten, vor allem nach dem Anruf, den ich von meinem Chef erhielt ...«

Er hat das auf gut Glück geäußert. Die Wirkung kommt prompt.

»Was sagen Sie da? Sie haben einen Anruf von ... Sie haben wirklich von Monsieur Torrence einen Anruf erhalten?«

»Warum nicht?«

Momente wie dieser entschädigen für eine Menge Unannehmlichkeiten. Vor allem, da Émile das alles mit engelhafter Miene und sittsam gesenkten Augen vorbringt.

»Na ja, ich weiß nicht, woher sein Anruf kam. Es muss recht weit weg gewesen sein. Er hat mir gesagt, ich soll mich Ihnen so bald wie möglich zur Verfügung stellen und ...«

»Verzeihung, mein Freund. Entschuldigen Sie ... Wir sollten Ordnung in unsere Gedanken bringen, denn sonst explodiert mein armer Kopf. Sie behaupten, Torrence hat Sie angerufen, um Ihnen zu sagen ...«

»Dass Ihnen womöglich Ärger bevorsteht und dass, wenn es mir gelingen könnte, Sie zu treffen ...«

»Aber zum Donnerwetter, wie kann denn Ihr Torrence – zum Teufel mit ihm – wissen, wo ich ...«

»Entschuldigen Sie, ich bin nur ein Angestellter, und er weiht mich nicht in alles ein. Er hat einfach gesagt, dass ich Sie ganz sicher auf der Straße nach Le Touquet einholen würde ...«

»Also ist er es, der diesen idiotischen Taxifahrer angewiesen hat, mit meinem Wagen zusammenzustoßen und ...«

»Ich weiß nicht ... Er hat noch gesagt, wenn Ihr Vorsprung zu groß wäre und ich Sie auf der Straße nicht einholen würde, dass ich Sie sicherlich in der Villa eines Engländers in Le Touquet antreffen würde. Warten Sie, gleich fällt mir der Name ein ... Sir ... Sir James Raleigh ...«

Nie hat ein Mensch eine solche Verblüffung an den Tag gelegt wie der berühmte Anwalt in diesem Augenblick. Gewiss, ihm ist bekannt, dass der Agence O schon etliche Meisterleistungen gelungen sind. Er weiß auch, dass Torrence nicht von ungefähr die rechte Hand des berühmten Maigret gewesen ist. Aber das ...

»Ach, und ...«, fährt Émile mit Kleinmädchenstimme fort. »Er hat mir noch von Ihrem Mandanten berichtet, in aller Kürze, dem Commodore ...«

Der Teufel höchstpersönlich säße an seinem Tisch, wenn Torrence ...

»Was er mir darüber gesagt hat? Ach, ja, dass es bisweilen schwierig zu bestimmen ist, wo genau die Rolle des Anwalts aufhört, dass es aber Fälle gibt, in denen es äußerst gefährlich ist, eine gewisse Grenze zu überschreiten … Einen Mann zu verteidigen, das ist … Aber diesem Mann dabei zu helfen, die Beweise seiner Schuld verschwinden zu lassen …«

»Junger Mann, ich erlaube Ihnen nicht …«

»Er sprach nicht von Ihnen, dessen bin ich sicher. Es war eine ganz allgemeine Unterhaltung. Er sprach genauso allgemein wie beim Thema Sir Raleigh. Es gibt aber ein eigenartiges Detail … Stellen Sie sich vor, während dieser Edelmann zwei Jahre in Australien ist, bestellt sein Kammerdiener oder irgendein anderer Diener seines Vertrauens auf eigene Rechnung – die er auch bezahlt – einen absolut einbruchsicheren Safe … Dieser Safe wird in der Villa von Le Touquet eingebaut … Wo zum Teufel hab ich den Schlüssel nur hingelegt?«

»Welchen Schlüssel?«

Und Émile, der es mit seiner Arglosigkeit nun fast übertreibt, murmelt:

»Den Schlüssel von diesem Safe natürlich …«

»Sie haben diesen Schlüssel?«

»Torrence … das heißt, mein Chef, hat ihn mir geschickt.«

»Durchs Telefon, nehme ich an?«, spottet der Advokat, der aufgestanden ist und purpurrot geworden ist.

»Ich weiß nicht mehr genau, wie er ihn mir geschickt hat. Tatsache ist, dass ich ihn vorhin noch in dieser Tasche hatte. Aber jetzt frage ich mich …«

Émile wendet sich zu dem Tisch in der Nähe des Eingangs, an dem sein Ausländer sitzt.

»Ich frage mich, ob es nicht der Kerl da ist. Er ist mir schon so lange gefolgt, und vor einer Weile hat er mir ein Bein gestellt. Ach! Schade, dass Sie Monsieur Torrence so weit weggeschickt haben. Ich bin sicher, er würde Ihnen jetzt aus der Verlegenheit helfen …«

Der Advokat starrt den Unbekannten an. Man sieht ihm die innere Bewegung an. Schließlich äußert er, als gäbe er sich geschlagen:

»Für wen arbeiten Sie?«

»Für die Agence O.«

»Das war nicht die Frage. Für wen arbeitet die Agence O in dieser Sache?«

»Aber ich dachte, es sei Ihre Sache! Ich habe Sie doch heute Morgen mit dem Chef im Büro gesehen. Sie sind mit ihm weggegangen, und ich dachte …«

»Hören Sie, junger Mann, ich lasse mich nicht für dumm verkaufen …«

»Mein lieber Maître, seien Sie versichert …«

»Wir haben nicht viel Zeit … Sind Sie einverstanden, für mich zu arbeiten?«

»Ich sagte Ihnen doch …«

»Genug der Scherze … Ich kann Leute nicht ausstehen, die sich dümmer stellen, als sie sind …«

Émile lächelt.

»Der Schlüssel …«

»Das hängt davon ab, was Sie damit machen wollen …«

»Das bedeutet, dass er sich immer noch in Ihrem Besitz befindet?«

»Ich kann Ihnen versichern, dass Sie ihn, egal, was Sie tun werden, nicht in die Hände kriegen.«

»Ich würde bis fünfzigtausend gehen …«

»Fünfzigtausend was?«

»Fünfzigtausend Franc natürlich. Egal, ob sie in Ihre Tasche oder in die Ihres Chefs fließen … Garçon! Haben Sie hier eine Zeitung aus Le Havre?«

Er sucht auf der letzten Seite.

»Es ist elf. Um halb zwölf wird die Mooltan aus Australien im Hafen erwartet. Sir Raleigh ist an Bord, er wird sich sofort nach Le Touquet fahren lassen. Wir haben also kaum eine Stunde Vorsprung.«

»Sie sind mit Sir Raleigh verabredet?«

Émile zuckt zusammen, denn Barbet, der sich langweilt und wahrscheinlich die Hoffnung noch nicht aufgegeben hat, die Taschen des Ausländers durchsuchen zu können, geht gerade liebenswürdig lächelnd auf diesen zu, um ihm eine Partie Billard vorzuschlagen. Und der Mann nimmt die Herausforderung an.

»Hören Sie, junger Mann …«

»Sie können mich Émile nennen, wie alle …«

Da äußert der Anwalt etwas Unglaubliches, einen quasi historischen Satz, den der junge Detektiv am liebsten für die Nachwelt aufzeichnen würde.

»*Sie wissen viel zu viel für jemanden, der Émile heißt* … Hören Sie …«

»Einen Moment … Natürlich braucht man, um einen Safe zu öffnen, prinzipiell einen Schlüssel. Aber das bedeutet nicht, dass Sie nicht hoffen würden, auch ohne diesen Schlüssel in Le Touquet …«

»Wer sagt Ihnen, dass ich diesen Safe öffnen will?«
»Natürlich …«, murmelt Émile.
»Natürlich was?«
»Es gibt noch ein anderes Mittel, um belastendes Material loszuwerden. Wenn man es sich nicht beschaffen und an einen sicheren Ort verfrachten kann, kann man es immer noch vernichten. Aber, na ja, es gibt noch ein kleines Hindernis … Ein Safe, vor allem ein so moderner Safe wie der, der uns beschäftigt, ist nicht so leicht in Brand zu stecken.«
»Sie glauben doch nicht, dass ich …«
»In Haushaltswarenläden«, fährt Émile ungerührt fort, »gibt es die unterschiedlichsten Dinge zu kaufen, von Mausefallen und Aluminiumtöpfen bis zu … Tja, ich denke … In gewissen Vierteln … Vielleicht irre ich mich, aber da gibt es auch Dynamit zu kaufen, für die Sprengungen im Steinbruch … Ein Safe, der nicht brennt, könnte mitsamt dem Inhalt pulverisiert werden. Das hängt von der Ladung ab. Sagen Sie, mein lieber Maître, glauben Sie nicht, dass wir besser nicht rauchen sollten?«

Mit diesem Erfolg hat er nicht gerechnet. Überrascht drückt der Anwalt sogleich seine Zigarette aus.

Er gibt nach. Diesmal spürt man, dass er ehrlich sein wird, dass er bis zum Ende gehen wird. Er ist geschlagen …

»Sie haben ein Auto? Wir können auf der Fahrt weiterreden, ja? Dann werde ich mit Torrence das Honorar regeln.«

Ein Augenzwinkern von Émile zu Barbet. Der Advokat und der angebliche Fotograf steigen ins Taxi.

»Wenn Sie wirklich diesen unglückseligen Schlüssel haben, macht das die Sache viel einfacher ... Ich sage nicht, dass es sich um eine absolut legale Sache handelt, aber Sie wissen genauso gut wie ich, dass es nicht immer möglich ist, Unschuldige zu verteidigen, wenn man im Rahmen des Legalen bleibt.«

»Ich höre Ihnen zu, mein lieber Maître ...«

»Der Commodore, der mich vorgestern anrief, um mich zu bitten, seine Verteidigung zu übernehmen, ist kein anderer als ...«

»Erlauben Sie mir, dass ich rate? Ein naher Verwandter von Sir Raleigh.«

»Sein jüngerer Bruder ... Unwichtig, wie es so weit gekommen ist ... Sie wissen ja, dass in England der älteste Sohn allein das väterliche Vermögen erbt. Er hat erst Schulden gemacht, hat dann mit ungedeckten Schecks hantiert und ist am Ende einer internationalen Bande ins Netz gegangen ...«

»Einen Moment. Gut. Sie folgen uns ...«

»Wer?«

»Mein Ausländer. Und vermutlich der Mann, der mit ihm Billard spielte und Ihnen den Schlüssel klaute.«

»Wie bitte?«

»Beruhigen Sie sich ... Er ist ein guter Junge. Fahren Sie fort ...«

»Als Sir Raleigh, der Ältere, nach Australien ging, wo er mindestens zwei Jahre bleiben wollte, kam die Bande auf die Idee, sich seiner Villa zu bedienen. In England wurde nach ihnen gefahndet, aber die Polizei in Le Touquet konnte ja nicht ahnen, dass ...«

»Gut! Verstanden. Und dann ...«

»Dort einen falschen Gärtner und einen falschen Kammerdiener unterzubringen, das war ein Kinderspiel, und die Leute aus der Gegend haben nur die Lichter gesehen ... Einen Safe zu bestellen ... Darin alle Dokumente der Bande und ihr ganzes Material unterzubringen ... Welcher Polizist hätte gewagt, Sir Raleighs Safe aufzubrechen, um ihn nach gefälschten Schecks und Scheinrechnungen zum Geldwaschen zu durchsuchen?«

»Beeilen Sie sich ... Wir haben Abbeville hinter uns, jetzt ist Le Touquet nicht mehr weit ...«

»Hundertmal hat Sir Raleighs Bruder versucht, von dieser Bande loszukommen, aber sie hatte ihn in der Hand ...«

»Wie immer ... Und dann ...«

»Das Unglück wollte es, dass man ihn ein paar Tage vor der Rückkehr seines Bruders nach Frankreich zu einem Coup gezwungen hat, der sein letzter sein sollte ...«

»Und da wurde er verhaftet. Er benimmt sich ja geradezu vorbildlich, und jeder anständige Mensch kann nur ...«

»Unterbrechen Sie mich doch nicht ständig! Diesem Mann macht es wenig aus, unter dem Namen ›Commodore‹ im Gefängnis zu sitzen, denn so heißt er nicht ... Was zählt, ist, dass sein echter Name nicht entdeckt wird. Sein Bruder wird also in Kürze heimkehren. Er wird diesen Safe finden, den er nie bestellt hat. Er wird der Polizei seine Verblüffung mitteilen, und die Polizei wird ... Verstehen Sie jetzt?«

»Ich verstehe, Maître, dass Sie eingewilligt haben, alle kompromittierenden Papiere aus diesem Safe herauszuholen, anders gesagt, einen schweren Raub zu begehen ... Wie viel hat man Ihnen dafür geboten?«

»Das Leben ist hart ... Wenn Sie wüssten, wie viele Mandanten es gibt, die nicht daran denken, unsere Honorare zu begleichen! Ich habe eine junge Frau, die ... einen Hausstand ...«

»Kurz, Sie haben eingewilligt, den Schlüssel dort zu holen, wo er war, das heißt, in einer Spelunke am Boulevard Rochechouart.«

»Mein Mandant hat das Notwendige getan. Er hat mir einen Brief mitgegeben, den ich für ihn aufgab. Der Chef der Bande, der ihm gegenüber durchaus keine schlechten Gefühle hegt, hat zugestimmt ...«

»Könnten Sie das alles bitte abkürzen? Gleich sind wir in Le Touquet. Er hat Ihnen den Schlüssel gegeben. Der Gedanke erschreckte Sie, dass Sie bei einer Razzia zugeben müssten, was Sie in diesem Lokal machen. Leider ist es so, mein lieber Maître, dass einige Komplizen – darunter vermutlich auch der Herr, der uns jetzt in einem Taxi folgt, mit dem er seit Paris hinter mir herfährt – anders darüber denken als ihr Boss, was mit dem Inhalt des Safes geschehen soll ... Verstehen Sie? Auch sie haben dabei ein Wörtchen mitzureden ... Sie wissen, dass die Chefs sich oft zusammentun, um die Kleinen um ihren Gewinn zu bringen, und wahrscheinlich liegen in diesem Safe nicht nur wertlose Papiere ... Nehmen wir an, dass sich auch die Beute, oder ein Teil davon, darin befindet ... Sehen Sie, ich kenne mich mit Menschen nicht besonders gut aus. Aber ich würde wetten, dass im Ausweis unseres Verfolgers als Berufsbezeichnung Bildhauer oder Graveur angegeben ist. Man braucht solche Leute, um falsche Papiere herzustellen, und dann lässt man sie im letzten Moment fallen. Da sind wir, lieber Maître ...«

»Wie haben Sie sich entschieden?«

»Und Sie?«

»Wenn Sie mir diesen Schlüssel geben, wenn Sie mir erlauben, die für meinen Mandanten belastenden Dokumente aus dem Safe zu holen, verspreche ich Ihnen ...«

»Eine Kugel in den Kopf.«

»Was sagen Sie?«

»Ich sage, dass der Mann, der uns folgt, nicht zögern wird, uns eine Kugel in den Kopf zu schießen.«

Der Advokat atmete erleichtert auf. Und Émile, der auf der Fahrt fast eine ganze Zigarette aufgegessen hatte, sagte seufzend:

»Ach, ihr seid doch alle gleich. Statt ehrlich zu sein und euch an uns zu wenden, wenn noch Zeit dazu ist, und uns die Aufgabe zu erleichtern, glaubt ihr, ganz schlau zu sein, und zieht einen Mann wie Torrence aus dem Verkehr.«

»Werden Sie zulassen, dass eine Familie ihre Ehre verliert?«

»Zunächst einmal weise ich Sie darauf hin, dass sie sich selbst entehrt hat und dass ich damit nichts zu tun habe. Außerdem hat sich ein gewisser Anwalt selbst strafbar gemacht und ...«

Der Fahrer schiebt die Trennscheibe zurück.

»Welche Adresse?«

»Einen Moment …«

Und dem Anwalt flüstert er zu:

»Sie haben Dynamit in der Tasche? Öffnen Sie die Tür und werfen Sie es weg, in den Graben …«

Eine Bewegung im Schatten beweist ihm, dass der andere gehorcht hat.

»Ihr Commodore wird trotzdem verurteilt werden?«

»Wenn man den Inhalt des Safes nicht entdeckt, wird er nur eine geringe Strafe bekommen, die wahrscheinlich zur Bewährung ausgesetzt wird, denn sie haben keine Beweise …«

»Halten Sie an!«

Das andere Auto hinter ihnen hält ebenfalls.

»Was würden Sie an meiner Stelle tun?«, fragt Émile den Anwalt freundlich. »Letzten Endes sind Sie unser Klient. Und es ist nicht unsere Aufgabe … Also, steigen wir aus? Mir schlafen schon die Beine ein. Fahrer, geben Sie mir doch diesen Benzinkanister.«

»In den Sie …«

»Ja. In den ich vorhin einen Schlüssel geworfen habe … Stellen Sie ihn dorthin, auf die Straße. Ich frage mich, ob ein gewisser Barbet nicht hier herumstreift.«

»Hier, Chef«, antwortet ihm Barbet. Er ist im Kofferraum des zweiten Autos mitgefahren.

»Sehr gut, Barbet. Wir gehen jetzt alle etwas Heißes trinken, einen Grog zum Beispiel, und wärmen uns an einem Ofen auf … Auch der Fahrer … Nein! Lassen Sie den Kanister dort stehen …«

»Aber Sie haben doch gesagt …«

»Mein Freund, nehmen Sie zur Kenntnis, dass nur Liebesschwüre ewig währen ... Und so weit waren wir noch nicht. Ich sehe ein Licht ... Es würde mich sehr überraschen, wenn das nicht eine Bar wäre ...«

Émile hat Mühe, seine kleine Truppe zusammenzuhalten, die ihm nicht ganz folgen kann. Sorgfältig achtet er darauf, im Vorbeigehen den Schlüssel in dem stehen gebliebenen Kanister klimpern zu lassen ... Als er zum zweiten Taxi kommt, bemerkt er den Schein einer Zigarette im Schatten und die glänzenden Augen seines Verfolgers. Fast hat er Lust, ihm zuzurufen:

»Beeil dich, du Idiot!«

V

Eine unwahrscheinliche Geschichte

Nach einem langen Aufenthalt in Australien war Sir Raleigh endlich wieder zurück in Frankreich und entdeckte in der prachtvollen Villa, die ihm in Le Touquet gehört, voller Verblüffung einen Safe, der ihm nie gehört hat; doch dieser Safe, so muss hinzugefügt werden, war leer. Man verliert sich in Vermutungen über…«

Torrence ist in seinem Büro, die Zunge zwischen den Zähnen wie ein eifriger Schüler, und Émile diktiert, eine unangezündete Zigarette im Mund:

»*Die Agence O hat die Ehre, Ihnen die Dokumente zurückzuerstatten, die wahrscheinlich Ihrem Mandanten, bekannt unter dem Namen ›der Commodore‹, gehören. Ein Unbekannter hat sie aus dem Safe der Villa geholt…*«

»Ich verstehe immer noch nicht, Émile, wie Sie das angestellt haben…«, murmelt der gute Torrence.
»Das macht nichts, Chef. Weiter:

Dieser Einbrecher ist ganz zufällig mit einem unserer Mitarbeiter zusammengestoßen, gerade als er die frag-

liche Villa verließ. Er ist gestolpert und hat dabei die Dokumente fallen gelassen, die wir pflicht#gemäß ...«

»Barbet muss eine Prämie erhalten«, sagt Torrence entschlossen.

»Wahrhaftig! Die üblichen Höflichkeitsfloskeln überlasse ich Ihnen ... Die Adresse: Maître Duboin, Rue Montaigne, Paris.«

Und Émile erlaubt sich, ganz ohne Schadenfreude zu fragen:

»Sagen Sie, Chef, isst man im Café de Paris wirklich so gut, wie es immer heißt?«

Deutsch von Susanne Röckel

*Die Verhaftung
des Musikers*

I

Wo Detektiv Torrence sich während
der Partie gegen Kommissar Lucas in
die absolute Illegalität stürzt

»Wie sieht er aus?«, hatte Torrence am Telefon gefragt, bevor er seinen Entschluss fasste.

»Klein, mürrische Miene, mit einem Chaplin-Bärtchen.«

»Gut! Das ist Kommissar Lucas …«

Ein alter Kollege von Torrence bei der Kriminalpolizei. Es wurde immer seltsamer. Lucas war tatsächlich ein ewig besorgter Mensch. Das Gespenst eines möglichen Schnitzers saß ihm im Nacken. Rechtschaffen bis zur Lächerlichkeit. So empfindlich, wie man es als Anführer im Kampf gegen Verbrecher eigentlich nicht sein darf. Aber merkwürdigerweise hatten trotzdem alle Angst vor Lucas, wegen seiner ewig mürrischen Miene.

Der Eintritt von Torrence und seinem Fotografen Émile in der kleinen Bar der Rue Fromentin war eine umso größere Sensation, als diese Straße am Montmartre, auch wenn sie auf die Place Pigalle führt, eine der ruhigsten des Viertels ist. Erst recht um sechs Uhr morgens!

Es war Mai. Lucas trug noch seinen Mantel, der ihn kleiner aussehen ließ; er liebte nämlich, wie die meisten kleinen Männer, weite und lange Mäntel.

»Du siehst aus wie ein Löschhütchen«, hatte Torrence einmal zu ihm gesagt.

Lucas trank einen Kaffee mit Schuss an einem Marmortisch in Fensternähe. Der Wirt säuberte die Theke mit Essig. Ein Inspektor, dem Kommissar gegenübersitzend, lauschte den letzten Anweisungen.

»Alles weist darauf hin, dass er bewaffnet ist und dass er ein Mann ist, der seine Haut teuer verkauft. Ich gehe zuerst und ...«

Genau in diesem Moment öffnet sich die Tür und Torrence tritt ein, als wäre er hier zu Hause, als wäre es ganz normal, dass der Direktor der Agence O seinen Kaffee in Gesellschaft seines Fotografen in einer Bar der Rue Fromentin trinkt. Das versetzt Lucas sofort in Unruhe.

»Was machst du denn hier?«

»Und du?«

»Äh ... Wie du siehst ... Ich kam gerade vorbei ...«

»Genau wie wir. Nicht wahr, Émile?«

»Ja, Chef ...«

»Komisch, dass wir uns ausgerechnet vor dem Hôtel du Dauphiné treffen. Sag mal, Lucas ... Lässt du dich jetzt beschützen? Ich habe einen Inspektor an der Place Pigalle gesehen, einen anderen unten an der Straße, außerdem wartet euer Wagen vor dem ...«

»Ehrlich, was hast du gerade gemacht? Es kann doch nicht sein, dass jemand dir gesagt hat ...«

Armer Lucas! Und doch ist es ganz einfach zu verstehen. Vor einer Dreiviertelstunde ist Torrence, der im Bett lag und schnarchte wie ein Walross, angerufen worden.

»Sind Sie das, Monsieur Torrence? Entschuldigen Sie, dass ich Sie zu dieser Zeit störe, aber die Sache ist ernst und dringend ... Hier ist José ...«

Was kann José zugestoßen sein? Torrence kennt ihn seit Langem. Alle Nachtschwärmer von Paris kennen ihn. José ist nämlich Bandleader, er spielt in einer der besten Jazzcombos am Montmartre, die im Cabaret du Pingouin in der Rue Fontaine massenhaft Leute anzieht.

»Hören Sie ... Sie müssen sofort kommen ... Ich bin sicher, dass sie mich in ein paar Minuten verhaften werden ...«

»Wer, ›sie‹?«

»Die Polizei ...«

Torrence, noch im Halbschlaf, sieht nicht, welche Verbindung es zwischen José und der Polizei geben könnte. Man ist doch kein schwerer Junge, nur weil man jede Nacht in einem Lokal am Montmartre arbeitet, und José ist sogar ein veritabler Gentleman mit einem durchaus geregelten Leben.

»Erklären Sie mir das, mein Lieber ... Ich muss zugeben ...«

Torrence hört die Stimme des Musikers, aber sie richtet sich nicht mehr an ihn, sondern an jemanden, der sich in seiner Nähe befinden muss. Und José fragt:

»Was macht er?«

»Er hat sich auf die Treppe gesetzt, genau gegenüber der Tür«, erwidert die Stimme einer Frau.

»Hallo! Monsieur Torrence … Entschuldigen Sie … Ich habe gerade Julie gefragt … Sie kennen sie, nicht? Doch, doch! Sie war mit dem Bankier zusammen … Ja, wir sind seit ein paar Wochen zusammen … Hören Sie, ich muss es kurz machen … Ich habe Angst, dass sonst sie es tun und dass es danach zu spät ist.«

Ohne den Hörer loszulassen, gurgelt Torrence mit ein paar Schlucken Wasser. Es gelingt ihm sogar, die Pfeife zu sich heranzuziehen, in der vom Vortag noch ein wenig Tabak übrig ist.

»Gut, weiter … Julie, ist das die große Blonde? Die die Nummer mit dem akrobatischen Tanz gemacht hat?«

»Sie macht sie immer noch. Sie hat genug vom Bankier. Das werde ich Ihnen später mal erzählen. Wir lieben uns … Wir sind zusammen, gerade jetzt, im Hôtel du Dauphiné in der Rue Fromentin, wo ich gewöhnlich wohne … Hallo! Warten Sie … Ich sehe noch einen auf dem Bürgersteig gegenüber … Vorsicht, Julie! Du darfst den Vorhang nicht bewegen … Es ist besser, sie erfahren nicht, dass …«

»Ich verstehe immer noch nicht …«

»Der Bankier ist mehrmals zu mir gekommen, er hat verlangt, dass Julie zu ihm zurückkehrt. Sie wissen ja, was das für ein Typ ist …«

Warum wird dieses Individuum Bankier genannt? Vielleicht wegen seines allzu ausgeprägten Geschmacks für luxuriöse Kleider, pelzgefütterte Mäntel und haselnussgroße Brillanten. Wovon er eigentlich lebt, ist ein Rätsel. Jedenfalls haben viele Leute Angst vor ihm, und seine Miene ist nicht gerade einnehmend.

»Gut! Ich fahre fort ... Selbstverständlich habe ich mich geweigert, sie ihm zurückzugeben. Um nichts in der Welt würde sie zu ihm zurückgehen ... Sie ist nur deshalb bei ihm geblieben, weil sie furchtbare Angst hatte ... Er hat mir gedroht, sich zu rächen ... Ich gebe zu, dass ich seither nicht mehr ganz ruhig gewesen bin, vor allem, wenn ich mitten in der Nacht nach Hause kam, denn er gehört zu den Leuten, die einem eine Kugel in den Bauch jagen und seelenruhig weiterspazieren ...«

Uff! Torrence ist es gelungen, ein Streichholz anzustreichen und seine Pfeife zu entzünden, ohne den Hörer loszulassen.

»Ich höre zu ...«

»Fast jeden Abend ist er im Pingouin. Auch heute Abend war er dort. Aber was mir äußerst seltsam vorkam, ist, dass ich auch andere wiederzuerkennen glaubte ... Polizisten! Am Anfang fragte ich mich, wen sie im Visier hatten ... Sie wissen ja, wie das ist. Von unserem Platz aus sieht man alles. Am Ende wurde mir klar, dass sie mich beobachteten. Und als sie den Kellnern und Animierdamen Fragen stellten, ging es um mich ...

Als ich das Lokal in der Rue Fromentin verließ, mit Julie zusammen, hefteten sie sich zu dritt an meine Fersen.

Ich habe aus dem Fenster gesehen und bemerkt, dass zwei von ihnen auf der Straße Wache schieben.

Wir haben darüber nachgedacht, Julie und ich ... Unnötig, Ihnen auf Ehre zu versichern, dass ich nichts Verwerfliches getan habe ... Kein Koks, nichts von dieser Art ... Julie hat mir gesagt: ›Ich wette, der Bankier steckt dahinter. Es sieht ihm ähnlich.‹«

Während er zuhört, ist es Torrence gelungen, sich erst einen Schuh, dann den zweiten anzuziehen.

»Wir haben nicht geschlafen. Wir haben einen Polizisten gehört, der auf unserem Treppenabsatz Posten bezog. Er ist immer noch da, direkt vor unserem Zimmer. Und ganz früh am Morgen ist ein Mann, der Kommissar wahrscheinlich, im Auto vorgefahren. Die anderen sind hingegangen, um ihm Bericht zu erstatten. Dieser Kommissar sitzt gerade jetzt in der kleinen Bar gegenüber ... Ich bin sicher, dass er gleich kommt, um mich zu verhaften.«

»Wo hinterlassen Sie gewöhnlich Ihren Zimmerschlüssel?«

»Auf dem Tisch, an der Rezeption des Hotels.«

»Wenn das so ist, müssen Sie so schnell wie möglich das Zimmer durchsuchen, die Matratze aufschneiden, überall suchen ... Wenn der Bankier versucht, Sie verhaften zu lassen, gibt es etwas, was als Beweis gegen Sie gelten kann, und dieses Etwas ...«

»Hallo! Bleiben Sie am Apparat ... Ich dachte schon, jemand hat die Verbindung gekappt. Sagen Sie, Monsieur Torrence ... Wir haben überall gesucht ... Julie hatte auch schon daran gedacht ...«

»Ihre Taschen? Die Kleider? Julies Kleider? Wenn es Bilder an den Wänden gibt, nehmen Sie sie aus den Rahmen. Ich komme ...«

Torrence ist unrasiert in ein Taxi gesprungen. Am Boulevard Raspail hat er Émile abgeholt, seinen alten Émile, der nach außen hin als Fotograf oder Angestellter der Agence O fungiert, in Wahrheit aber ihr Hirn ist.

»Los, los, Émile … Ein seltsamer Auftrag … Sie verhaften gerade einen Musiker, der nichts Böses getan hat.«

»Sind Sie sicher?«

»Ich lege die Hand für ihn ins Feuer«, ruft der gute Torrence. »Ich kenne José seit Jahren. Er ist ein bezaubernder Junge und …«

Émile weiß alles, liest alles, sieht alles, sodass man meinen könnte, seine Tage hätten nicht vierundzwanzig, sondern hundert Stunden.

»Er spielt doch in der Jazzcombo des Pingouin? Sagen Sie, Chef, ist nicht Onkel John vorgestern, gerade als er aus dem Pingouin kam, ermordet worden?«

»Da war ich mit einer anderen Sache beschäftigt«, knurrt Torrence, der sich ärgert, dass er diese Geschichte mit Onkel John nicht einmal aus den Zeitungen kennt.

Ein alter Amerikaner, unermesslich reich. Ein Sonderling, der seine Nächte in den Bars am Montmartre verbringt und von allen nur liebevoll Onkel John genannt wird. In jeder Bar bekommt er seinen persönlichen Whisky serviert, den er aus Kanada kommen lässt. Er hat sein eigenes nummeriertes Glas. Es heißt, dass er zwischen fünfzehn- und zwanzigtausend Franc pro Nacht ausgibt, bündelweise und durcheinander zieht er bei Bedarf die großen Scheine aus seinen Taschen.

Nun ist Onkel John aber ermordet worden. Man

hat ihn gefunden, mit einem Messer im Rücken, nicht weit vom Pingouin, das er eben verlassen hatte. Sein Schmuck ist verschwunden, ebenso wie das Geld, das er bei sich trug.

»Sie glauben also«, sagt Torrence erstaunt, »man hat José im Verdacht, dieses niederträchtige Verbrechen begangen zu haben?«

»Das könnte sein ...«

»Wir sind da. Sehen Sie! Da stehen schon zwei Polizisten Wache. Lucas macht Nägel mit Köpfen ... Wahrscheinlich ist er ganz aus dem Häuschen.«

Torrence hat sich kaum an den Tisch seines einstigen Kollegen gesetzt, und das Gespräch zwischen den beiden Männern hat gerade erst begonnen, als man ein Klingeln hört. Der Wirt verschwindet in einem zweiten Raum und kehrt bald zurück.

»Gibt es bei Ihnen einen gewissen Monsieur Torrence?«

»Das bin ich.«

Lucas runzelt die Stirn. Schon das Eintreffen des Direktors der Agence O und seines ewigen Begleiters Émile war eine Überraschung. Und nun, kaum sind sie da, werden sie schon am Telefon verlangt ...

»Hallo! Ja ... Ich bin es.«

»Ich habe gesehen, dass Sie da sind ... Ich stand hinter dem Vorhang ... Das zweite Fenster links, im vierten Stock. Sie wissen, dass die Lage äußerst ernst ist ... Ich bin verloren ...«

»Aber ...«

»Ich habe getan, was Sie mir gesagt haben. Julie und ich haben das Zimmer noch einmal auf den Kopf gestellt. Nur an eine Sache haben wir vorher nicht gedacht. Zum Glück habe ich mit Ihnen telefoniert. Sie wissen, ich bin Saxophonist. Ich habe zwei Instrumente, die in einen Kasten passen. Zuerst habe ich nichts gesehen … Wie soll ich auf die Idee kommen, meine Hand in eines der Saxophone zu stecken? Jedenfalls lag ein Messer darin, an dem noch Blut klebt …«

»Schreien Sie nicht so … Der Mann auf dem Treppenabsatz könnte Sie hören. Das ist natürlich ärgerlich. Wie ich Lucas kenne …«

»Ich habe schon daran gedacht, das Ding in die Toilette zu werfen, aber es wird stecken bleiben. Wenn man dieses Messer entdeckt, frage ich mich …«

»Hören Sie zu, mein Junge …«

Torrence nennt wie sein alter Chef Maigret die Leute gern »mein Junge«, vor allem in schwierigen Momenten.

»Hören Sie zu … Wenn Sie in ein paar Minuten ein offenes Fenster gegenüber sehen … Sie sind doch im vierten Stock, nicht? Wenn sie erst einmal im Hotel sind, werden sie nicht mehr daran denken, die Straße zu überwachen. Jedenfalls werden sie nicht in die Luft schauen. Sie werfen das Messer – und versuchen Sie zu treffen! Dann werden wir sehen …«

Als er wieder bei Lucas ist, hält dieser seine Uhr in der Hand.

»6 Uhr 7 … Sonnenaufgang … Wir können nun also die Verhaftung vornehmen. Siehst du, Torrence, ich bin immer noch so gewissenhaft, wenn es um rechtliche

Vorschriften geht. Die Anwälte sind so durchtrieben! Und immer müssen wir es ausbaden ...«

Er steht auf.

»Kommst du?«

»Wohin? Nein, nein, mein Lieber. Ich glaube nicht, dass wir wegen derselben Sache hier sind ...«

Lucas überquert die Straße und sammelt seine Leute ein.

»Sagen Sie mir schnell, Patron ... Wer wohnt im vierten Stock auf der linken Seite?«

»Eine alte Frau, taub und stumm, die ...«

»Émile ... Schnell ...«

Torrence sagt rasch etwas zu Émile, der daraufhin die Treppe des Gebäudes hinaufeilt. Irrt er sich? Oder hat er recht? In jedem Fall hat er die Aufgabe, mit allen Mitteln zu verhindern, dass sein Klient mit einer schweren Anschuldigung belastet wird.

»Geben Sie mir einen Calvados ...«

Man bringt ihm das Verlangte, und er schlendert zur offenen Tür, wie um Luft zu schnappen. Der Himmel ist hell. Das Polizeiauto parkt am Gehsteig, dem Hôtel du Dauphiné direkt gegenüber. Lucas hat alles gut organisiert. Er zieht alle Register, wie immer, wenn man es mit den gefährlichsten Verbrechern zu tun hat.

»Fehlt nur noch das Tränengas ...«, knurrt Torrence, der an den harmlosen José denkt.

Und er schaut in die Luft. Er sieht, wie sich Josés Fenster öffnet. Es ist Émile also gelungen, unter Gott weiß welchem Vorwand, bei der Alten einzutreten und ihr Fenster zu öffnen.

Wenn der Musiker jetzt nur gut zielt …

»Guten Tag, Monsieur Torrence.«

Der Angesprochene fährt zusammen. Ein Mann steht vor ihm, den er erst nach einigen Sekunden erkennt.

»Ich hätte nicht erwartet, Sie zu so früher Stunde in unserem Viertel zu treffen. Ich dachte, Sie hätten so viel Arbeit in der Agence O, dass …«

Es ist der Bankier, in einem weiten Mantel mit Gürtel und mit der Zigarette im Mund.

»Sie mögen Vögel?«

Auch er schaut in die Luft. Wie kann man ihn daran hindern? Vor allem jetzt … José beugt sich einen Moment lang vor … Er holt Schwung … Die Polizisten müssen auf der Treppe sein …

Also gut! Sei's drum! Die schweren Geschütze! Torrence schreit:

»Monsieur, ich verbiete Ihnen, mich zu beleidigen …«

Und im gleichen Moment schlägt er seinem Gesprächspartner mit der Faust ins Gesicht. Dieser fährt verblüfft mit der Hand zur Nase, zu den Augen, schwankt, versucht aber, das Gleichgewicht zu behalten, während Torrence ihm eine weitere Gerade verpasst und für den Wirt, der herbeigeeilt ist und die Szene an der Schwelle beobachtet, anfügt:

»Was soll dieses Benehmen? Warum beleidigen Sie anständige Leute, die nicht einmal das Wort an Sie gerichtet haben?«

Der andere sitzt auf dem Bürgersteig. Jetzt kann er ruhig den Kopf heben. Es ist geschafft! Erledigt! Das belastende Messer ist wie ein Blitz durch die Luft geschossen.

»Mein lieber Monsieur Torrence ...«, sagt der Bankier ganz ruhig, während er aufsteht, »ich pflege zurückzugeben, was ich erhalten habe. Nur lasse ich mir Zeit. Ich rechne die Zinsen dazu. Verstehen Sie?«

Wer das Ganze nicht versteht, ist der Wirt, der verblüfft beobachtet, wie ein Mann, der gerade mit einem Fausthieb zu Boden gestreckt wurde, sich fast lächelnd erhebt, seine blutende Nase abwischt und stehen bleibt, als ob er noch auf etwas wartete.

»Sie haben einen Fehler gemacht, Monsieur Torrence ... Die Zinsen, vergessen Sie das nicht! Ich frage mich sogar, ob man mich nicht gerade deshalb Bankier nennt, weil ich Wucherzinsen berechne ...«

Hoch oben hat sich das Fenster wieder geschlossen. Bald erscheint Lucas im Eingang des Hotels. Er zieht eine junge Frau am Arm, die blonde Julie, die einen Pelzmantel übergeworfen hat. José folgt, zwischen zwei Polizisten, in Handschellen.

Die anderen Polizisten sind oben geblieben, um das Zimmer und das Bad sorgfältig zu durchsuchen.

Wenn die Stadt auch schon zu trägem Leben erwacht ist, liegt die Straße doch noch verlassen da. Torrence ist besorgt, weil er Émile nicht zurückkommen sieht.

»Ihr Calvados ...«, bemerkt der Wirt.

»Ich komme ... Danke.«

Hat die taubstumme Alte vielleicht ... Torrence ist beunruhigt. Ist er nicht ein wenig tollkühn gewesen, und hat er sich nicht gefährlich weit vom Pfad der Legalität entfernt? Lucas grüßt ihn. Er gibt seinen Gruß zurück. José sitzt im Auto, sein Blick ist heiterer, als man erwarten könnte …

»Das Gebäude hat doch keinen anderen Ausgang, Patron?«

»Nein, Monsieur … Warum fragen Sie mich das?«

Der Wagen ist fort. Der Bankier geht seiner Wege, nicht ohne sich immer wieder die Nase abzuwischen. Eine Viertelstunde verstreicht, eine halbe Stunde, und Torrence wartet immer noch, mit wachsender Besorgnis.

Als er das Klingeln im angrenzenden Raum hört, bezieht er es nicht auf sich.

»Monsieur Torrence!«, ruft dann allerdings der Wirt.

Er versteht nichts mehr. Wer kann wissen, dass …

»Hallo!«, schreit er voller Ungeduld.

»Vorsicht, Chef, mir platzt das Trommelfell.«

»Émile?«

»Natürlich … Ich dachte, mit dem Ding, das ich in meinem Fotokasten verschwinden ließ, wäre es vielleicht besser, mich nicht zu zeigen. Ich bin über den Hof gelaufen. Es gibt da eine Mauer. Diese Mauer ist nicht hoch, und dann war ich gleich in einem Haus, dessen Vordereingang auf den Boulevard geht.«

»Wo sind Sie jetzt?«

»Im Büro, Chef. Ich warte da auf Sie. Was die Alte betrifft … Hm …«

»Was? Was ist passiert?«

»Nichts Schlimmes, Chef … Ich hatte mein schwarzes Fotografentuch über dem Gesicht, und als sie die Tür aufgemacht hat, ist sie ganz einfach in Ohnmacht gefallen. Sie wird den Tag damit verbringen nachzuschauen, was in ihrer Wohnung wohl abhandengekommen ist.«

II

Wo Torrence sich in die Zeit zurückversetzt fühlt, in der der Lehrer ihn am Ohr zog und er dennoch eine gute Figur machte

Es ist fast vier Uhr nachmittags, als Torrence das Gebäude am Quai des Orfèvres betritt und die Treppe zur Kriminalpolizei hinaufgeht. In der Agence O hat er gerade einen Anruf des Abteilungsleiters erhalten.

»Es würde Ihnen doch nichts ausmachen, auf einen Plausch in mein Büro zu kommen?«

Als er die Räumlichkeiten der Kriminalpolizei betritt, runzelt Torrence die Stirn. Links gibt es dort ein Wartezimmer mit verglasten Wänden. An diesem Nachmittag sieht man zwei Frauen darin sitzen, die zweifellos Animierdamen sind, außerdem Herren, die auch im Privatleben die Haltung von Kellnern erkennen lassen.

»Alle Register ...«, murmelt Torrence.

Es macht sich in der ganzen Atmosphäre bemerkbar, die im Gebäude herrscht. Ein Kommen und Gehen von Polizisten, klappernde Türen, Telefonklingeln. Torrence ist sicher, dass hinter jener Tür Lucas sitzt, José ihm gegenüber, auf dem Schreibtisch Biergläser und belegte Brote, und alles eingehüllt in dichten Pfeifenrauch.

Das Verhör hat wahrscheinlich gegen neun Uhr morgens begonnen. Von Zeit zu Zeit lässt Lucas sich von einem Inspektor vertreten, oder man ruft einen Zeugen herein und versucht, José dazu zu bringen, sich in Widersprüche zu verwickeln.

»Na, so was! Monsieur Torrence ...«, sagt der Bürodiener. »Der Chef erwartet Sie.«

»Guten Tag, Torrence. Setzen Sie sich doch bitte ... Angesichts Ihrer Laufbahn in diesem Haus habe ich es vorgezogen, Sie auf rein privater Basis herzubitten.«

Donnerwetter! Was bedeutet diese »rein private Basis«? Soll das heißen, dass man nicht wagte, Torrence von zwei Polizisten herbringen zu lassen?

Der Abteilungsleiter hat die strenge Miene aufgesetzt, die ihm so wenig steht, die aber beweist, dass der Fall nicht gut läuft. Er vergisst sogar zu sagen, wie er es gewöhnlich tut:

»Sie dürfen rauchen ...«

»Haben Sie es im Augenblick mit vielen Fällen zu tun, in der Agence O?«

Der Name hat in seinem Mund einen verächtlichen Beiklang, wie nicht anders zu erwarten von einem Polizisten, der mit einem Privatdetektiv spricht.

»Ja, es sind ziemlich viele ...«

»Das ist bedauerlich, Torrence ... Wirklich bedauerlich ... Denn wenn Sie gewissermaßen arbeitslos wären, hätten Sie wenigstens eine Entschuldigung für das, was Sie seit heute Morgen tun ...«

Was weiß er eigentlich? Das fragt sich Torrence, während er den Kopf senkt wie ein bei einem Vergehen ertappter Schüler.

»Ich weiß, dass Sie recht intelligent sind«, fährt der

andere fort, »daher bin ich mir sicher, dass Sie sich über die Schuld Ihres neuen Klienten durchaus im Klaren sind ...«

»Verzeihung, Chef, ich bin vielleicht nicht intelligent, aber ich bin davon überzeugt, dass José Onkel John nicht getötet hat.«

Der Abteilungsleiter hat einen Knopf gedrückt.

»Sagen Sie Lucas, er soll Ihnen für einen Moment die Akte geben, ja?«

Man bringt die Akte. Der Abteilungsleiter nimmt sich Zeit, wedelt zunächst mit dem Formular einer Postanweisung.

»Sie kennen die Handschrift unseres Vogels? Gewiss, die Experten haben dieses Dokument noch nicht authentifiziert, aber auf den ersten Blick gibt es keinen Zweifel ... Lesen Sie ... Zweitausend Franc, ja ... Das Datum ... Das von gestern ... Diese Anweisung wurde im Postamt an der Place Blanche aufgegeben, und die zweitausend Franc gehen an wen? An die Witwe Leborgne, Rue de la République, in Bourges ... Das heißt, an die Mutter von José, denn dieser José heißt eigentlich Joseph Leborgne ...

Allerdings wird Ihnen der Inhaber des Pingouin versichern, wenn Sie ihn danach fragen, dass er gestern oder vorgestern keinerlei Zahlung an den Bandleader seiner Combo getätigt hat ... Obwohl dieser mehrmals Vorschüsse verlangte ... Schließlich haben wir bei dem Radiosender angerufen, wo José recht häufig aufgetreten ist, aber auch dort hat man ihm in letzter Zeit nichts bezahlt.«

Torrence ist natürlich nicht gerade zufrieden mit sich. Mit großen trüben Augen betrachtet er das Formular.

»Das ist noch nicht alles ... Hier ist eine zweite Postanweisung ... Dreitausend Franc dieses Mal, dieselbe Handschrift, unterschrieben von Joseph Leborgne und an eine Bank in der Rue Tronchet adressiert. Lesen Sie, was in der Begleitnotiz steht: *Einzahlung auf mein Konto. Joseph Leborgne.*

Wird Ihnen allmählich klar, was das bedeutet, Torrence? Selbstverständlich haben wir uns an die fragliche Bank gewandt, wo man uns mitteilte, dass Leborgnes Konto fast immer im Minus ist. Dieses Konto diente schließlich nur dazu, die Verrechnungsschecks einzulösen, die er als Lohn bekam ... Muss ich Ihnen die Aussage des Portiers des Pingouin vorlesen, mit dem wir Ihren Musiker seit heute Morgen konfrontieren?

Onkel John war wie immer um diese Zeit betrunken, als er gegen drei Uhr morgens, kurz bevor wir schließen, das Lokal verließ. Ich habe kein Taxi gerufen, weil ich wusste, dass er immer zu Fuß nach Hause geht. Fast gleichzeitig kam Monsieur José, mit dem Saxophonkasten in der Hand. Er schien jemanden zu suchen und ist in der Dunkelheit weggerannt. Er hatte es wohl sehr eilig. Das hat mich erstaunt, denn gewöhnlich ging er immer zusammen mit Mademoiselle Julie. Das heißt, in letzter Zeit ...«

»Was hat José geantwortet?«, will Torrence wissen.

»Dass er das Pingouin tatsächlich sehr eilig verließ,

weil er hinter einem alten Freund hergelaufen ist, den er im Zuschauerraum gesehen hatte …«

»Dann wird man das einfach nachprüfen«, triumphiert Torrence. »Und dieser Freund wird uns bestätigen, dass …«

»Vorausgesetzt, es gibt ihn! Denn ganz zufällig weigert sich Ihr lieber José, uns seinen Namen zu sagen … Offenbar ist der Herr verheiratet, doch in dieser Nacht befand er sich in Gesellschaft einer Unbekannten. José behauptet, nicht das Recht zu haben, ein Ehepaar auseinanderzubringen …«

»Warum, sagt er, ist er hinter ihm hergelaufen?«

»Wieder ganz zufällig, um sich tausend Franc von ihm zu leihen …«

»Und der Freund hat sie ihm gegeben?«

»Er konnte nicht, aus dem einleuchtenden Grund, dass José ihn auf der dunklen Straße nicht mehr fand … Viele Zufälle in kurzer Zeit, nicht?«

»Das ist natürlich ärgerlich«, seufzt Torrence.

Und der Abteilungsleiter, der plötzlich ernster wird:

»Noch ärgerlicher ist es, Torrence – um das Mindeste zu sagen –, einen Mann zu sehen, der viele Jahre hier verbracht hat, der unseren Beruf kennt und ihn bis jetzt ehrenhaft ausgeübt hat, zu sehen, wie dieser Mann von dem profitiert, was er bei uns gelernt hat, um das Vorgehen der Justizorgane zu vereiteln … Deshalb habe ich Sie offiziell in mein Büro gebeten … Heute Morgen sind Sie von diesem José informiert worden … Das wissen wir, denn wir haben die telefonische Kommunikation überprüft … Sie sind zu ihm geeilt, wie er es wollte, in Gesellschaft dieses Émile, mit dem ich ebenfalls ein Wörtchen zu reden habe ... José hat Sie erneut angerufen. Daher wissen wir, dass sich der Beweis für sein Verbrechen in diesem Moment in seinem Hotelzimmer befand.«

Er liest Torrence einen anonymen Brief vor, in dem der Musiker angeprangert wird:

»Wenn Sie den Beweis für meine Behauptung haben wollen, müssen Sie nur seinen Saxophonkasten öffnen. Sie werden das Messer darin finden, mit dem er Onkel John getötet hat. Ich habe es mit eigenen Augen gesehen. Ich möchte meinen Namen nicht nennen, aber ich kann so viel sagen, dass ich im Pingouin angestellt bin und dass mir nichts, was sich dort abspielt, verborgen bleibt. Was den Ring mit dem schwarzen Diamanten angeht ...«

»Davon habe ich noch nichts gehört«, unterbricht Torrence.

»Der alte Amerikaner trug am linken Ringfinger einen Platinring mit einem riesigen schwarzen Diamanten. Dieser Ring ist ihm von seinem Mörder abgerissen worden. Sie erlauben, dass ich fortfahre?

Was den Ring mit dem schwarzen Diamanten angeht, so ist der Stein aus der Fassung genommen worden, und ich weiß nicht, wo er ihn versteckt hat. Aber Sie werden den Ring in der Garderobe der Musiker finden. Genauer gesagt, befindet er sich in der Puderdose, die José gehört ...«

Der Abteilungsleiter zieht den Platinring aus seiner Schublade und legt ihn triumphierend auf den Schreibtisch.

»Was sagen Sie dazu?«

»Finden Sie nicht, Chef, dass das ziemlich viele sind?«

»Viele was?«

»Viele Beweise … Wir haben in diesem Haus schon zahlreiche Verbrecher kennengelernt, nicht? Aber ich erinnere mich an keinen Fall, in dem die Einzelheiten so …«

»Pardon! José ist Anfänger. Ein Amateur. Von Geldnot getrieben, hat er bedenkenlos …«

»Was ich mich frage, ist, warum er so lange gewartet hat.«

»Ich verstehe nicht.«

»Ich kenne ihn ein wenig. José ist immer ein Verschwender gewesen. Für ihn hat Geld keine Bedeutung, und am Monatsende begnügt er sich, ohne zu jammern, mit Croissants und Milchkaffee. Eine einzige Sache ist ihm heilig: die Geldanweisung, die er jeden Monat an seine Mutter schickt, denn sie lebt nur von ihm.«

»Sie wollen mir das Märchen von dem Mörder auftischen, der seine Mutter liebt … Das können Sie den Geschworenen erzählen, Torrence! Aber ich bin noch nicht fertig. Die Spezialisten haben heute Morgen die zwei Saxophone Ihres Freundes untersucht. Und wissen Sie, was sie entdeckt haben? In einem von ihnen beweisen Kratzspuren, dass das Instrument einen harten, scharfen Gegenstand enthielt, wahrscheinlich ein Messer. Und, noch schwerwiegender … Im Labor hat man winzige Spuren einer braunen Substanz festgestellt, und sehr bald werden wir wissen, ob es Blut ist, und wenn ja, ob es von einem Menschen stammt ...

Folglich befand sich das Messer wirklich im Saxophon, wie es in dem Brief steht.

Und der Ring in der Puderdose.

Der Verfasser dieses Briefes war gut informiert.«

»Zu gut ...«, seufzt Torrence.

»Was sagen Sie?«

»Nichts ...«

»Wir kommen jetzt zu einem betrüblichen Tatbestand ... Das Messer ist verschwunden ... Offenbar ist es verschwunden, als Sie gerade auf der Straße standen. Was tat also Ihr seltsamer Kompagnon zu diesem Zeitpunkt?«

»Das weiß ich nicht.«

Torrence versucht, Zeit zu gewinnen. Er muss nachdenken. Gut, Lucas war immerhin nicht fähig gewesen, die Sache mit dem aus dem Fenster geworfenen Messer zu erraten. Hatte die Taubstumme sich beschwert? Eine Taubstumme kann sehr gut schreiben ...

»Vielleicht«, sagt er, einem raschen Entschluss folgend, »haben Sie auch zu diesem Thema einen anonymen Brief erhalten?«

Das sitzt. Der Abteilungsleiter ist verstimmt.

»Keinen Brief, sondern einen Anruf ...«

»Anonym, natürlich.«

»Die vorgebrachten Behauptungen sind sofort überprüft worden. Ich selbst habe den Anruf gegen Mittag entgegengenommen. Dieser Anruf, Torrence, hat mich empört und enttäuscht, denn er wirft ein grelles Licht auf gewisse Machenschaften Ihrer Detektei … Ich hoffe, Sie verstehen mich jetzt. Während Ihre Kollegen, unter Lebensgefahr …«

»Glauben Sie wirklich, Chef?«, murmelt Torrence sanft und vorwurfsvoll.

»Unter Lebensgefahr, ja … Während Ihre Kollegen dabei sind, einen gefährlichen Verbrecher zu verhaften, versuchen Sie mit allen Mitteln – Sie, die Sie so lange das Leben dieser Polizisten teilten! – und mit der Hilfe irgendeines gewissenlosen jungen Mannes, einen Mörder dabei zu unterstützen, sich seiner verdienten Strafe zu entziehen. Deshalb ist Ihr Émile einfach gewaltsam in die Wohnung einer alten, gebrechlichen Frau eingedrungen, die vor Angst hätte tot umfallen können. Das Messer ist ihm von José zugeworfen worden, und er hat es verschwinden lassen. Eigentlich frage ich mich, Torrence, ob es richtig war, Sie als freien Mann hierherkommen zu lassen, als ein ehemaliger Mitarbeiter, und ob es im Gegenteil nicht meine Aufgabe gewesen wäre …«

»Sie glauben wirklich, Chef, dass ein Messer im Saxophon war?«

Wenn Torrence so sanft und leise spricht, wenn er dieses Gesicht eines ausgeschimpften Knaben aufsetzt, ist er urkomisch. Der Abteilungsleiter ist schon fast so weit, seiner Wut freien Lauf zu lassen, als das Klingeln des Telefons ihn zurückhält.

»Hallo … Ja … Das bin ich … Sind Sie sicher? Gut, ich erwarte dringend Ihren Bericht … Bringen Sie ihn mir persönlich.«

Dieses Mal sieht er bedrohlich aus, als er auflegt.

»Ich gebe Ihnen eine Stunde, um mir das Messer zu bringen, das Sie unberechtigterweise in Ihren Besitz brachten.«

»Aber, Chef ...«

»Das war der Erkennungsdienst. Die Ergebnisse des Labors sind eindeutig. Die braune Substanz, von der ich sprach, ist tatsächlich Blut, menschliches Blut. Ich hoffe, dass Sie unter diesen Bedingungen erkennen, was Ihre Pflicht ist, und mich nicht zu höchst unangenehmen Maßnahmen zwingen.«

Mist! Die Lage ist schlimmer, als Torrence es je erwartet hätte. Der Abteilungsleiter steht nicht auf, um ihn zur Tür zu bringen. Er scheint die Hand nicht zu sehen, die ihm hingestreckt wird, und er klingelt dem Bürodiener, als würde es sich um einen gewöhnlichen Besucher handeln.

»Sagen Sie Kommissar Lucas, er soll zu mir kommen«, sagt er dem Bürodiener noch.

In düsterer Stimmung geht Torrence den langen Korridor des Palais de Justice entlang, wo ihn die Polizisten, die noch nicht Bescheid wissen, fröhlich grüßen. Der große Chef hat gesagt, eine Stunde. Vorausgesetzt, dass ...

Torrence springt in ein Taxi.

»Cité Bergère ... schnell ...«

Er stürmt die Treppe hoch. Im Vorzimmer stößt er fast die Sekretärin um, Mademoiselle Berthe.

»Émile?«, fragt er.

»Er ist schon vor einer Stunde gegangen.«

»Und Barbet?«

»Monsieur Émile hat ihn irgendwo hingeschickt …«

Torrence steht kalter Schweiß auf der Stirn. Er betritt Émiles Büro, das stets ein beeindruckendes Schauspiel von schöner Unordnung bietet. Er schiebt Telefon- und Kursbücher zur Seite, öffnet die Schubladen …

Wer weiß? Vielleicht ist Émile so vorsichtig gewesen, das Messer zur Sicherheit in den Safe zu legen? Torrence öffnet ihn. Kein Messer.

»Sie wissen nicht, Mademoiselle Berthe, ob Monsieur Émile beim Weggehen ein Messer bei sich trug, das …«

»Nein! Ich weiß, was Sie meinen. Das Messer hat Barbet mitgenommen.«

»Hat er nicht gesagt, wann er zurückkommt?«

»Heute bestimmt nicht mehr.«

»Woher wissen Sie das?«

»Weil er seinen Hut aufgesetzt und gesagt hat, dass er eine kleine Fahrt nach Toulon machen will …«

»Wie bitte? Er hat wirklich gesagt, dass …«

»Nach Toulon, ja … Ich habe ihm sogar noch geantwortet, er könne froh sein, das Meer zu sehen.«

Torrence ist völlig erledigt. Schwerfällig setzt er sich hin und legt den Kopf in die Hände. Eine Stunde, hat der Abteilungsleiter gesagt …

Plötzlich fährt er zusammen. Schritte auf der Treppe. Die Tür öffnet sich. Es ist Émile, ungezwungen, heiter und wie immer mit einer nicht angezündeten Zigarette im Mund.

»Ich habe in der Brasserie Montmartre ein Bier getrunken«, erklärt er, als wäre es die selbstverständlichste Sache der Welt.

»Sie Unglückseliger ... Sie wissen nicht, was uns erwartet. Wenn ich in einer Stunde – jetzt in vierzig Minuten – das Messer nicht zur Polizei gebracht habe, wird Haftbefehl gegen mich erlassen, auch wenn ich Torrence heiße und Direktor der Agence O bin.«

Worauf Émile trocken, ohne sich aus der Fassung bringen zu lassen, äußert:

»Sonderbare Idee!«

Dann unvermittelt, mit derselben Gelassenheit:

»Aber glücklicherweise läuft der Mörder immer noch frei herum.«

III

Wo die Agence O zynischerweise die Illegalität auf die Spitze treibt und bewiesen wird, dass ein falscher Beweis zugleich ein echter Beweis sein kann

Bei der Kriminalpolizei ist man immer noch mit den schweren Geschützen beschäftigt, und die Beamten fragen sich, ob man dieses Mal nicht den von Mestorino gehaltenen Rekord überbieten wird: Ein von ihm geführtes Verhör hatte tatsächlich einmal siebenundzwanzig Stunden ohne Unterbrechung gedauert.

José ist nun bereits geschlagene zehn Stunden da, er sitzt auf einem Stuhl, mit zerrauftem Haar, verrutschter Krawatte und fiebrigem Blick. Jedes Mal, wenn Lucas hinausgeht und er auf eine Pause hofft, kommt ein anderer Inspektor, der die Akte noch einmal von Anfang an durchgeht.

»Also gut … Es steht fest, dass Sie Geld brauchten.«

Gleich würde er zu weinen anfangen.

»Himmel noch mal, wie oft soll ich Ihnen noch sagen, dass ich mein ganzes Leben lang Geld gebraucht habe.«

»Sie geben zu, dass Sie Geld gebraucht haben. Das ist also erwiesen. Und sei es nur, um es Ihrer Mutter zu schicken …«

Im nächsten Raum leidet die famose Julie fast dieselben Qualen, mit dem Unterschied, dass sie weniger nervös ist als der Musiker und dass sie antwortet wie aus der Pistole geschossen, wobei sie sich sogar bisweilen eine grimmige Ironie erlaubt. Werden sie die Nacht hier verbringen? Oder nicht? Das ist die einzige Frage, die sich stellt, aber jeder im Haus ist davon überzeugt, dass Lucas seinen Mann am Ende weichkochen wird.

Währenddessen sagt Émile in der Cité Bergère ungerührt:

»Gehen wir für einen Moment ins Museum ...«

Es handelt sich nicht um den Louvre oder um irgendein offizielles Museum. Das »Museum« der Agence O ist nichts anderes als eine Art Lager, in dem die unerwartetsten Gegenstände aufbewahrt werden. Es gibt dort Kleidungsstücke, Revolver, Stücke von Seilen und selbst einen Kavalleriesäbel. All diese Gegenstände waren zu ihrer Zeit Bestandteile von Kriminalfällen.

»Gut ... Was sagen Sie zu diesem Messer, Chef? Es ist nicht verrostet. Der kleine braune Fleck auf der Schneide, das ist Blut. Ist diese Waffe schon einmal im Labor untersucht worden?«

»Nein.«

»Dann ist alles in Ordnung. Aber das Schwierigste bleibt noch zu tun ... Ich frage mich, ob ich oder Sie es ...«

Während er redet, hat Émile sorgfältig den Griff des Messers abgewischt und ihn mit einem Stück Flanell umwickelt.

»Kommen Sie. Ich werde es machen. Aber Sie werden

da sein und ihm dann den Streich von heute Morgen spielen, verstanden?«

Es wird dunkel. Der Montmartre ist zu dieser Stunde hell erleuchtet und sehr belebt. Genau gegenüber der Cité Bergère ist eine kleine Bar, an deren Theke der Bankier lehnt und die Agence O von Weitem im Auge behält.

Als er die zwei Männer sieht, die die Cité verlassen, ist er kurz davor, sein Getränk zu bezahlen und ihnen zu folgen, aber schon haben sie die Straße überquert und den engen Raum betreten, in dem vier Herren in einer Ecke Belote spielen.

»Was wollen Sie trinken, Chef? Verzeihung, mein Herr, Sie erlauben?«

Émile stößt den Bankier ein wenig an, wie um Kontakt aufzunehmen. Er bestellt zwei Aperitif.

»Ich frage mich, ob er es wiedererkennen wird«, sagt er laut. »Wenn er das Messer erkennt, ist er erledigt. Schade, er ist doch ein guter Kerl ...«

Der Bankier lauscht, mit den Händen in den Taschen seines langen Mantels.

»Ach, da fällt mir ein ... Der Bankier, der gerade hier ist, könnte uns vielleicht sagen ...«

Und Émile wendet sich ganz mild an den Mann mit den kalten Augen.

»Verzeihung, Monsieur, könnten Sie uns sagen, ob der Besitzer dieses Messers, das uns zufällig in die Hände gefallen ist, nicht ...«

Das ist der entscheidende Moment! Alles hängt von einem Reflex ab, einem Verdacht ...

Émile hält dem Bankier das Messer hin, das er an der Schneide hält. Der Bankier nimmt mit zusammengezogenen Brauen automatisch den Griff, um die Waffe aus der Nähe zu betrachten. Was Torrence betrifft, so hat er schon die Fäuste geballt und ist bereit zuzuschlagen, falls …

»Tut mir leid, ich habe dieses Ding noch nie gesehen.«

Man braucht nur seine Augen zu betrachten. Ein Verdacht drängt sich auf. Er könnte es durchschauen. Wenn er es durchschaut …

Mit einem Ruck hat Émile das Messer wieder an sich genommen, und Torrence platziert sich gewichtig zwischen den beiden Männern. Dann umwickelt Émile ohne Eile den Griff wieder mit Stoff und lässt das Messer in seine Tasche gleiten.

»Was bin ich schuldig, Patron?«

Der Bankier ist bleich. Er hat es begriffen, bei Gott! Sie haben ihm tatsächlich seine Fingerabdrücke gestohlen! Glücklicherweise ist die Bar voller Leute. Torrence sichert mit seinem massigen Körper den Rückzug Émiles, der das kostbare Beweismittel bei sich trägt. Ein paar Sekunden später sitzen die beiden Männer in einem Taxi.

»Geschafft!«, seufzt Émile.

»Ich habe ganz schön geschwitzt …«

»Mir ist es eher kalt den Rücken runtergelaufen. Der Rest ist Ihre Sache, Chef. Schade, dass ich nicht dort sein kann. Denn schließlich sollte nur der Mörder das richtige Messer gesehen haben. Wenn also jemand behauptet, dass dieses hier nicht die Tatwaffe sei, gibt er damit zu …«

Émile lächelt unschuldig. Dies ist eines der hübschesten Kunststücke seiner Laufbahn.

»Ich setze Sie am Quai des Orfèvres ab und fahre weiter. Wenn ich etwas erfahre, sage ich es Mademoiselle Berthe, die das Büro nicht verlassen wird ...«

Torrence ist puterrot, als er die Treppe zu den Räumen der Kriminalpolizei hinaufsteigt. Émiles Versicherungen zum Trotz fühlt er sich nicht ganz wohl, und sein Gewissen kitzelt ihn auf unangenehme Weise.

»Na, so was! Torrence! Der Chef hat gesagt ...«

Es ist Lucas, der aus seinem Büro kommt. Dort nimmt wahrscheinlich gerade ein anderer Inspektor an seiner Stelle José in die Zange.

»Du darfst mir nicht böse sein«, fährt Lucas fort. »Ich musste dem Chef sagen, dass du ... Was ist das?«

»Ich bringe das Messer.«

»Dann stimmt es also? Du hast das getan?«

Der durch und durch anständige und gewissenhafte Lucas ist betrübt.

»Nun, dann haben wir diesen Fall also gelöst. Einen Moment ... Ich sage dem Chef Bescheid ...«

Etwas später sind sie beide im Büro des Abteilungsleiters.

»Das ist schön, Torrence. Ich habe nichts anderes von Ihnen erwartet. Wenn man einen Fehler begangen hat, auch einen schweren Fehler, muss man den Mut haben, ihn einzugestehen.«

Währenddessen fragt sich Torrence, ob er lachen oder weinen soll, denn die Situation ist ebenso dramatisch wie grotesk.

»Schauen wir uns diese Waffe an ... Hm! Ein schlichtes Messer, schon alt, es wird nicht leicht sein herauszufinden, wo es gekauft wurde ... Höchstwahrscheinlich hatte es der Mörder schon länger in seinem Besitz.«

Torrence hat Lust einzuwerfen:

»Allerdings!«

Es handelt sich tatsächlich um ein Messer, das seinen Besitzer zwei Jahre zuvor auf die Guillotine brachte.

»Was habe ich Ihnen gesagt!«, äußert der Abteilungsleiter plötzlich triumphierend. »Sehen Sie, hier ... Ja ... Dieser kleine Fleck ... Geronnenes Blut! Und man hat Spuren dieses Blutes auf dem Saxophon entdeckt. Hoffen wir, dass wir trotz der Manipulationen, die Sie und Ihr Émile vermutlich an diesem Gegenstand vorgenommen haben, noch Fingerabdrücke finden ...«

»Wir sind sehr vorsichtig gewesen«, betont Torrence mit ernster Stimme.

»Gut! Meine Herren, wenn Sie mir folgen wollen ...«

Er will schnell Klarheit, und der Dienstweg ist ihm zu langsam. Die drei Männer erklimmen eine schmale Treppe und erreichen das Dachgeschoss des Palais de Justice. In einer Ecke die lebensgroße Puppe, die man für Rekonstruktionen benötigt. Ein sehr modernes Labor. Fotografische Apparate mit riesigen Linsen.

»Sagen Sie, Bigois, können Sie bitte sofort die Fingerabdrücke auf diesem Messergriff abnehmen und uns eine Fotografie davon machen?«

»Das ist ganz einfach, Chef.«

»Und Sie, Torrence, haben Sie daran gedacht, die Fingerabdrücke Ihres Émile mitzubringen?«

Nicht Torrence, sondern Émile hat daran gedacht.

»Hier sind sie ... Und hier sind meine ...«

Die Arbeit ist schnell getan. Nach einigen Minuten, in denen die drei Herren ernst miteinander beraten, verlässt der Fotograf die Dunkelkammer mit einem feuchten Abzug in der Hand. Er trocknet das Blatt mit Alkohol.

»Jetzt zum Erkennungsdienst.«

Lange Gänge, versteckte Treppen. Es ist schon lange Abendessenszeit, aber niemand denkt daran.

»Hier sind die Fingerabdrücke, die wir auf dem Messergriff entdeckt haben ... Hier die des Ex-Inspektors Torrence, der dieses Messer vermutlich in Händen hatte, und die seines Angestellten Émile, der es ebenfalls berührte. Wir müssen erfahren, ob es noch weitere Fingerabdrücke gibt und von wem sie stammen ...«

Der Spezialist ist ein Ass. Eine große Linse zeigt ihm die kleinsten Besonderheiten der Abdrücke.

»Hier sind die von Monsieur Torrence. Hier, auf der Schneide, auch die des Angestellten, von dem Sie sprachen.«

»Gibt es noch andere?«

»Sehr deutlich. Unerwartet deutlich, würde ich sogar sagen ...«

»Verzeihung«, unterbricht Lucas, »sind es diese hier?«

Und er zeigt ihm die Karteikarte mit den Abdrücken der fünf Finger von Josés Hand, die an diesem Morgen abgenommen wurden.

Der Spezialist schüttelt den Kopf.

»Keinerlei Ähnlichkeit.«

»Aber ...«

»Ich versichere Ihnen, es gibt keinerlei Ähnlichkeit. Die Abdrücke auf dem Messer gehören zur Kategorie E.«

Er gibt eine Erklärung ab, der niemand zuhört. Lucas blickt Torrence an, und in seine Verblüffung mischt sich ein instinktives Misstrauen.

Der Abteilungsleiter der Kriminalpolizei hingegen sieht mit seinen zusammengezogenen Brauen eher komisch aus.

»Gleich werde ich Ihnen sagen ...«

Einige Berechnungen. Der Angestellte öffnet Schubladen voller Karteikarten all derer, die schon hier waren, als Straftäter und als Verdächtige. Es gibt auch Karteikarten mit ausländischen Kriminellen. Hunderttausende. Und doch genügen ein paar Minuten. Der Spezialist in seinem schlichten schwarzen Kittel hat ein Stück Karton aus einem Fach geholt.

»Ich dachte es mir schon. Diese Abdrücke haben mich an etwas erinnert. Sehen Sie ... Da ist Ihr Mann.«

Lucas ist vorgestürzt. Torrence, trotz allem etwas unruhig, wartet und zwingt sich, gelassen zu wirken.

Auf der weißen Pappe zwei Aufnahmen, ein Mann von vorn und im Profil. Eine dieser schrecklichen erkennungsdienstlichen Fotografien, die unter grellem Licht aufgenommen werden und keinen Makel, keine Unvollkommenheit des Gesichts im Dunkeln lassen.

»Das ist ja der Bankier ...«, murmelt Lucas.

Na also! Es war unvermeidlich! Hat er dem Messergriff nicht gerade selbst seine Fingerabdrücke verpasst?

»Ist er verurteilt worden?«, fragt der Abteilungsleiter.
»Das muss in seiner Akte stehen. Geben Sie mir die Akte 31 216.«
Telefon. Die Akten sind oben, im »Strafregister«, in einem riesigen Raum, in dem sich Eisenschränke mit allen kriminologischen Staatsgeheimnissen aneinanderreihen.
Einige Augenblicke genügen. Ein weiterer Angestellter bringt eine dunkle Mappe. Weniger dunkel allerdings als Lucas' Stimmung. Er blättert die Dokumente durch.

... vor fünf Jahren verhaftet als Komplize bei einem schweren Raub, aber aus Mangel an Beweisen freigelassen ... Im darauffolgenden Jahr verhaftet, in Marseille, bei einem Anschlag auf einen Bankkassierer, aber ein Monat später freigelassen, aus Mangel ...

»Was meinen Sie, Lucas«, wirft der Abteilungsleiter ein, »er sieht kräftig aus, dieser Typ.«
»Warten Sie ... *Verhaftet vor einem Jahr, in Deauville, nach dem Verschwinden der Smaragde von Lady Rochester, aber freigelassen aus Mangel ...*«
»Immer dieselbe Leier, nicht? Immer wieder: freigelassen aus Mangel an Beweisen. Wollen wir in mein Büro zurück?«
Die kleine Gruppe durchquert erneut Gänge und Treppenhäuser. Als der Abteilungsleiter seine gepolsterte Tür aufstößt, läuft der Bürodiener herbei.
»Man verlangt Sie eben am Telefon ... Ich wollte den

Anrufer schon an Ihren Sekretär verweisen. Der Mann will seinen Namen nicht nennen, und er hat gesagt, er ruft in ein paar Minuten noch einmal an. Es geht um den Mord an Onkel John ...«

»Treten Sie ein, meine Herren ... Es bleibt uns nur, diesen geheimnisvollen Anruf abzuwarten. Vermutlich ist es derselbe Anonymus, der uns den Brief mit den Anschuldigungen gegen den Musiker schickte. Wo ist er denn eigentlich, unser Musiker?«

Er nimmt den Hörer des internen Telefons ab.

»Sind Sie es, Janvier? Geständnisse? Nichts? Er leugnet noch immer?«

Niemand bemerkt, dass Torrence bleich wird. Es sind diese Worte, die ihn auf einmal erschrecken:

Er leugnet noch immer ...

Denn José ist nicht eingeweiht, er muss alles leugnen, auch, dass er die Waffe in seinem Saxophon gefunden hat und sie aus dem Fenster warf! Wie soll man dann aber erklären, dass sich diese Waffe im Besitz der Agence O befindet? Und vor allem ... Émile, dieser Idiot! Das erste Mal in seinem Leben zweifelt Torrence allen Ernstes die Genialität seines Mitarbeiters an. Denn es ist Émile, der das Ganze ins Rollen gebracht hat, und jetzt, wahrscheinlich schon in ein paar Minuten, wird Torrence schlechter dastehen denn je, schlechter sogar, als wenn er nie ein Messer zurückgebracht hätte.

Wie konnte Émile das nur übersehen! Seine Fingerabdrücke auf dem Griff des Messers fehlen!

Die anderen, der Abteilungsleiter und Lucas, wissen

es noch nicht, aber es wird ihnen gewiss bald auffallen. Es ist kinderleicht!

Was haben sie entdeckt? Die Abdrücke des Bankiers, die von Émile und die von Torrence.

Aber die von José? Denn schließlich, um das Messer auf die Straße zu werfen und …

Das Telefon klingelt. Torrence macht sich so klein wie möglich. Das muss der Bankier sein …

»Hallo? … Was sagen Sie? … Ja, ich bin es selbst … Ich muss Ihnen sagen, dass ich nicht gern mit Leuten zu tun habe, die mir ihren Namen nicht sagen … Was meinen Sie? … Ich soll fragen … Wen? … Aber wie können Sie denn wissen, dass … Die … Die Fingerabdrücke? … Ja, selbstverständlich … Ja … Aber wer sind Sie und warum …«

Zu spät. Die Verbindung ist unterbrochen. Er staunt.

»Meine Herren, ich frage mich, wer dieser Mann sein könnte, der so viel weiß. Einen Moment …«

Er nimmt das Telefon ab.

»Wer ist am Apparat? … Martin? … Bitte, Martin, versuchen Sie schnell herauszufinden, woher der Anruf kam, den ich gerade erhielt … Ja … Ich warte …«

Torrence hätte alles darum gegeben, irgendwo anders sein zu können.

»Meine Herren«, erklärt der Chef, »da macht sich jemand über die Polizei lustig, und ich frage mich allmählich, ob wir nicht alle Dummköpfe sind …«

Bei diesen letzten Worten sieht er Torrence etwas unschlüssig an. Fragt er sich, ob auch Torrence ein Dummkopf ist, oder ob …

»Der Mann, der mich gerade anrief, weiß bereits, dass wir das Messer haben und dass wir darauf die Fingerabdrücke von drei Personen identifiziert haben. Aber wissen Sie, was er noch sagte?
›*Wie kommt es, dass Josés Fingerabdrücke nicht darauf sind, wo er das Messer doch aus dem Fenster geworfen hat* …‹«

Torrence glaubt, leise einwenden zu müssen:

»Vielleicht trug er Handschuhe? Oder er hat ein Tuch benutzt?«

»Eine sonderbare Vorsichtsmaßnahme für einen Unschuldigen, meinen Sie nicht, Torrence?«

Dieser verstrickt sich in Widersprüche.

»Vergessen Sie nicht, dass José am Montmartre lebt, in einem Milieu, wo man genau weiß, wie man sich in so einem Fall verhält.«

Wieder klingelt das Telefon. Dieses Mal scheint der Chef wütend zu sein.

»Nein, Monsieur, mein Büro ist kein … Na schön, ich gebe ihn Ihnen, aber ich finde es ziemlich unverschämt, mich deswegen zu behelligen …«

Er wendet sich Torrence zu und überlässt ihm den Hörer.

»Es ist für Sie …«

Torrence nimmt den Hörer mit einer etwas zittrigen Hand.

»Hallo? … Ja … Wie? … Ach! … Gut … Sie sind es … Und?«

Katastrophe. Offenbar wird sein Ruf in diesem Haus zunehmend schlechter, denn der pedantische Lucas tut etwas, was ihm gar nicht ähnlich sieht. Er steht tatsächlich auf, und nach einem Blick zum Abteilungsleiter, wie um ihn um Erlaubnis zu bitten, nimmt er den zweiten Hörer ab.

»Ich wollte Ihnen sagen, Chef ...«

Es ist Émile, und seine Stimme ist ziemlich erregt.

»Ich wollte Ihnen sagen, dass Sie so schnell wie möglich in die Rue des Dames kommen müssen ... Nummer 17 ... Ich werde auch da sein, ja ... Aber es ist dringend ...«

Torrence legt auf und zwingt sich zu lächeln.

»Ich entschuldige mich, meine Herren ... Das ist mein Mitarbeiter, der ...«

Lucas fährt an seiner Stelle fort:

»Der Sie bittet, dringend in die Rue des Dames Nummer 17 zu kommen. Würde es Ihnen etwas ausmachen, wenn wir zusammen gingen? Ich bin sicher, der Chef wird zustimmen. Es gibt in diesem Fall einige recht dunkle Punkte, recht beunruhigende Koinzidenzen, sodass ...«

Ein Inspektor tritt ein.

»Dieser Anruf ... Sie baten mich, ihn zurückzuverfolgen ... Er kam aus einem kleinen Café, Ecke Rue des Dames. Ich habe die Nummer angerufen. Der Wirt war am Apparat. Der Anruf wurde von einem seiner Gäste getätigt, dessen Namen er nicht kennt, aber er hat ihn schon oft in dieser Gegend gesehen, ein großer, starker Mann mit grauen Augen, er trägt einen Mantel mit Gürtel.«

»Gehen Sie, Lucas ... Und was Sie betrifft, Torrence,

ich glaube, ich muss Sie nicht eigens davon in Kenntnis setzen, dass ich Sie wohl zur Verantwortung ziehen werde. Und der Umstand, dass Sie lange Zeit bei uns waren, wird dabei keinesfalls zu Ihren Gunsten ausgelegt werden, sondern Ihren Taten im Gegenteil ein noch schwereres Gewicht verleihen, denn es sind Taten … Taten, die …«

Er zieht es vor, seine Rede mit einem bedeutsamen Blick zu Lucas zu beenden:

»Gehen Sie! Ich werde mein Büro nicht verlassen, bevor ich nicht weiß, was hier vorgeht.«

IV

»Welche Wohnung?«, fragt die Concierge in ihrer schmalen Pförtnerloge.

Nicht nur Lucas ist Torrence in die Rue des Dames gefolgt, sondern auch ein Polizeiinspektor, sodass Torrence fast den Eindruck hat, er sei schon ein Gefangener.

Die Straße ist dunkel. Nur wenige Geschäfte. Kein Mensch vor der Nummer 17. Die Herren sind also eingetreten.

»Wir haben einen Anruf bekommen, dass wir uns in diesem Haus mit jemandem treffen sollen.«

»Es gibt in diesem Haus nur zwei Telefonapparate ... Bei Doktor Fels, im ersten Stock, und bei Monsieur Chuin, im dritten.«

»Monsieur Chuin ist Chinese oder Japaner?«

»Aber nein, Monsieur ... Er ist wie Sie und ich ...«

Torrence lässt nicht locker:

»Ein großer Mann, breite Schultern, graue Augen, der abends oft ausgeht?«

»Genau ... Es ist sein gutes Recht, nicht?«

Die drei Männer steigen eine schlecht beleuchtete Treppe hoch. Als sie die dritte Etage erreichen, öffnet sich eine Tür und der Bankier steht vor ihnen, einen Revolver in der Hand.

»Nur keine Angst, meine Herren. Ich habe Sie erwartet ... Wenn Sie bitte eintreten möchten ...«

Und, zur Wohnung gewandt:

»Und Sie rühren sich nicht von der Stelle!«

Die drei Männer treten ein. Wenn die Straße auch nicht besonders elegant ist, das Haus alt und unansehnlich, so ist die Wohnung doch bequem und, man könnte sagen, geschmackvoll eingerichtet. Das erste Zimmer, zur Linken, ist ein recht großes Wohnzimmer, in dem ein junger Mann auf einem Sessel sitzt. Am erstaunlichsten ist, dass er die Hände in die Höhe streckt.

»Bitte, meine Herren, hier entlang ... Der Herr Kommissar ... Denn wenn ich mich nicht irre, ist es doch Kommissar Lucas, mit dem ich die Ehre habe? Bitte durchsuchen Sie die Taschen dieser Person, die ich gerade bei einem Einbruch in meine Wohnung überrascht habe. Oder vielmehr ... Aber den Rest werde ich Ihnen später erklären ...«

Torrence hat Émile erkannt, Émile, der nicht mit der Wimper zuckt und lammfromm fragt:

»Darf ich die Hände herunternehmen?«

Und er fügt hinzu:

»Wenn Sie mich durchsuchen wollen ... Hier ist er ...«

Und er gibt Lucas eine kleine Kugel aus Fensterkitt. Lucas begreift nicht.

»Seien Sie vorsichtig. Was ich Ihnen da anvertraue, ist der schwarze Diamant von Onkel John. Ich habe ihn gerade hier entdeckt, aber dieser Herr ...«

»Pardon!«, unterbricht ihn der Bankier mit eisiger Stimme, »Sie haben ihn selbst in dieser Wohnung versteckt. Ich habe es ganz zufällig herausgefunden, als ich vor dem Haus stand und auf einmal Licht in meinen Fenstern sah. Ich bin hinaufgegangen … Ich habe Sie überrascht … Ich habe Sie mit dem Revolver bedroht, aber Ihr Verhalten zeigte mir, dass Sie auf Verstärkung warteten …«

Émile gibt zu verstehen, dass er nicht streiten will. Doch im Gegensatz zu Torrence, der das Ende seiner Laufbahn als Privatdetektiv schon gekommen sieht, wirkt er keineswegs niedergeschlagen.

»Meine Herren«, beschließt Lucas, »wir wollen versuchen, geordnet vorzugehen. Sie behaupten, Monsieur Chuin … Denn so heißen Sie doch, nicht? ›Bankier‹ ist nur Ihr Spitzname … Sie behaupten, von der Straße aus gesehen zu haben …«

»Ich habe diesen Mann dabei ertappt, wie er eine kleine Kugel in meiner Wohnung versteckte. Schauen Sie sich das Ding gut an, wie ich es tat, und Sie werden verstehen, mit welcher zumindest unerwarteten Aufgabe es die Agence O gerade zu tun hat … Einer ihrer Klienten ist heute Morgen wegen Mordes verhaftet worden. Sofort hat sich die Agence O darangemacht, einen anderen Täter zu erfinden, dessen Schuld unanfechtbar wäre … Warum ist die Wahl auf mich gefallen? Ich nehme an, dass José mir diese Aufmerksamkeit erwies, nachdem er so freundlich war, mir meine Geliebte wegzunehmen …«

»Was haben Sie zu sagen, Torrence?«

»Nichts.«

»Und Sie, junger Mann?«

»Dass wir vor Mitternacht wohl kaum Informationen erhalten werden, die uns weiterhelfen. Wahrscheinlich erst um ein Uhr …«

»Könnten Sie uns das erklären?«

»Das nützt nichts. Der Herr hat mich tatsächlich in seiner Wohnung erwischt …«

»Haben Sie sich mit Gewalt Zugang verschafft?«

»Ich habe mich eines Nachschlüssels bedient, wenn es das ist, was Sie wissen wollen. Das stimmt … Ich hatte den Eindruck, dass der besagte schwarze Diamant nur hier sein konnte, und wollte mich persönlich davon überzeugen. Zwei Stunden hatte ich schon gewissenhaft gearbeitet – solche Nachforschungen sind ja nicht leicht –, als ich endlich etwas fand, genau in dem Moment, in dem der Herr zurückkehrte und mich mit seinem Revolver bedrohte. Da es sich um eine gefährliche Waffe handelt, und ich nicht vorhabe …«

»Wann haben Sie Ihren Chef Torrence angerufen?«

»Der Herr hat mich dazu gezwungen. Er wollte, dass die Polizei kommt. Er wollte sie nicht selbst anrufen. Er wusste, dass Torrence in diesem Moment am Quai des Orfèvres war.«

»Das stimmt nicht!«, entgegnet der Bankier. »Dieser junge Mann, dieser Dieb, er hat schon telefoniert, als ich kam …«

Émile, erleichtert, dass er die Arme sinken lassen darf, erklärt:

»Lassen Sie ihn reden. Das ist unwichtig. Sehen Sie, der hier anwesende Bankier beabsichtigte zweierlei, als er Onkel John tötete. Zuerst wollte er sich einen Rivalen vom Hals schaffen, den er schon einmal durch Drohungen dazu bringen wollte, dass er verschwand. Er musste es also so machen, dass der Verdacht auf José fällt.

Und wenn man dafür auch ein paar der geraubten Scheine opfern musste, nachdem man mit einer gut gefälschten Handschrift Postanweisungen ausgestellt hatte, so erntete man doch das Vergnügen, Onkel Johns großen schwarzen Diamanten in die Hände zu kriegen. Ein Spielzeug, das immerhin zwischen hundert und hundertzwanzig Scheinchen wert ist.

Ich gebe zu, dass ich mich geirrt habe, als ich glaubte, der Bankier würde an diesem Nachmittag nicht nach Hause kommen. Ich hatte ihn in der Nähe des Faubourg Montmartre zurückgelassen … Und ich nutzte seine Abwesenheit aus, um ihm einen kleinen Besuch abzustatten, für den ich mich entschuldige, denn er war natürlich nicht sehr legal.

Zwei Stunden lang habe ich gesucht und nichts gefunden. Dann fiel mir an einem Fenster, dessen Scheibe kürzlich ausgewechselt worden war, ganz zufällig eine kleine Kugel Kitt auf, die der Glaser vergessen hatte …

Ausgezeichnetes Versteck, nicht wahr? Wer würde darauf kommen?

Und dann, ich wiederhole es, kam der Bankier zurück und …«

»Einen Moment«, knurrt Lucas und nimmt den Telefonhörer ab.

Am anderen Ende der Leitung ist der Abteilungsleiter der Kriminalpolizei.

»Hallo, Chef … Ja, ich bin's … Dieser junge Mann,

Émile, ja ... Der Diamant in seiner Tasche ... Der Bankier behauptet ... Was sagen Sie? ... Ja, ich denke auch, es wäre das Beste ... Ich lasse den Inspektor hier, natürlich ...«

Er legt auf.

»Meine Herren, wenn Sie mir folgen wollen ... Ich hoffe, Sie zwingen mich nicht, die schweren Geschütze aufzufahren ...«

Der große Chef ist äußerst gereizt, und der Umstand, dass seine Abendmahlzeit nur aus einem Sandwich im Büro bestand, besänftigt seine schlechte Laune keineswegs.

»Schämen Sie sich, Torrence, hören Sie? Aber das werden Sie teuer bezahlen. Die ganze Ermittlung vorgetäuscht ... Und das, weil ein Klient Ihnen wahrscheinlich viel geboten hat, damit Sie ...«

»Ich schwöre ...«, setzt Torrence an.

»Schwören Sie lieber nicht. Ich bin empört. Es stimmt, wenn gesagt wird, dass ein Mann, der die Polizei verlässt, um ...«

»Chef, es handelt sich um einen Unschuldigen ...«

»Was sagen Sie da! Ein Unschuldiger, dessen Unschuld Sie beweisen wollten, indem Sie es wagten, die Tatwaffe zu entwenden und sie durch ein Messer zu ersetzen, das Sie Gott weiß wo ...«

Die friedfertige Stimme Émiles:

»Um wie viel Uhr kommt der Zug in Toulon an?«

»Welcher Zug?«

»Der Zug, der von Lyon kommt und ...«

Torrence beneidet die Ruhe seines angeblichen Angestellten. Aber der setzt auch nicht seinen Ruf aufs Spiel und sieht nicht eine ganze dem Triumph der Justiz gewidmete Laufbahn in Gefahr.

»Geben Sie zu«, fährt der Abteilungsleiter fort, »dass diese Geschichte mit dem Diamanten … Der Bankier hat recht, zum Donnerwetter! Genau wie Sie ihm sozusagen seine Fingerabdrücke gestohlen haben, so haben Sie ihm diesen Diamanten untergejubelt, um dann … Meine Herren, das ist einzigartig in den Annalen unseres Metiers, und ich frage mich immer noch …«

Torrence hat nicht gewagt, um ein Glas Bier zu bitten. Er hat nicht zu Abend gegessen.

»Das Hauptbeweisstück zu stehlen, wie Sie es getan haben …«

Währenddessen hat sich der Bankier im angrenzenden Raum etwas zu essen und zu trinken bringen lassen.

»Bitte, Herr Abteilungsleiter«, sagt Émile, »warten Sie, bis der Zug ankommt und Barbet Zeit hat.«

»Barbet? Welcher Barbet? Wer ist Barbet?«, brüllt der Chef mit zunehmender Wut.

»Einer unserer Mitarbeiter. Wirklich, sehr tüchtig! Stellen Sie sich vor, als ich das Messer in Händen hielt, habe ich sofort erkannt, dass es sich um ein sehr spezielles Modell handelt, für den Gebrauch auf Jachten bestimmt … Zufällig habe ich ein kleines Segelboot auf der Seine, in Meulan, und ich besitze ein ähnliches Messer … Ich habe den Hersteller aufgesucht. Die Griffe waren früher aus Holz, heute sind sie aus Kork. Aber das bewusste Instrument hatte einen Griff aus

Holz. Wir haben uns eine Zeit lang über die Bücher gebeugt ... Na ja, und es kam heraus, dass das Messer in Toulon verkauft wurde, in einem Geschäft in der Rue d'Alger.«

»Aber um diese Uhrzeit ist das Geschäft geschlossen«, entgegnet der Chef.

»Barbet wird sich Zugang verschaffen. Sie kennen ihn noch nicht ... Und das ist noch nicht alles, Herr Abteilungsleiter ...«

Émile sagt leise, immer demütiger:

»Wenn ich Barbet ohne Bedenken in den Süden geschickt habe, so deshalb, weil ich bei meinen Nachforschungen über die Wege und Taten des Bankiers in den letzten Wochen erfahren hatte, dass er genau vor acht Tagen nach Marseille fuhr. Er fährt oft dorthin ... Außerdem weiß ich mit Sicherheit, dass er Anteile an einem besonderen Etablissement in Toulon besitzt. Sie verstehen?«

»Hätten Sie nicht hierherkommen können, um uns das zu sagen?«

»Verzeihung, aber Sie haben uns nicht gefragt ... Sie waren sich sicher, dass José der Schuldige ist. Gott weiß, wie die Ermittlungen verlaufen wären ...«

»Wenn ich Sie recht verstehe, wollen Sie andeuten, dass Sie den Geisteskräften der Kriminalpolizei nicht vertrauen.«

Torrence richtet sich schon auf, um zu widersprechen, wie es sich gehört. Émile indessen, der diesem Haus nie angehörte, fährt kaltblütig fort:

»Sie sind sehr viele, nicht? Da intelligente Menschen

eine Minderheit sind, muss der Prozentsatz der Dummköpfe mit der Anzahl der Beteiligten steigen ...«

»Na, vielen Dank.«

»Es ist Mitternacht, mein Herr. Wenn es keine Verspätungen gab, muss der Zug angekommen sein, und Barbet ist in diesem Moment in der Rue d'Alger. Er weckt Monsieur Mithouard, den Inhaber ... Er kümmert sich genauso wenig wie wir um die Geschäftsordnung oder um den Aufgang und Untergang der Sonne. Monsieur Mithouard öffnet ihm die Tür ... Wer weiß? Vielleicht trägt er eine Nachtmütze ... Ich habe mich vergewissert, dass er ein Telefon hat. Trotz der späten Stunde wird er nicht zögern ...«

»Könnte ein Polizist sein«, bemerkt der Abteilungsleiter voller Spott.

»Es ist ganz sicher, dass Barbet, wie ich ihn kenne ... Warten Sie! Ich höre ein Klingeln in der Telefonzentrale ... Wenn ich mich nicht irre ...«

Man hört das Klingeln auch im Büro.

»Kann ich bitte mit Monsieur Émile sprechen?«

»Wer ist am Apparat?«

»Barbet ... Ich rufe aus Toulon an ...«

»Aus der Rue d'Alger vermutlich«, sagt der Chef gehässig.

»Nein. Aus einem P... (hier benutzt Barbet ein recht unpassendes Wort).«

»Wie bitte?«

»Ja ... Es heißt La Maison des Fleurs ... Ist Monsieur Émile da? ... Hallo? Sind Sie es, Monsieur Émile?«

Man gibt Émile einen Hörer. Der Abteilungsleiter der

Kriminalpolizei hält den anderen ans Ohr. Torrence allerdings würde sich am liebsten in ein Mauseloch verkriechen. Und Lucas hat gerade die Tür einen Spaltbreit geöffnet.

»Also, Monsieur Émile, es ist so ... Bei Monsieur Mithouard in der Rue d'Alger hat man mir gesagt, dass das letzte Messer von dem bewussten Modell, wahrscheinlich dasselbe, das ich in der Hand hielt, an einen Stotterer verkauft wurde ... Ein komischer Typ, haben sie gesagt. Das fand ich natürlich nicht sehr befriedigend. Daraufhin hatte ich die Idee, mir mal das seltsame Haus anzuschauen, das der fragliche Herr, ich rede vom Bankier, hier besitzt. Sie wissen ja, ich habe so meine Gewohnheiten ... Ich gehe gleich in die Küche, wo die Arbeit gemacht wird. Ein armer Teufel schält Kartoffeln, und er stottert ... Ich zeige ihm das Messer ...

Und der Idiot sagt sofort: ›Wie ... Hat der Patron es Ihnen gegeben?‹

Das war's! Sagen Sie, was halten Sie davon?«

»Hören Sie, mein lieber Torrence ...«

Torrence verzieht keine Miene. In Wahrheit hat er Lust, vor Erleichterung zu weinen, so groß war der Druck, der eben noch auf ihm lastete. Jetzt ist der Chef zuckersüß.

»Sie müssen zugeben, ganz unter uns, dass es schwer ist, wenn einer unserer Leute, einer unserer besten Männer, sich gegen unser Haus wendet und sich erlaubt ...«

»Ich bitte Sie um Verzeihung, Chef, aber unser Klient ...«

»Ihr Klient ... Ihr Klient ...«

»Er ist unschuldig, nicht?«

»Natürlich ist er unschuldig! Aber wir haben uns unterdessen lächerlich gemacht ... Wir hätten es doch auch selbst herausgefunden, dass er unschuldig ist!«

Nun ist es an Torrence, arglos zu fragen:

»Wann?«

»Morgen ... Übermorgen ... In acht Tagen ... In einem Monat! Aber, Teufel noch mal, wir hätten es herausgefunden! Und zudem wenden Sie in der Agence O Mittel an, die ... Mittel ...«

»Die zu einem schnellen Resultat führen, nicht?«

»Aber die uns nicht erlaubt sind! Denken Sie darüber nach, Torrence ... Recht und Ordnung ... Wir sind der Legalität verpflichtet ... Das erinnert mich an die Akte dieses Mannes ... Wie heißt er noch? Chuin ... Komischer Name! Na schön! Diese Akte ...«

»Diese Akte enthält drei Mal die Wendung ›entlassen aus Mangel an Beweisen‹«, erlaubt sich Torrence nun zu äußern. »Diesmal ... Stellen Sie sich vor, es wäre ihm ein viertes Mal gelungen ... Was wäre passiert ... Hätte mein Klient, wie Sie sagen ...«

Der Chef will nicht so weit gehen.

»Ihr Klient! Immer nur Ihr Klient! Ich wiederhole, wir hätten am Ende schon seine Unschuld festgestellt. Aber sagen Sie ... Wollen wir in der Zwischenzeit nicht einen Happen essen? Es ist zwei Uhr morgens und ...«

»Aber ich habe ihm versprochen ...«

»Sie wollen mich also ausnutzen bis zum Letzten? Na schön, gehen wir! Und nehmen wir ihn mit, Ihren

Klienten! Und nehmen wir auch Ihren unerträglichen Monsieur Émile mit ... Möglicherweise ist die Brasserie Dauphine noch offen ...«

»Aber seine Freundin ...«

»Natürlich, mein Lieber! Natürlich ... Wir nehmen die famose Julie mit. Und warum am Ende nicht auch den ... ich meine, den Mörder ... den Bankier?«

»Den nicht, wenn es Ihnen nichts ausmacht, Chef.«

Und so findet sich in dieser Nacht in der Brasserie Dauphine eine seltsame Tischrunde zusammen, man bestellt Sauerkraut mit reichlich Speck und Würsten, und nur Lucas erhebt schüchtern seine Stimme:

»Ich habe keinen Hunger, wirklich ...«

Deutsch von Susanne Röckel

Der Würger von Moret

I

Wo zwei Gastwirte aus Moret-sur-Loing unwillentlich von zwei Verbrechen profitieren, die in zwei Zimmern 9 verübt wurden

Es geschah am 7. Juni. Als sie wie jedermann in den Zeitungen davon lasen, runzelten Torrence und Émile lediglich ein wenig die Stirn, ohne zu ahnen, dass sie sich selbst bald mit diesem Fall zu beschäftigen hätten. Die Zeit verging, und jeden Morgen hieß es in den Schlagzeilen wieder in mehr oder weniger den gleichen Worten: *Das Rätsel von Moret bleibt ungelöst.*

Diese beiden Verbrechen, die außerhalb von Paris verübt worden waren, betrafen nicht den Quai des Orfèvres, sondern die Sûreté nationale, wo Torrence weniger Freunde hatte als bei der Kriminalpolizei seiner Stadt.

Der Juni war in diesem Jahr besonders schön, so warm, dass die Leute mit ihren Jacken auf dem Arm über die Boulevards spazierten. Die Agence O hatte es mit keinem besonderen Fall zu tun.

Als Torrence eines Montagmorgens ins Büro kommt,

sieht er überrascht, dass Émile hell gekleidet ist wie für einen Ausflug.

»Wenn es Ihnen nichts ausmacht, werden wir heute am Wasser zu Mittag essen«, kündigt er an.

»Und die Arbeit?«

»Sie wissen genau, dass wir im Moment nichts haben ...«

Dann sitzen die beiden im Auto, einem kleinen offenen Auto, so klein, dass man sich fragt, wie der stattliche Torrence da hineinpasst.

»Wohin fahren wir?«

»In den Wald von Fontainebleau ...«

Erst auf dem Weg denkt Torrence auf einmal an den sonderbaren Fall von Moret.

»Chef, hat die Polizei eigentlich schon etwas herausgefunden? Ich habe schon seit ein paar Tagen nichts mehr in der Zeitung gelesen ...«

»Sie hat nicht das Geringste gefunden, und nach meiner Meinung wird sie auch weiterhin nichts finden«, erklärt Émile in ernstem Ton.

Torrence wirft ihm aus den Augenwinkeln einen Blick zu.

»Fahren wir deshalb dorthin?«

»Jedenfalls habe ich Lust, in einem dieser Gasthäuser zu Mittag zu essen ...«

»Für wen werden wir arbeiten?«

Der gute Torrence kann sich einfach nicht vorstellen, dass eine private Detektei, nicht einmal die Agence O, einmal nur um der Sache willen arbeitet. Doch Émile antwortet ihm sanft:

»Vielleicht nur für unser Vergnügen ... Wissen Sie, Torrence, ich liebe die Ufer von Flüssen. Moret ist ein bezauberndes Fleckchen, ganz in der Nähe des verlockendsten Waldes der Welt ...«

Es stimmt. Kaum haben sie den Wald von Fontainebleau durchquert, entdecken sie das reizende Dorf am Ufer des Loing. Auf beiden Seiten der Hauptstraße schwingen die Schilder von Gasthäusern in der hellen Morgensonne. Links ist es das Écu d'Or. Rechts das Cheval Pie.

Die Touristen, die Lust haben, in Moret haltzumachen, und sei es für ein einfaches Mittagessen, müssen in arge Verlegenheit geraten, genau wie es Torrence und Émile, den Unzertrennlichen, ergeht. Denn die beiden Gasthäuser sind ganz gleich beschaffen und übrigens von höchst sympathischer Art. Solche Gasthäuser kann man noch fast überall in den Dörfern der Île-de-France finden.

Adrette Tische draußen auf dem Trottoir. Das Menü wird vom Kellner auf einer Tafel präsentiert. Grüne Pflanzen in grün angestrichenen Fässern. Im Halbdunkel erahnt man einen einladenden Gastraum, ganz schlicht, eine große Küche, in der sich Frauen zu schaffen machen, während der Wirt selbstbewusst nach dem Rechten sieht.

»Da wir rechts ankommen, sollten wir rechts bleiben. Also im Cheval Pie ...«

Die beiden Detektive betreten den Gastraum, wo die Markise über der Terrasse das Licht orangerot einfärbt. Gegenüber ist die Markise gelb. Das ist der größte Unterschied zwischen den beiden rivalisierenden Gasthäusern.

»Guten Tag, Patron. Können wir nachher bei Ihnen essen und eventuell auch übernachten?«

Der Wirt, eine weiße Kochmütze auf dem Kopf, betrachtet sie neugierig.

»Wie ist der Name?«, fragt er.

»Wie, der Name?«

»Ich nehme an, Sie haben angerufen?«

»Keineswegs.«

»Aber, meine Herren … Wie das? Sie müssen doch wissen, dass seit … seitdem das passiert ist, alle unsere Tische reserviert sind, und auch alle unsere Zimmer, bis auf das letzte Bett.«

»Vielleicht haben wir gegenüber mehr Glück?«

»Ganz gewiss nicht. Denken Sie daran, meine Herren, da sind zuerst die Polizisten, die hier ständig ein und aus gehen … Nicht zu reden von den fünf oder sechs Anglern, die sich, wie ich stark annehme, als Amateurdetektive betätigen. Dann sind da die Leute, die einen verschwundenen alten Mann suchen und die immer hoffen, dass einer unserer beiden Parains … Die stellen uns stundenlang Fragen, vor allem Emma, die unseren Parain bedient hat. Gegenüber ist es Geneviève, die den anderen bediente. Und schließlich die Touristen, all die Touristen, die einen Tag im Wald oder am Ufer des Loing verbringen und dann beleidigt sind, wenn sie nicht bei uns zu Mittag oder zu Abend essen können … Das Telefon hört nicht auf zu klingeln … Sie werden es nachher sehen! Ich könnte Ihnen höchstens vorerst ein Sandwich und ein Glas Landwein anbieten. Da! Das Telefon ... Ich muss gehen. Wenn Sie inzwischen auf der Terrasse die frische Luft genießen wollen ... Emma! Servieren Sie diesen Herren trotzdem einen Schoppen.«

Heißt es nicht, dass ein englischer Journalist, der durch seine Sensationsberichte bekannt geworden ist, eigens den Ärmelkanal überquerte und, da er in keinem der beiden Gasthäuser ein Zimmer fand, bei einer achtbaren Landfrau Unterschlupf fand?

Als sie auf der herrlich schattigen Terrasse sitzen, am Rand der Straße, die ihren Charakter als Straße der Könige bewahrt hat, fragen sie sich, ob es wirklich möglich ist, dass eines Abends ...

Es war der 7. Juni, ein Sonntag. Zu dieser Zeit gibt es besonders viele Spaziergänger im Wald von Fontainebleau.

»Wir hatten zweihundert Mittagessen und fast genauso viele Abendessen«, wird der Wirt des Cheval Pie später sagen.

In diesem Gedränge von Radfahrern, Autofahrern, Fußgängern, vielköpfigen Familien, Liebespaaren und Anglern achtet man begreiflicherweise kaum auf einen einzelnen Gast.

Was man weiß, ist lediglich, dass der kleine alte Mann gegen sechs Uhr abends eingetroffen sein muss. Woher und wie? Das weiß man nicht. Emma, die liebenswürdigste unserer Kellnerinnen, wies ihm einen Tisch in der Ecke an und bediente ihn.

»Er war sehr höflich, sehr anständig«, hat sie schon hundertmal gesagt. »Er trug einen grauen Anzug und hatte einen kleinen Koffer dabei, den er neben sich abgestellt hat. Als ich ihm das Dessert brachte, hat er mich gefragt, ob Zimmer 9 frei sei. Ich dachte, dass er schon einmal im Cheval Pie übernachtet hätte und Zimmer 9 kennt. Ich habe die Chefin gefragt. Dann sagte ich ihm, dass Zimmer 9 zufällig frei sei, und damit war er offenbar zufrieden.«

Als Nächstes sagte die Wirtin aus. Sie saß an der Kasse, als der kleine alte Mann zu ihr kam und den Schlüssel von Zimmer 9 verlangte.

»Es gibt so viele Sonntagsausflügler«, erklärt sie, »und da nehmen wir es mit den Anmeldungen nicht so genau. Ich habe ihm das Formular gegeben. Er sollte nur seinen Namen hineinschreiben und woher er kommt. Schön deutlich hat er geschrieben: *Raphaël Parain aus Carcassonne*. Ich weiß nicht, ob er gleich hinaufgegangen ist. Es waren Leute im Gastraum, die Lärm machten, und mein Mann musste einschreiten. Am Montagmorgen ...«

Um etwas über den Montagmorgen zu erfahren, muss man wieder Emmas Bericht zu Rate ziehen. Dieser Bericht wird natürlich täglich etwas mehr ausgeschmückt, aber man kann sagen, dass sich die wesentlichen Dinge darin nicht ändern.

»Es war elf Uhr. Ich hatte schon vier Zimmer gemacht. Ich dachte, alle Gäste wären weg. Also habe ich nicht angeklopft. Ich habe die Tür zum Zimmer 9 einfach aufgedrückt. Sie war nicht abgeschlossen. Der arme alte Herr lag im Bett, und ich wäre fast wieder hinausgegangen. Dann habe ich bemerkt, dass sein Arm herabhing.

Ich bin hingegangen. Ich habe geschrien. Sein Gesicht war ganz lila, die Augen quollen aus dem Kopf …

Schnell riefen wir Doktor Maurice. Er hat nur den Tod feststellen können, und dann hat er die Gendarmerie alarmiert, denn Raphaël Parain wurde erwürgt.«

»Das ist alles, meine Herren, was wir Ihnen sagen können. Ich möchte hinzufügen, dass dieser Fall uns, anders, als Sie vielleicht glauben, keineswegs Vergnügen bereitet. Gewiss, es kommen Neugierige in beträchtlicher Zahl zu uns, aber es sind so viele, dass wir uns kaum noch zu helfen wissen. Wir sind es leid, sind es vor allem leid, von morgens bis abends über diese Sache reden zu müssen. Und jetzt, wenn Sie meinen Kollegen von gegenüber besuchen wollen … Natürlich ist sein Haus nicht so angesehen wie meins, aber auch ihm wird das alles zu viel … Stellen Sie sich vor, in den ersten Tagen haben wir drei Polizisten gebraucht, die auf der Straße standen und die Schaulustigen in Schach hielten … Am darauffolgenden Sonntag hatten wir keinen Tropfen Wein, Bier und Limonade mehr im Keller.«

Torrence und Émile erfahren das, was alle erfahren. Jetzt sitzen sie auf der Terrasse gegenüber. Der Wirt des Écu d'Or, ein feuchtes Handtuch um den Hals geschlungen, serviert ihnen lächelnd einen Schoppen weißen Landwein.

»Sie bestehen darauf, meine Herren, dass ich Ihnen die Geschichte noch einmal von Anfang bis Ende erzähle? Wissen Sie, ich bin immer noch ganz benommen davon!«

Denn am Sonntag, dem 7. Juni, passierten Dinge, die man sich kaum vorstellen kann. Im Cheval Pie aß ein alter Herr in Grau zu Abend, der behauptete, Raphaël Parain zu heißen und aus Carcassonne zu kommen, und verlangte das Zimmer 9. Währenddessen schrieb sich ein anderer kleiner alter Herr in Grau unter demselben Namen im Écu d'Or ein und verlangte auch dort das Zimmer 9.

Man weiß nicht, was er zwischen Abendessen und Schlafengehen tat. Auch im Écu d'Or war an diesem Abend eine lärmende Menschenmenge, wie an allen schönen Sonntagabenden.

Doch am Montag, zwischen elf und zwölf Uhr, als Geneviève, Bedienung und Zimmermädchen im Écu d'Or, das Zimmer 9 betrat – nachdem sie vorher angeklopft hatte und keine Antwort erhielt –, fand sie auf dem Bett ihren Gast vor, der in der Nacht erdrosselt worden war. Doktor Maurice musste nur die Straße überqueren. Eine Stunde lang pendelte er von einer Leiche zur anderen. Die erste Bemerkung der Polizei lautete:

»Sie ähneln sich kein bisschen.«

Denn zunächst hatte man an zwei Brüder oder Zwillinge gedacht. Aber zwei Brüder tragen gewöhnlich auch nicht denselben Vornamen.

Zwei Männer desselben Namens, die beide angeblich aus Carcassonne kommen und in zwei verschiedenen Gasthäusern in Moret-sur-Loing das Zimmer 9 verlangen und beide in derselben Nacht das gleiche Schicksal erleiden!

Bald darauf wurden Ermittler nach Carcassonne geschickt. Sie überprüften Melderegister, Hotels, Häuser und Wohnungen der südfranzösischen Stadt.

Nirgends stößt man auf den Namen Parain.

Die Zeitungen veröffentlichen am selben Tag und auf derselben Seite die zwei Fotografien.

Bis heute, einen Monat, nachdem beide Taten stattfanden, hat niemand den einen oder den anderen Raphaël Parain wiedererkannt.

Kein Taxifahrer ist aufgetaucht, der erklärt hätte, dass er sie nach Moret fuhr. Der Angestellte des kleinen Bahnhofs hat die Fotos betrachtet und den Kopf geschüttelt.

»Es waren an diesem Tag so viele Leute unterwegs! Und diese beiden Alten haben auch gar nichts Besonderes an sich …«

Die Kleider der beiden Toten wurden untersucht: Weder der eine noch der andere Anzug enthält einen Anhaltspunkt über den Schneider, der sie herstellte. Es sind korrekte, bequeme Kleidungsstücke, keinesfalls luxuriös. In den Taschen die gleichen Dinge: Taschenmesser, Taschentuch, Tabakbeutel, Pfeife und Schlüssel.

Die Spezialisten sagen, dass die Schlüssel des einen – man nennt sie, weil es sonst kein Unterscheidungsmerkmal gibt, Parain 1 und Parain 2 –, also die Schlüssel von Parain 1, der im Cheval Pie erwürgt wurde, eher zu einem ländlichen Haus passen.

Der Schlüssel – er trug nur einen bei sich – von Parain 2, der im Écu d'Or zu Tode kam, ist moderner und könnte der eines kleinen Hauses in einem städtischen Vorort sein.

Von allen möglichen Orten kamen Briefe, die das Verschwinden mehrerer alter Männer anzeigten. Polizisten schwärmten aus. Nie wurden so viele Fotos vorgezeigt wie in diesem Fall die Fotos der beiden Opfer des Würgers von Moret. Bei alldem ist nichts herausgekommen.

Die Autopsien führte Doktor Paul durch, eigens unterstützt von zwei berühmten Kollegen. Das Ergebnis ist mager.

Der Zeitpunkt des Verbrechens liegt in beiden Fällen um Mitternacht, zwischen Mitternacht und ein Uhr morgens, laut Bericht. Das Alter der beiden Opfer ist auch etwa gleich: siebzig Jahre, entsprechend dem Zustand der Organe.

Doch es gibt ein interessantes Detail. Der Raphaël Parain Nummer 1, vom Cheval Pie, hatte eine recht schwere Leberkrankheit. Zudem hat er an diesem Abend keinen Alkohol getrunken, während Parain 2 zwei Glas trank.

»Zwei Glas Schnaps, mein Herr …«, seufzt der Wirt des Écu d'Or. »Und ich muss Ihnen sagen, dass die meisten Gäste seitdem diesen Tresterschnaps wollen, und noch dazu verlangen sie ihn aus derselben Flasche! Ich sage natürlich ja, selbstverständlich! Geschäft ist Geschäft! Aber wenn Sie wüssten, wie oft ich in einem Monat diese Flasche auffüllen musste!«

Schließlich ist es wohl so – Geneviève ist in diesem Punkt weniger kategorisch als Emma; sie ist allgemein etwas achtloser –, dass der Parain des Écu d'Or ebenfalls einen dieser kleinen Koffer hatte, den man für eine kurze Reise bei sich trägt.

Die beiden Koffer sind verschwunden.

»Sieh an! Sie sind auch an dem Fall dran?«

Torrence dreht sich zu dem Sprecher um, einem kleinen Dicken, dessen Namen er vergessen hat, aber er weiß, dass er ihm auf den Korridoren der Sûreté nationale schon einmal begegnet ist.

»Inspektor Bichon … Wir werden alle hierhergeschickt … Der große Chef ist auf hundertachtzig … Alle zwei Tage stellt er eine neue Gruppe zusammen, die von A bis Z neu ermitteln muss. Aber, sagen Sie – wenn die Agence O hier auftaucht, dann heißt das, dass jemand sie beauftragt hat …«

Émile zwinkert Torrence zu, und dieser versteht.

»Glauben Sie?«, erwidert er unschuldig.

»Na, so was! Ich werde Sie überwachen müssen, meine Lieben … Ich kenne diese privaten Detekteien. Sie sind nicht reich genug, als dass sie sich wegen einer Bagatelle vom Fleck rühren würden.«

Als Inspektor Bichon wieder weg ist, begnügt sich Émile mit einem seufzenden:

»Dieser Dummkopf!«

»Warum wollten Sie, dass ich …«

»Zuerst einmal, weil ich diesen kleinen Typen nicht mag, der so von sich überzeugt ist. Und dann, weil es besser ist, den Leuten Rätsel aufzugeben. Das führt dazu, dass sie vielleicht einen Fehler machen. Und schließlich wird man uns umso mehr respektieren, je mehr man glaubt, dass wir etwas wüssten … Sagen Sie, Chef, mir scheint, allmählich kommen die Touristen?«

Es ist nämlich elf Uhr am Vormittag, und die Autos

reihen sich schon zu beiden Seiten der Straße auf, während ein uniformierter Polizist geschäftig hin und her eilt. Viele Fotoapparate. Viele hübsche Frauen.

Man schlendert von einem Gasthaus zum anderen. Man hält Emma und Geneviève an ihren Schürzen fest. Einige stecken ihnen sogar ein gutes Trinkgeld zu, um einen ausführlichen Bericht zu erhalten.

Wie sollen diese beiden armen Mädchen, derart bedrängt, dem Wunsch widerstehen, ihre Geschichte ein wenig auszuschmücken?

Ein großer junger Mann mit Hornbrille steigt von seinem Motorrad und fragt wichtigtuerisch – seine Selbstsicherheit rührt wahrscheinlich daher, dass er schon viele Kriminalromane gelesen hat:

»Offenbar erwartete er jemanden, nicht?«

»Vielleicht, ja«, antwortet Emma.

»Aber ganz gewiss! Sie wissen es sehr wohl, aber Sie wollen es nicht sagen … Bestimmt war er nervös, unruhig …«

»Vielleicht, ja …«

»Sie geben es also zu!«

Und er ist davon überzeugt, dass er gerade eine wichtige Entdeckung gemacht hat.

Ein großer, magerer Mensch in Golfkleidung hat sich an einem Terrassentisch breitgemacht, als wäre er zu Hause, und studiert eingehend das gegenüberliegende Gebäude.

»Wer ist das?«, fragt Émile, der Geneviève gerufen hat.

»Monsieur Norton … Der englische Journalist … Endlich einer, der nicht so viel redet und sich nicht einmal die Mühe macht, Fragen zu stellen … Wenn er hofft, etwas zu entdecken, muss er seine Entdeckung am Grund eines Glases vermuten, denn er trinkt jeden Tag so viele davon …«

Das hat besagter Norton allerdings gehört. Und er hat Émile und Torrence bereits bemerkt.

Nun gut! Der Wirt des Cheval Pie hat belegte Brote versprochen, was nicht das Schlechteste ist. Der des Écu d'Or hat es einrichten können, dass die beiden Detektive der Agence O ein kleines Zimmer unter dem Dach bekommen, genauer gesagt, eine Mansarde, die eigentlich der Bedienung gehört. Wo schläft die Bedienung inzwischen? Egal. Vielleicht in der Küche? Geschäft ist Geschäft.

Ein einfallsreicher Straßenhändler, der die beiden Gasthäuser im Postkartenformat fotografierte, verkauft die Bilder an den Tischen.

»Kaufen Sie ein Souvenir vom ›Geheimnis der zwei Parains‹! Das gräulichste Geheimnis des Jahrhunderts …«

Es herrscht Jahrmarktstimmung. Autos tauchen auf und fahren wieder fort. Man besichtigt die beiden Zimmer 9, wie man sonst prähistorische Höhlen besichtigt. Wenn es so weitergeht, wird man Zäune und Drehkreuze aufstellen müssen.

Torrence ist lustlos. Die Sandwiches sind eine lächerliche Mahlzeit für seinen riesigen Magen. Er mag die Menschenmenge nicht.

»Glauben Sie wirklich, Sie könnten hier etwas herausfinden?«, fragt er Émile.

Und Émile antwortet, während er bescheiden den Blick auf sein Glas senkt – es ist bemerkenswert, wie sich dieser namenlose Landwein wegtrinken lässt:

»Ich habe bereits etwas herausgefunden.«

»Da bin ich neugierig.«

»Jemand wollte sich hier mit den beiden Parains treffen. Es waren wahrscheinlich falsche Parains …«

»Offen gesagt, verstehe ich das nicht.«

»Ich auch nicht. Ich stelle nur fest. Wenn diese beiden Männer wirklich Parain geheißen hätten, hätte sich jemand nach ihnen erkundigt – falls man nicht glauben will, dass sie Waisen waren, keine Familie hatten und absolut allein lebten, ohne Freunde, ohne Verwandte, ohne Vermieter, ohne zuständiges Finanzamt, was wirklich nur sehr selten vorkommt …«

»Ans Finanzamt hatte ich nicht gedacht«, räumt Torrence stirnrunzelnd ein.

»Ein Mann muss weder Eltern noch Freunde haben; selbst wenn seine finanzielle Lage äußerst prekär ist und er nicht einmal ein Haus oder eine Wohnung hat, so hat er doch wenigstens ein zuständiges Finanzamt. Sie können Mademoiselle Berthe anrufen. Sie soll einen Brief aufsetzen und ihn heute Abend an alle Finanzämter in Frankreich schicken. Andererseits bin ich davon überzeugt, dass das nichts einbringen wird.«

»Pardon, Sie haben doch eben gesagt …«

»Genau!«

»Ich verstehe immer weniger …«

»Rufen Sie an, Chef … Tausende von hektographierten Briefen könnten noch heute Nachmittag verschickt werden. Allerdings weiß ich nicht, wie viele davon ihren Adressaten erreichen ... Verzeihung, was sagten Sie, mein Herr?«

Émile ist aufgestanden. Der lange Kerl, Journalist namens Norton, ist an ihren Tisch getreten und murmelt mit beachtlicher Unverfrorenheit:

»Sie erlauben, meine Herren?«

Er lässt nicht locker:

»Ich frage, ob Sie erlauben ... Monsieur Torrence, nicht? Sehr erfreut ... Norton ... Ich glaube, es wäre sehr nützlich, für beide Seiten, wenn wir ... wie sagt man auf Französisch ... wenn wir ein wenig plaudern würden ... *Yes!* Was trinken Sie?«

Offenbar hält Norton Émile wegen seines Aufzugs für einen unbedeutenden Angestellten. Er ignoriert ihn. Um ein Haar hätte er ihn umgestoßen, als er seine langen Beine ausstreckt.

»Ich sagte, mein lieber Monsieur Torrence, es ist ein sehr aufregender Fall, finden Sie nicht? Stellen Sie sich vor, dass ich einmal einen Monsieur Raphaël Parain kannte ... *Yes* ... Es war im Pazifik, auf Tahiti. Ein sehr komischer alter Herr. Nur dass er keiner der beiden Leichen ähnlich sah. Mademoiselle Geneviève ... noch ein paar Gläschen von diesem Schnaps, bitte.«

Er hat Schwierigkeiten, das Wort ›Schnaps‹ auszusprechen. Und er scheint schon einiges davon intus zu haben.

II

Wo der rothaarige Émile die Bekanntschaft einer traurigen jungen Frau macht, während Barbet eine andere Aufgabe zu erfüllen hat

»Was halten Sie von unserem Journalisten?«, fragt Torrence, als der Engländer, nachdem er sein Glas in einem Zug ausgetrunken hat, sich unter Ausführung einer Pirouette entfernt.

»Ich glaube, er redet entweder zu viel oder zu wenig, und er hatte offenbar den Wunsch, Sie kennenzulernen«, erwidert Émile, der an seiner nie angezündeten Zigarette saugt. »Und wenn Sie schon im Büro anrufen, Chef, und Barbet gerade nicht viel zu tun hat, sagen Sie ihm doch, er soll herkommen. Und er soll sich nicht anmerken lassen, dass er uns kennt. Und da man ihn in der Gegend nicht kennt, soll er sich mit dem Engländer beschäftigen.«

»Glauben Sie an diese Tahiti-Geschichte?«

»Ich glaube, dass einer der beiden Raphaël Parains eine Leberkrankheit hatte ... und ich glaube ... Aber das ist noch zu vage, Chef ... Ich muss allein am Fluss spazieren gehen ... Der Schnäps, wie unser Journalist es nennt, lässt einen manchmal mehr reden, als angebracht ist ...«

Émile flaniert am idyllischen Ufer der Loing, mit den

Händen in den Taschen, dann schneidet er sich einen Ast ab und schält sorgfältig die Rinde von seinem Stock.

Zwei oder drei Mal bleibt er stehen, um die Angler zu betrachten. An einer Flussbiegung stößt er fast mit einer etwa vierzigjährigen Dame ganz in Schwarz zusammen, die langsam durch das hohe Gras geht und auf ihre Füße blickt.

»Verzeihung, Madame …«

»Keine Ursache, Monsieur«, murmelt sie, und ein trauriges Lächeln huscht über ihr Gesicht.

Er überholt sie. Viel weiter weg dreht er sich um und sieht sie noch genauso langsam dahinspazieren. Es gibt einen Weg, nur ein paar Meter von ihr entfernt, aber sie meidet ihn. Émile setzt sich hinter einen Strauch, um bequemer Ausschau halten zu können.

Offenbar eine Frau in Trauer. Ihre Kleider sind von äußerster Strenge, ihre Frisur zeugt von keinerlei Eitelkeit.

Sucht sie jemanden? Früher, als er noch ein Junge war, ist Émile manchmal auf ähnliche Weise über eine Wiese gewandert. Er hatte es sich damals in den Kopf gesetzt, eine Sammlung von Insekten anzulegen, besonders von Käfern, und suchte noch das kleinste Blatt, den winzigsten Grashalm nach ihnen ab.

Sie geht etwa hundert Meter, nie mehr; dann dreht sie um, nimmt aber nicht den gleichen Weg zurück, sondern eine parallele Strecke, einen Meter entfernt.

Wenn sie etwas sucht, was könnte es sein, hier, am Ufer der Loing? Mehrmals bückt sie sich, wie um eine Blume zu pflücken, doch sie begnügt sich damit, das dichte Gras auseinanderzuschieben, und nimmt dann ihren eintönigen Spaziergang wieder auf.

Um sieben Uhr ist Émile zurück im Écu d'Or. Torrence hat inzwischen mit seinen Kollegen von der Polizei Kontakt aufgenommen und gibt ihnen die neuesten Informationen.

»Diese Herren von der Sûreté«, erklärt er Émile, »haben eine Liste aller Reisenden gemacht, die am 7. Juni in den beiden Gasthäusern übernachtet haben. Es sind ein paar Stammgäste unter ihnen, vor allem besessene Angler, die jede Woche von Samstag bis Montagmorgen hier sind. Das ist also nichts Ungewöhnliches. Außerdem sind sie alle vernommen worden.«

»Keiner von ihnen hat an den darauffolgenden Sonntagen im Fluss oder an den Ufern irgendetwas Besonderes bemerkt?«

»Ich glaube nicht. Ich habe nichts davon gehört. Jetzt komme ich zur zweiten, heikleren Gruppe der Reisenden. Wie in allen Gasthäusern im Umkreis von Paris gab es einige Paare. Mehr oder weniger reguläre Paare, die sich sehr oft unter Phantasienamen eintragen. Man hat sie nicht alle gefunden. Und dann die Durchreisenden … Touristen, die aus dem Süden kamen oder dort hinwollten und unterwegs übernachteten. Ich habe die Liste hier …«

»Ich würde gern wissen, ob ein Engländer oder ein Australier dabei war«, murmelt Émile.

»Ein Engländer und seine Tochter. Ein gewisser Walden und … Na, so was! Komisch, dass Sie mich das gerade fragen … Er hat fast sein ganzes Leben in Australien verbracht, aber im Moment lebt er in Cagnes-sur-Mer, bei Nizza …«

»In welchem Gasthaus war er?«

Torrence konsultiert die Liste.

»Seltsam«, sagt er wie zu sich selbst. »Bestimmt, weil es so voll war. Ich sehe, dass sie spät ankamen, nach acht Uhr abends … Der Vater hat im Écu geschlafen, Zimmer 10, die Tochter im Cheval Pie, Zimmer … Sagen Sie, Émile, Sie haben doch sicher eine Vermutung! Seltsam, dass der Vater neben Zimmer 9 im Écu schlief und dass im Gasthaus gegenüber die Tochter Zimmer 15 hatte, genau über der Nummer 9.«

Émile murmelt unschuldig:

»Wollen Sie behaupten, dass ein junges Mädchen bei ihrem Zimmernachbarn eingedrungen ist, um ihn zu erwürgen?«

Beim Essen sieht Émile, dass seine Spaziergängerin in Trauer vom Flussufer auf die Terrasse tritt. Sie setzt sich allein an einen Tisch. Sie hat ihren eigenen Serviettenring, was zeigt, dass sie öfter kommt, und eine eigene angebrochene Flasche Wein.

»Sagen Sie, Geneviève …«

»Bitte, mein Herr.«

»Die Dame dort?«

»Madame Séquaris, ja …«

»Seit wann ist sie hier?«

»Seit Langem, mein Herr, seit über einem Monat. Sie hat viel Unglück erlebt und muss allein sein.«

»Hat sie oft Besuch?«

»Ich habe nie gesehen, dass sie mit irgendjemandem

spricht, außer mit uns, um ihre Bestellungen aufzugeben.«

»Briefe?«

»Nein, aber ... Wenn ich darüber nachdenke ... Der Briefträger hat nie etwas für sie gebracht. Und doch ... Es ist komisch ...«

»Sagen Sie mir, woran Sie denken ...«

»Ich denke daran, dass Madame Séquaris, wenn sie nicht spazieren geht, stundenlang Briefe schreibt. Normalerweise ist es doch so, dass man, wenn man viele Briefe schreibt, auch viele bekommt ... Das ist es, was mich stutzig macht.«

»Sonst nichts?«

»Meine Güte ... Nein ... Das ist unwichtig ... Einmal lagen viele fertige Briefe auf dem Tisch, und ich wollte gerade zur Post gehen, da sagte ich:

›Wenn Sie wollen, nehme ich Ihre Briefe mit.‹

Ich irre mich vielleicht, aber ich hatte den Eindruck, das erschreckte sie.

›Nein danke‹, schrie sie und nahm mir die Umschläge aus der Hand. ›Ich bin noch nicht fertig.‹ Und ... Unglaublich, dass mir das jetzt erst einfällt ... Die Post ist auf der Hauptstraße, ein paar Häuser weiter. Ich bin den ganzen Tag hier draußen zum Bedienen. Wenn wir Gäste haben, sehe ich sie immer irgendwann Postkarten oder Briefe in den Kasten werfen. Wissen Sie, in einem Dorf registriert man so was automatisch. Aber ich habe nie gesehen, dass Madame Séquaris etwas einwarf ...«

»Würden Sie so nett sein, uns das genaue Datum ihrer Ankunft herauszusuchen?«

Zehn Minuten später haben Émile und Torrence die gewünschte Auskunft.

»Der 6. Juni, mein Herr. Genau ein Tag, bevor ...«

Torrence ist ganz aufgeregt und sieht Émile neugierig an.

»Ich wäre dankbar, wenn Sie mir sagen könnten, wie Sie auf diese Spur gekommen sind und wie ...«

»Es gibt keine Spur«, fällt ihm Émile ins Wort. »So viel kann ich sagen. Ich gehe, ich komme. Ich weiß genauso viel wie Sie. Da! Ihr Kollege, Inspektor Bichon. Fragen Sie ihn doch, damit wir Zeit gewinnen, wer diese Madame Séquaris ist. Er muss ausführliche Informationen über alle Leute haben, die hier wohnen.«

Als Torrence Inspektor Bichon befragt, zwinkert der ihnen zu.

»Sie sind nicht die Ersten, die daran denken! Zu einfach, meine Herren ... Die Dame, die einen Tag vor den beiden Raphaël Parains hier eingetroffen ist, nicht? Aber erstens, wenn sie etwas mit dem Fall zu tun hätte, hätte sie keinen Grund hierzubleiben. Zweitens, sie kann die beiden alten Männer nicht erdrosselt haben, denn beide sind durchaus noch kräftig gewesen. Und schließlich wissen wir ziemlich viel von ihr. Diese Dame, die in der Gegend geboren wurde ...«

»Eigenartig, dass niemand sie zu kennen scheint.«

»Erstens, weil ihre Eltern nicht vom Land kamen, sondern eine Villa gekauft hatten, ein paar Kilometer von Moret entfernt. Zweitens, weil sie Frankreich schon als Kind verlassen hat. Sie sehen, wir sind im Bilde ... Madame Séquaris hat lange in Südamerika gelebt, dort arbeitete sie als Haushälterin in einer reichen Familie. Nach einem Trauerfall kehrte sie nach Frankreich zurück, und jetzt erholt sie sich hier.«

»Hat sie ihren Mann verloren?«

»Genau. Sie war übrigens erst seit Kurzem verheiratet. Ihr Mädchenname ist – wenn Sie es unbedingt wissen wollen – Gélis, Irène Gélis … Und jetzt bleibt mir nur noch, Ihnen viel Glück zu wünschen, meine Herren. Ist es nicht eine gute alte Sitte, dass Privatdetektive die Trampel von der Polizei alt aussehen lassen?«

Dazu grinst er und entfernt sich hochzufrieden.

»Beziehen Sie das auf sich?«, fragt Torrence gut gelaunt.

Es ist kein Fall für ihn, das zeigt sich an seiner Trägheit. Als würdiger Schüler Maigrets liebt er Ermittlungen, in denen man mit Starrköpfigkeit und gelegentlicher Härte weiter kommt als mit Scharfsinn. Zudem lässt ihn die sommerliche Atmosphäre von Moret schwerfällig werden. Am liebsten würde er den ganzen Tag auf der Terrasse verbringen, die Hemdsärmel aufgekrempelt, mit der Pfeife im Mund und einem Glas Landwein vor sich.

»Ich frage mich«, seufzt Émile, »was man im Gras verschwinden lassen kann … Und ich will wissen, ob diese Witwe mit dem traurigen Blick morgen dasselbe Uferstück erkundet oder ob sie ihre Nachforschungen woanders fortsetzt …«

Der dritte Mitarbeiter der Agence O, Barbet, trifft etwas später ein. Er hat am Telefon detaillierte Instruktionen erhalten und lässt sich nicht anmerken, dass er seine beiden Kollegen kennt. Stattdessen hat er um neun Uhr abends angefangen, mit dem englischen Journalisten endlose Partien Billard zu spielen, und angesichts der Mengen, die sie trinken, stellt sich die bange Frage, wen der Alkohol als Erstes übermannt.

»Wenn unser Freund Norton nur genug trinkt«, bemerkt Émile.

»Warum? Glauben Sie, er wird reden?«

»Nein, aber er könnte zuschlagen, und diese Engländer können fast alle boxen. Und wie ich Barbet kenne, wird er nicht mehr lange dem Wunsch widerstehen, die Taschen seines neuen Kameraden zu durchsuchen …«

Eine Stunde später liegen Torrence und Émile im Mansardenzimmer der Kellnerin in ihren Betten. Émile hat am Ende das Eisenbett genommen, das viel zu klein gewesen wäre für den kräftigen Torrence, und dieser hat sich auf dem Boden eingerichtet.

Zwei Stunden später – Émile schnarcht bereits – ruft Torrence halblaut:

»Chef … He, Chef …«

»Ist es schon so weit?«

»Nein, nein … Psst … Stehen Sie nicht auf. Lassen Sie das Bett nicht quietschen. Warten Sie, ich schaue auf die Uhr … Halb zwei … Da sind Leute, die genau unter mir reden. Ich habe mich gefragt, was mich am Einschlafen hindert … Ich habe gehofft, es würde aufhören … Aber jetzt dauert es schon zwei Stunden. Finden Sie das normal?«

»Wer hat das Zimmer unter unserer Mansarde?«

»Aber … Um Gottes willen! Sie haben recht … Es ist diese Witwe, von der Sie mir beim Essen erzählt haben.

Diese Madame Séquaris ... Mit wem kann sie um diese Zeit nur reden? Wo sie doch den ganzen Tag kein Wort spricht?«

Als die beiden Männer am nächsten Morgen bei strahlendem Sonnenschein auf der Terrasse frühstücken, die der Wirt gerade wegen des zu erwartenden Straßenstaubs mit Wasser begießt, sehen sie überrascht, dass Barbet mit seinem Milchkaffee ihnen gegenübersitzt. Er hat ein prächtiges Veilchen und eine geschwollene Nase.

»Was habe ich Ihnen gesagt, Chef?«

Am Bordstein steht ein Fahrrad bereit. Barbet zeigt diskret darauf. Er hat es geliehen. Er hat sich ausgedacht, dass er bei Bedarf an einer Kreuzung im Wald mit seinen Chefs in Verbindung treten kann. Torrence fährt mit dem kleinen Auto hin. Émile zieht es vor, am Flussufer spazieren zu gehen.

Bald trifft er auf Madame Séquaris, würdiger und trauriger denn je, die wie am Vortag die Grashalme zu ihren Füßen absucht.

Aber sie ist nicht mehr an der alten Stelle, sondern etwas weiter weg, als hätte sie das Ufer in Abschnitte eingeteilt und sich vorgenommen, jeden Tag einen anderen Abschnitt zu erkunden.

III

Wo ein Gentleman auf geheimnisvolle Weise gerade dann verschwindet, als seine vertraulichen Mitteilungen Folgen haben

Émile war nach Moret zurückgekehrt. Während er auf das Mittagessen und auf Torrence wartete, spazierte er die Dorfstraße entlang. Was hatte sich an diesem Morgen in dieser ihm schon vertrauten Straße eigentlich verändert? Es gibt solche Momente, in denen einen irgendetwas irritiert und man doch nicht sagen kann, was es ist.

Eine Viertelstunde verging, und Émile dachte an etwas anderes, als er sich an die Stirn schlug.

»Norton!«

Er hatte Norton an diesem Morgen noch nicht gesehen, obwohl der Journalist sonst meistens draußen zu sehen war. Émile erkundigte sich im Écu d'Or und im Cheval Pie, wo sich der englische Journalist zu dieser Stunde gewöhnlich aufhielt und bereits eine nicht geringe Menge Wein vertilgt hatte.

»Stimmt, wir haben ihn heute Morgen nicht gesehen!«, sagte Emma. »Auch wenn er einen Rausch hatte, ist er immer früh aufgestanden, und der schwere Kopf hat ihn nicht davon abgehalten weiterzutrinken.«

Émile steuerte nachdenklich auf das kleine Landhaus

zu, in dem der Engländer ein Zimmer gemietet hatte. Es war ein ärmliches Haus mit nur einem Stockwerk, umgeben von einem blühenden Garten. Eine Frau putzte die Küche, in der es dämmrig und frisch war.

»Sagen Sie, Madame, wissen Sie vielleicht, wo Monsieur Norton ...«

»Richtig ... Das habe ich mich auch gerade gefragt. Stellen Sie sich vor, ich habe ihn heute Morgen noch nicht gesehen. Als ich ihm sein Frühstück brachte, war niemand in seinem Zimmer, und das Bett war unbenutzt. Aber ...«

Die gute Frau schwieg, als hätte sie schon zu viel gesagt.

»Aber?«, fragte Émile beharrlich.

»Nichts ... Nur so ein Gedanke ...«

Émile hatte eine Idee.

»Ich weiß, was Sie sagen wollten. Monsieur Norton war heute Morgen nicht in seinem Zimmer ... sein Bett war unbenutzt, *und doch* hatten Sie den Eindruck, gestern Abend gehört zu haben, dass er zurückgekommen ist, nicht?«

»Ja, Sie haben recht ...«

»Wie spät war es?«

»Sehr spät. Gegen Morgen ...«

»Würden Sie mir erlauben, einen Blick in sein Zimmer zu werfen? Haben Sie keine Angst. Ich werde nichts anfassen. Und Sie sind ja auch da ...«

Das Zimmer war im Erdgeschoss. Es ging nach hinten hinaus, und man kam durch eine Tür direkt in den Garten. In einer Ecke ein großer Lederkoffer – verschlossen, wie Émile feststellte. Die Toilettengegenstände standen noch auf einer Kommode. Auf einem Bügel hing ein Anzug aus Tweed.

»Ich danke Ihnen, Madame. Ich hoffe, dass Monsieur Norton bald zurückkommt. In der Zwischenzeit rate ich Ihnen, niemanden in dieses Zimmer zu lassen.«

Eine Viertelstunde später traf Torrence im Écu ein, wo ihn Émile erwartete.

»Nichts Besonderes«, erklärte der Ex-Inspektor der Kriminalpolizei. »Unser Barbet und der Engländer haben zusammen getrunken, gestern Nacht, unzählige Glas Wein und auch Schnaps. Norton schien betrunken zu sein, als sie beide auf die Straße gingen, um sich die Beine zu vertreten. Genau in diesem Moment hat Barbet am wenigsten erwartet, dass sein neuer Freund ihm eine linke Gerade und einen rechten Haken ganz kalt mitten ins Gesicht verpasst.«

»Barbet hat nicht versucht, seine Taschen zu durchsuchen, wie er es sonst so gern tut?«

»Er sagt Nein. Allerdings ist er danach schlauer gewesen. Statt zurückzuschlagen, hat er sich fallen lassen und blieb eine gute Weile auf dem Boden liegen. So konnte er beobachten, dass der Engländer, der glaubte, er hätte ihn sich vom Hals geschafft, in aller Eile in das Écu zurückkehrte. Sie hatten schon geschlossen, aber er schlich sich durch den alten Stall ins Haus und klopfte etwas später leise an Madame Séquaris' Tür. Das ist alles. Und bei Ihnen, Chef?«

Émile zuckte verdrießlich die Schulter.

»Er ist verschwunden!«, seufzte er.

»Norton? Wie? Wohin? Er hatte kein Auto ... Wenn er Moret verlassen hat, muss er den Zug genommen haben ...«

Es dauerte nicht lang, bis sie erfuhren, dass der im ganzen Dorf bekannte Engländer keinen Zug genommen hatte. Er hatte sich auch nicht an eine Garage gewandt, um ein Auto zu mieten. Er besaß kein Fahrrad, und es gab auch niemanden, der ein Fahrrad vermisste.

Die beiden Männer hatten ihr Mittagessen beendet – sie hatten an diesem Tag eine vollständige Mahlzeit bekommen –, als eine Angestellte des Postamts anrief und Torrence verlangte.

»Die Antwort auf das Radiogramm ist gekommen, das Sie nach Tahiti schickten ... Bitte kommen Sie ...«

Der Polizeichef von Tahiti antwortete auf die Fragen von Torrence, der sich darüber ärgerte, dass es ihn zweiunddreißig Franc pro Wort kostete.

Raphaël Parain, Abreise 26. April mit Passagierschiff Ville de Verdun, geplante Ankunft 5. Juni Marseille. Stopp. Alter vierundsechzig, mittelgroß, Hautfarbe weiß, Haare weiß, besondere Kennzeichen: keine.

Es war heiß an diesem Tag. Torrence hatte zum ersten Mal den Eindruck, dass Émile den Faden verloren hatte.

»Und? Was haben wir davon? Welcher von beiden ist es? Nach den Fotos und den Polizeiberichten waren sie beide ungefähr fünfundsechzig, hatten weiße Haare und helle Haut ... Wie sollen wir herausfinden, welcher der echte war?«

»Vielleicht waren sie beide nicht echt?«, schlug Émile vor, ohne zu lächeln.

»Immerhin, wenn er am 5. in Marseille ankam, hatte er gerade genug Zeit, um am 7. Juni in Moret zu sein ...«

Émile machte sich nicht die Mühe zu antworten. Eine Stunde blieb er auf der Terrasse des Écu sitzen und kaute an seiner nicht angezündeten Zigarette. Zweimal musste er den Platz wechseln, weil die Sonne zu stark wurde, und Torrence verlor allmählich die Geduld.

»Na schön!«, äußerte der hochgewachsene, rothaarige junge Mann endlich. »Jetzt müssen wir uns um die Kosten kümmern. Ein paar Hundert Franc, nicht? Kommen Sie mit auf die Post ...«

Dort bat er um eine Verbindung – bitte dringend – mit den *Daily News* in London. Inspektor Bichon, der gerade seine Briefe abholte, sah die beiden Detektive verblüfft an und entfernte sich rasch, wahrscheinlich, um seinem Chef von der Begegnung zu erzählen.

Émile sprach englisch. Im Nu hatte er die Redaktionssekretärin der Londoner Zeitung am Telefon.

»Können Sie mir sagen, ob Sie seit gestern etwas von Ihrem Mitarbeiter William Norton gehört haben?«

»Norton? Seit einem Monat haben wir nichts gehört.«

»Einen Moment ... Bitte legen Sie nicht auf. William Norton gehört doch Ihrer Redaktion an?«

Es gab ein spürbares Zögern am anderen Ende der Leitung.

»Mit wem spreche ich, bitte?«

»Hier ist die Agence O. Norton ist gerade verschwunden. Vielleicht ist er Opfer eines Anschlags geworden ... Wir kümmern uns um diesen Fall ...«

»William Norton arbeitete für unsere Redaktion, aber er sollte nur große Reportagen liefern. Vor über einem Jahr hat er Europa verlassen, um eine lange Reise auf die pazifischen Inseln zu machen. Wir wissen noch nicht, wann er zurückkommt, aber sein letztes Telegramm kam aus Panama ...«

»Wann hat er es abgeschickt?«

»Warten Sie ... Bleiben Sie am Apparat ...«

Es dauerte ziemlich lang. Émile hatte genug Zeit, um ein gutes Viertel seiner Zigarette zu verschlingen, und bei dem bitteren Geschmack des Tabaks schnitt er eine Grimasse.

»Hallo? Es ist vom 16. Mai. Er kündigt nur seine Rückkehr in naher Zukunft an, ohne zu sagen, welches Schiff er nimmt ...«

»Ich danke Ihnen ... Ich halte Sie auf dem Laufenden. Können Sie mir beschreiben, wie er aussieht?«

Die Beschreibung war ungenau, stimmte aber mit dem überein, was sie kannten.

»Eine letzte Frage ... Hat er viel getrunken?«

»Viel zu viel.«

Er war es also.

»Na also«, murmelt Émile, als er auflegt. »Wenn Sie jetzt die Reederei anrufen, bin ich sicher, man wird Ihnen antworten, dass die Ville de Verdun am 15. Mai in Panama einen Zwischenstopp einlegte ... Mit anderen

Worten, Norton und der berühmte Raphaël Parain waren auf demselben Schiff ...«
»Seltsam, dass er hier behauptet hat, aus England zu kommen, um diesen Bericht zu schreiben ...«
Émile fand es nicht nötig, darauf zu antworten. Aber etwas später seufzte er:
»Meine Güte, Chef, ich glaube, wir müssen uns noch einmal in Unkosten stürzen ...«
In Wahrheit war es sein Geld, das er ausgab, denn er war Besitzer und gleichzeitig Direktor der Agence O. Aber Torrence war gleichermaßen berechtigt, sich um die geschäftliche Seite der Firma zu kümmern, dafür bekam er am Jahresende auch einen beträchtlichen Prozentsatz des Gewinns.
»Die Reederei Messageries Maritimes in Paris wird uns die Auskünfte nicht geben können, die ich brauche. Aber ihre Niederlassung in Marseille muss die Dokumente haben ... Verlangen Sie also die Messageries in Marseille.«
Noch nie hatte die Angestellte des Postamts von Moret in so kurzer Zeit so viele so teure Anrufe tätigen müssen.
»Hier ist Marseille, mein Herr ...«
»Die Messageries? ... Geben Sie mir die Auskunftsstelle für Passagierschiffe in Ozeanien ... Ja ... Danke ... Hallo? ... Sie müssen die Passagierliste der letzten Fahrt der Ville de Verdun haben ... Was sagen Sie? ... Ja ... Ich möchte gern wissen, ob sich bestimmte Personen an Bord befanden ... Zuerst ein gewisser Raphaël Parain ... Wie? ... Selbstverständlich ...«

Der Angestellte am anderen Ende der Leitung fragte aufgeregt, ob es sich um denselben Parain handelte, der in Moret in diesen rätselhaften Fall verwickelt war. Während er in einem benachbarten Raum die Papiere heraussuchte, erklärte Émile, mit dem Hörer am Ohr, seinem Kollegen:

»Ich hatte schon so etwas vermutet. Die Ville de Verdun ist nur kurz in Marseille geblieben und sofort weitergefahren ... Der Kapitän und die Offiziere, die Parain während der Überfahrt kennenlernten und die also wussten, dass er jetzt in Frankreich ist, sind auf See und haben die Zeitungen nicht gelesen ... Hallo? ... Ja ... Wie bitte? Kabine 2 ... Wie? ... Wiederholen Sie das, denn das ist höchst interessant ... Er war krank und hat auf der ganzen Überfahrt seine Kabine nicht verlassen ... Das ist sehr wichtig, ja ... Wie Sie sagen, das erklärt, dass die anderen Passagiere seinen Namen nie gehört haben ... Einen Moment ... Das ist noch nicht alles ...

Wo Sie die Liste gerade vor Augen haben, könnten Sie mir sagen, ob auch der Name William Norton daraufsteht, britischer Staatsbürger ... Gut ... Ich warte ... Wo ist er an Bord gegangen? ... In Tahiti? ... Legen Sie nicht auf, bitte ... Aber nein, Mademoiselle, ich bin noch nicht fertig ...

Hallo? Ein letzter Name ... Irène Séquaris ... S, wie Simon ... Ja ... Sie sehen ihn nicht?«

Émile sah auf einmal verärgert aus.

»Warten Sie, mein lieber Herr ... Ich bitte Sie, bleiben Sie noch einen Moment am Apparat ...«

Er wandte sich an Torrence:

»Erinnern Sie sich an ihren Mädchennamen? Ich glaube, Sie haben ihn sich aufgeschrieben …«

Torrence suchte schon in seinem Notizbuch.

»Gélis …«

»Hallo? Könnten Sie bitte nachsehen, ob sich eine Frau oder ein Fräulein Gélis auf der Passagierliste befindet?«

Er wischte sich den Schweiß von der Stirn, denn die Telefonkabine war überhitzt.

»Wie? Ja? Warten Sie …«

Er stieß einen triumphierenden Schrei aus.

»Sie ist auch in Tahiti an Bord gegangen? Und in Panama ausgestiegen? Hören Sie, mein lieber Herr … Ich weiß, Sie haben nicht viel Zeit, aber Sie können sich nicht vorstellen, wie wertvoll diese Auskünfte für mich sind … Wäre es möglich, dass Sie mir noch sagen, ob diese Dame eine Fahrkarte nach Panama oder nach Marseille hatte?«

Die Antwort kam nach ein paar Sekunden.

»Marseille …«

»Ich habe noch eine Frage. Sie helfen mir, wertvolle Zeit zu gewinnen … Ich nehme an, Sie haben die Fahrpläne aller französischen und ausländischen Schiffslinien? Ich bin hier in einem Dorf, wo ich keinerlei Informationen bekommen kann. Seien Sie bitte so liebenswürdig nachzusehen, ob es am 15. oder 16. Mai ein anderes Passagierschiff gab, das von Panama aus nach Europa fuhr.«

»Das wird drei, vier Minuten dauern.«

»Das Gespräch wird schließlich nicht umsonst geführt!«, sagt Torrence seufzend. »Wenn man schon einmal eine Sache um ihrer selbst willen tut ...«

»Hallo? ... Was sagen Sie? ... Die Stella Polaris? ... Was ist das genau für ein ... Ein schnelles norwegisches Schiff auf dem Heimweg nach einer Weltumrundung, mit Luxuspassagieren an Bord ... Ja ... Und welchen Hafen sollte es in Europa zuerst anlaufen? ... Wie? ... Liverpool, am 3. Juni? Ich danke Ihnen ... Ja, das ist jetzt wirklich alles ... Ach! Ich verstehe Ihre Neugier, aber ich bin so verwirrt, dass ich Ihnen nicht antworten kann ... Mit dem besten Willen, nein, es ist unmöglich ... Ja ... Danke ... Seien Sie bitte so freundlich, mir diese Auskünfte schriftlich zu bestätigen ... Torrence, Direktor der Agence O, poste restante, in Moret-sur-Loing ...«

Als Émile aus der Telefonkabine kam, war sein Gesicht rot angelaufen wie ein Hahnenkamm, und er hatte das Bedürfnis, vor der Tür ein paarmal tief Luft zu holen, bevor er das Telefonat bezahlte.

Torrence war ein wenig gekränkt und brummte:

»Vermutlich werden Sie jetzt das erste Schiff nach Tahiti nehmen?«

»Das wäre gar nicht so dumm! Leider dauert es etwas zu lange ... Und zudem dürfte alles, was uns an Tahiti interessiert, im Moment nicht weit von Moret entfernt sein. Ich frage mich, Chef, ob ich nicht langsam Kopfweh kriege und ob es nicht besser wäre, wenn wir irgendwo im Schatten ein Glas Bier trinken könnten ...«

In der Nähe der Terrasse stießen sie auf Madame Séquaris, die dabei war, ein Blatt Papier nach dem anderen mit den dicht gedrängten Zeilen ihrer Handschrift zu bedecken.

»Zwei Halbe ...«, sagte Torrence der Bedienung.

»Sehen Sie, Chef, es war klar, dass diese beiden Männer, die niemand identifizieren konnte, von weit her kamen ...«

»Warum sagen Sie ›die beiden‹? Nach allem, was wir wissen, war nur ein einziger Raphaël Parain an Bord ... Das heißt, von den zwei Leichen hier ist einer der echte und einer der falsche Raphaël Parain.«

»Glauben Sie?«

Torrence biss sich auf die Lippe und antwortete nicht. Es gab Momente, in denen ihn sein Kollege Émile, vor allem, wenn er so ein harmloses und unschuldiges Gesicht machte, wirklich zur Verzweiflung bringen konnte.

»Morgen früh werden wir die komplette Passagierliste erhalten, mit allen Informationen, die die Reederei uns über sie geben kann ... Was mir daran am wenigsten gefiel, ist, dass diese Madame Séquaris *vor* dem 7. Juni in Moret eingetroffen sein soll. Ich dachte noch nicht an Tahiti ... Ich wusste nicht, dass die französische Linie recht langsam ist, wegen der unterschiedlichen Schiffe, die sie einsetzen, und dass es mit ein wenig Glück möglich war, in Panama ein schnelleres Schiff zu finden, für das Ende der Reise ... In Liverpool kann man das Flugzeug nehmen ... Sehen Sie! Es gäbe ein ganz einfaches Mittel, um zu beweisen, was wir herausgefunden haben ... Wenn Madame Séquaris mit dem Flugzeug angekommen ist, dürfte es in ihrem Zimmer nur wenig

Gepäck geben, aber jetzt ist sie schon einen Monat hier und verfügt offenbar über genug Sachen, um lange zu bleiben. Wie wäre es, wenn Barbet, während wir sie im Auge behalten, ihrem Zimmer einen kleinen Besuch abstatten würde?«

Torrence stand auf und ging, und als er nach einer Weile wiederkam, gab er zu verstehen, dass Barbet bereits oben war. Die junge Frau schrieb noch immer, und wenn sie von Zeit zu Zeit den Kopf hob, bedachte sie die beiden Männer mit einem gleichgültigen Blick.

Plötzlich hörte man Lärm. Ein Mann kam die Treppe hinuntergelaufen und durchquerte mit vorquellenden Augen den Gastraum.

»Patron! Patron!«, rief er voller Angst.

Madame Séquaris fuhr zusammen. Sie brauchte einen Augenblick, um auf die Füße zu kommen.

»Patron! Schnell! Da oben … Eine Leiche …«

Émile war mit einem Satz bei der jungen Frau, die ihre Papiere zusammenraffte und offenbar vorhatte, den Ort des Geschehens zu verlassen.

»Einen Moment, Madame.«

»Aber, mein Herr, Sie haben nicht das Recht …«

»Ob ich das Recht dazu habe oder nicht, ich verbiete Ihnen jede weitere Bewegung … Torrence! Los …«

Alles ging drunter und drüber. Die Neugierigen auf der Terrasse des Écu d'Or sprangen alle auf einmal auf.

»Ich bitte Sie, mein Herr …«, stotterte Madame Séquaris. »Sie wissen nicht, was Sie …«

»Ist es Norton?«, fragte Émile leise.

Er hatte ihren Arm genommen und hielt sie eisern fest. Sie nickte.

»Haben Sie …«

Er sah, dass Tränen ihre Lider schwellen ließen.

»Sie sind ein Teufel«, murmelte sie. »Ich begreife nicht, wie Sie …«

Der Wirt hielt die Neugierigen am Fuß der Treppe auf. Geneviève war aus dem Haus gerannt, um die Polizei zu holen. Inspektor Bichon kam mit wichtiger Miene angelaufen und rief:

»Gehen Sie weiter, bitte! Was ist hier los? Setzen Sie all diese Leute vor die Tür …«

Schließlich kam Torrence zurück und teilte Émile mit:

»Norton …«

»Ich weiß …«

»Vergiftet …«

»Wie?«

Émile betrachtete die junge Frau mit durchdringendem Blick. Sie senkte die Augen.

»Man hat ihn in den Schrank gestopft. Und dann die Tür zugeschlossen. Barbet konnte dem Impuls nicht widerstehen, seine Fähigkeiten an dem Schloss zu erproben.«

Dann kam Inspektor Bichon herunter. Wütend stürzte er sich auf Torrence.

»Sie!«, schrie er. »Erklären Sie mir bitte, welche Rolle Sie in dieser Sache spielen … Vergessen Sie nicht, dass Sie schon eine ganze Weile nicht mehr der Polizei angehören … Wenn ich Ihre Anwesenheit hier toleriert habe, dann …«

Torrence wusste nicht, was er ihm entgegnen sollte. Aber Émile sagte leise und mit seiner gewohnten Liebenswürdigkeit:

»Es macht Ihnen doch nichts aus, Herr Inspektor, sich dieser Dame anzunehmen?«

»Ich danke Ihnen, junger Mann, aber ich brauche Ihre Ratschläge nicht. Das schlägt dem Fass den Boden aus! Wenn jeder anfangen würde, Detektiv zu spielen ...«

In diesem Moment hörte Émile zu seiner Überraschung die Stimme seiner Gefangenen, die ihm etwas ins Ohr flüsterte, sehr leise und sehr schnell.

»Nur noch zwanzig Meter, die ich durchsuchen muss. In der Nähe der kleinen Steinbrücke ... Schnell! Ein Metallrohr, halb im Boden eingegraben ...«

Moret war wieder einmal in hellem Aufruhr.

IV

*Wo Émile, zweifellos größen-
wahnsinnig geworden, sich in immer
höhere Unkosten stürzt*

Die Autofahrer, die an diesem Abend durch Moret-sur-Loing fahren, müssen sich fragen, was am Flussufer vor sich geht. Scheinwerfer sind auf eine Fläche von etwa fünfzig Meter gerichtet, und in ihrem Licht sieht man Gestalten, die sich dahin und dorthin bewegen.

Émile hat mit einiger Anstrengung etwa fünfzehn Leute zusammengebracht. Die Region ist reich, und die Leute haben keine Lust, noch am späten Abend zu arbeiten. Zudem handelt es sich um eine so sonderbare Arbeit, dass sich ein paar von ihnen angesichts des rothaarigen Angestellten der Agence O mit einer unmissverständlichen Geste mit dem Finger an die Stirn tippen.

Hat Émile nicht trotz der hereinbrechenden Dunkelheit den Einfall gehabt, zwei Ochsen kommen zu lassen und sie vor eine Egge zu spannen?

Was soll denn hier umgegraben werden, lieber Himmel? Ganz zu schweigen davon, dass das Ufer steil ist und die Tiere jeden Augenblick Gefahr laufen, in den Fluss zu stürzen.

»Wenn etwas passiert, bezahle ich dafür ...«, sagt er.

Ein Kommissar hat Madame Séquaris abgeholt und nach Fontainebleau gebracht, wo mehrere Beamte wohl versuchen werden, sie zum Sprechen zu bringen.

Torrence' Gesicht verfinstert sich zunehmend. All das hat mit den guten alten Methoden, die er gewohnt ist, so wenig zu tun!

»Nicht so weit! Nicht so weit!«, schreit Émile aus Leibeskräften der kleinen Mannschaft zu, die für ihn arbeitet. Sie müssen innerhalb des mit Pflöcken markierten Terrains bleiben …

Vierzig Meter in der Länge, zehn in der Breite sollen genauestens durchsucht werden.

»Glauben Sie wirklich, dass wir etwas finden?«

Und Émile, unerschütterlich, erklärt:

»Ich bin ganz sicher.«

Um elf Uhr nachts bringt man ihm tatsächlich einen Gegenstand, den man aus der Erde gezogen hat. Er frohlockt. Der Gegenstand ist ein etwa dreißig Zentimeter langes Bleirohr. Leider enthält es absolut nichts.

»Macht weiter!«, ertönt sein Befehl.

Es ist ein außergewöhnliches Schauspiel. Neugierige bleiben stehen, um die Leute zu betrachten, die zu dieser Stunde im Licht von Autoscheinwerfern das Ufer des Loing durchwühlen.

»Wissen Sie, Chef«, vertraut Émile Torrence an, »ich habe genau dasselbe Rohrstück im Zimmer der Dame gefunden.«

»Was beweist das?«

»Vielleicht nichts? Vielleicht vieles? Ich selbst habe da so eine Idee … Dieses Stück Rohr muss sie gestern gefunden haben. Also in der Nacht, in der Norton sie besuchte …«

Die Lage ist kritisch. Jemand hat den Bürgermeister alarmiert. Er eilt herbei. Er versteht nicht, dass man sich erlaubt, das Ufer *seines* Flusses aufzugraben, ohne *seine* Erlaubnis. Émile verhandelt. Torrence tut, was er kann. Doch hätte zweifellos mit der Arbeit aufgehört werden müssen, wenn sich ihnen nicht genau in diesem Moment ein wackerer Mann genähert hätte. Es ist fast Mitternacht.

»Das habe ich gerade gefunden, Patron. Ist es das, was Sie gesucht haben?«

Noch ein Stück Bleirohr, genauso lang wie das vorherige und wie das, was man bei Madame Séquaris fand. Es gibt nur einen Unterschied. Dieses hier wurde an beiden Enden verschlossen.

»Ich glaube«, erklärt Émile, »wir können zurück in unser Gasthaus.«

Er hat die Stelle markiert, an der die zwei Rohre gefunden wurden.

Zehn Minuten später öffnet Émile in der Mansarde des Écu d'Or, in die er und Torrence sich zurückgezogen haben, mithilfe einer Zange aus dem Auto ein Ende des Rohrs.

Was er herauszieht …

»Geben Sie es zu«, knurrt Torrence, »Sie haben es gewusst …«

Aber natürlich! Émile hat es vermutet. Der Beweis ist, dass er keinerlei Überraschung an den Tag legt.

Es sind Perlen, etwa hundert prachtvolle Perlen,

eine größer, glänzender und schöner geformt als die nächste.

»Da haben wir's«, sagt er abschließend.

»Was haben wir? Sie werden doch nicht behaupten ...«

»Na ja, ich war mir nicht sicher, Perlen zu finden, aber ich war mir sicher, dass ich ein Vermögen finden würde. Da es im Pazifik aber kein Gold und keine Diamanten gibt ... Und in Tahiti, mitten im Pazifik, hat der ganze Fall seinen Anfang genommen. Es ist also nur folgerichtig, dass wir an seinem Ende Perlen finden. Was ich mich frage ...«

Er denkt lange nach.

»Es gibt eine Sache, die ich absolut nicht verstehe. Norton tot ... Aber warum hatte diese Frau ...«

»Sie meinen Madame Séquaris?«

»Ja ... Warum hatte sie immer noch Angst? Warum hat sie mir gesagt, ich solle das Ufer absuchen? Hatte Norton vielleicht einen Komplizen?«

V

Wo es um drei Bleirohre geht und um eine sehr alte Geschichte, die schlecht ausgeht

Ein Kriminalkommissar hat Madame Séquaris abgeholt. Sie sitzt dösend in einem der Büros. Bald bricht der Tag an. Viele Stunden hat es gedauert, das Loing-Ufer zu durchkämmen, und nun sind Émile und Torrence, die den ganzen Vorgang beaufsichtigt haben, voll Schmutz und Staub.

»Sie werden sehen, dass sie nichts sagen wird.«

»Im Gegenteil, ich bin davon überzeugt, dass sie uns alles erzählen wird«, sagt Émile entschieden. »Nicht wahr, Chef?«

Émile hat die Gewohnheit, den Erfolg der Agence O allein dem Ex-Inspektor Torrence anzurechnen. Es gibt Fälle, und dies ist einer davon, in denen das nicht so einfach ist, da Torrence von der ganzen verwickelten Sache noch nichts begriffen hat.

»Hier die Perlen, Madame ... Wenn mich nicht alles täuscht, haben sie einen beträchtlichen Wert. Sie werden jetzt so freundlich sein, uns einige Erklärungen zu liefern. Wir wissen bereits ein paar Dinge ... Zum Beispiel, dass Sie zur gleichen Zeit wie der echte Raphaël Parain und der englische Journalist William Norton in Tahiti ein Schiff bestiegen haben ... Dann, dass Sie vor ihnen hier eingetroffen sind, nachdem Sie die Ville de Verdun in Panama verließen und in ein schnelleres Schiff umstiegen. Dann, dass Sie jeden Tag oder fast jeden Tag Briefe in ein Nachbardorf gebracht haben, adressiert an eine Freundin ...«

Sie sieht Émile an und kann ihre Bewunderung kaum verhehlen.

»Gut ...«, erklärt sie. »Was möchten Sie wissen?«

»Wie haben Sie Raphaël Parain kennengelernt?«

»Er war mein Onkel. Unsere Familie ist immer sehr reiselustig gewesen. Mein Onkel reiste schon in seiner Jugend auf die pazifischen Inseln, und dort hat er sich so gut eingelebt, dass er erst zum Sterben wieder nach Frankreich zurückkehrte ...«

»Das war derjenige der beiden Parains, der eine Leberkrankheit hatte?«

»Nein, das war der andere. Mein Onkel kannte keinerlei Ausschweifungen, er war so gesund wie ein junger Mann. Auf Tahiti führte er ein friedliches Leben, er lebte als Privatier in einem Haus an der Lagune. Ich habe auch einen Mann aus den Kolonien geheiratet. Wir haben lange in Südamerika gelebt. Als ich Witwe wurde, bin ich zu meinem Onkel gereist, der mich bei sich aufnahm.«

Warum hat Émile das Bedürfnis, sich zu Torrence umzudrehen und zu flüstern:

»Sie sehen, wie einfach es ist!«

»Jetzt komme ich«, erklärt die junge Frau, »zu dieser hässlichen Geschichte mit den Perlen ... Ich wünschte, diese Perlen wären nie entdeckt worden. Mein Gott, wie lang ist das her! Über dreißig Jahre ... Mein Onkel war gerade in Tahiti angekommen. Er arbeitete mit einem Freund zusammen, einem Franzosen, geboren in Carcassonne, einem gewissen Hutois, auf einer Kokosplantage. Eines Tages waren sie auf den Felsen, auf der Südseite der Insel, und fanden in einer Mulde zufällig ein kleines Päckchen. Aber dieses Päckchen hatte einen enormen Wert. Es enthielt nämlich ungefähr hundert Perlen von außerordentlicher Schönheit.«

»Hier sind sie ...«

»Ja ... Ich kann mir denken ... Mein Onkel und sein Freund haben den ersten Fehler gemacht. Von wem waren die Perlen dort versteckt worden? Von einem Eingeborenen, der sie in einem Zuchtbetrieb gestohlen hatte? Von einem Abenteurer? Jedenfalls hätten sie sie den Behörden zeigen müssen, und das haben sie nicht getan. Hutois hat vorgeschlagen, nach Europa zu fahren, um über einen Verkauf zu verhandeln.«

»Und Ihr Onkel hat eingewilligt?«

»Mein Onkel war damals ziemlich naiv. Seither hat er nie mehr etwas von Hutois gehört. Bis vor Kurzem ... Wie ich Ihnen schon sagte, hat er dort unten ein ruhiges Leben geführt, er besaß alles, was er brauchte, war ohne Sorgen. Eigentlich hat er sich nur um mich Sorgen gemacht, um meine Zukunft ...«

»Wann erhielt er den Brief?«, fragt Émile, der seinen eigenen Gedanken folgt.

Sie sieht ihn erstaunt an.

»Sie kennen also die Geschichte? Vor drei Monaten hat mein Onkel wirklich einen Brief bekommen, von seinem alten Komplizen, wenn ich so sagen darf. Der Mann empfand keinerlei Reue. Anders, als man hätte erwarten können, hatte er die Perlen in Europa nicht verkauft, um sich ein schönes Leben zu machen. Nein, er war von einer Art Geiz geplagt, vielleicht noch verstärkt durch Angst. Jedenfalls lebte er bescheiden auf dem Land, kaum einen Kilometer von Moret entfernt, und begnügte sich damit, von Zeit zu Zeit eine Perle zu verkaufen, um für seine Kosten aufzukommen. In den letzten Monaten war er krank und beschloss, sein Gewissen zu erleichtern. Er flehte meinen Onkel an, ihm zu verzeihen. Er sagte, er werde sterben, aber er werde seinem Beichtvater, dem Pfarrer von Moret, noch eine Botschaft für ihn hinterlassen.«

»Aha«, erklärte Émile selbstgewiss, »das ist also die Erklärung für die beiden Raphaël Parains ...«

»In seinem Brief schrieb Hutois: ›Sie brauchen sich nur an meinen Beichtvater zu wenden und ihm zu sagen, Sie seien Raphaël Parain aus Carcassonne ... Ich habe ihm einfach meine Geburtsstadt genannt. Dieser Pfarrer, der selbst nicht weiß, worum es sich handelt, wird Ihnen sagen, wo Sie die Perlen finden ... Ich wiederhole: Er weiß nicht, worum es sich handelt, und er untersteht der Schweigepflicht, da ich während der Beichte mit ihm sprach ...‹«

»Wo haben Sie Norton kennengelernt?«, fragte Émile.

»Auf Tahiti.«

»Hat er Ihren Onkel oft besucht?«

»Ja. Er machte mir den Hof und ...«

»... er hat diesen Brief gesehen?«

»Das habe ich immer geglaubt.«

Da wendet sich Émile an den Kommissar und an Torrence.

»Meine Herren, das ist die einfache Erklärung eines scheinbar unauflösbaren Falls.«

Warum hält er dann inne, um anzufügen – wirklich ohne die geringste Spur von Ironie:

»Mein Chef, Monsieur Torrence, hat die Lösung von Anfang an geahnt. Parain erfährt auf Tahiti, dass er seine Perlen wiederbekommen kann, die er verloren glaubte. Er hat inzwischen eine Nichte, für die er sorgen muss. Er schifft sich mit ihr nach Frankreich ein ... Was ihn beunruhigt, ist, dass ein gewisser englischer Journalist, der eigentlich eine ganz andere Route fahren müsste, mit ihm an Bord geht, und Parain fragt sich, ob dieser Mann nicht sein Geheimnis entdeckt hat ...

Während der ganzen Überfahrt bleibt er in der Kabine, angeblich seiner angeschlagenen Gesundheit wegen. In Panama schickt er seine Nichte vor, auf einem anderen Schiff ...«

»Das stimmt ...«, sagt Madame Séquaris.

»Norton aber hat tatsächlich den besagten Brief gelesen und sich einen Plan ausgedacht, den er für perfekt hält ... Bei einem Zwischenstopp lernt er einen Landsmann von ungefähr fünfundsechzig Jahren kennen, weiht ihn ein und gewinnt ihn als Komplizen. Dieser Mann muss ein paar Stunden vor dem Alten in Moret eintreffen und den Priester aufsuchen, der Parain nicht kennt, dann soll er behaupten, er sei Raphaël Parain aus Carcassonne ...

Es genügt, den echten Parain auf seiner Reise ein wenig aufzuhalten. Ein paar Minuten genügen ... Ich weiß nicht, wie Norton es gemacht hat, aber ...«

»Das kann ich Ihnen sagen«, unterbricht ihn die junge Frau. »Ich wusste nicht, warum mein Onkel Norton misstraute. Sie sollten zusammen reisen. Norton hatte erzählt, dass er im Wald von Fontainebleau Verwandte hat. In Marseille ist mein Onkel in ein Flugzeug der Air France nach Paris gestiegen und nach Paris geflogen, von dort nahm er den Zug. Die beiden Parains, der falsche und der echte, sind in Moret angekommen, einer ein paar Minuten nach dem anderen, aber nachdem der falsche Parain sich dem Pfarrer vorgestellt hatte, kam mein Onkel zu mir. Ich hatte draußen auf ihn gewartet. Er bemerkte Norton, der versuchte, sich zu verstecken. Er sagte mir:

›Wenn mir etwas zustoßen sollte, ist es besser, du weißt Bescheid ... Die Perlen wirst du in einem Bleirohr finden, das am Ufer der Loing zwischen einem Holzpflock und der alten Steinbrücke in der Erde steckt. Es gibt drei Rohre. Das in der Mitte enthält den Schatz.‹«

»Sie haben es gehört, meine Herren«, schließt Émile. »In derselben Nacht hat Norton, der sich in diesem Land noch nicht niedergelassen hatte und also unbekannt war, die beiden Alten umgebracht und sich damit sowohl den echten wie den falschen Parain vom Hals geschafft ...

Er glaubte, ihm könne nichts mehr passieren. Am nächsten Tag tauchte er als Journalist wieder auf und zog keinerlei Verdacht auf sich ...

Er wollte um jeden Preis die Perlen finden ...

Er ist Madame Séquaris von morgens bis abends gefolgt ...

Im entscheidenden Moment war er entschlossen ...«

»So ist es passiert«, sagte sie. »Ich suchte jeden Tag. Ich durchforstete das Ufer. Das ging nur oberflächlich, denn ich durfte keine Aufmerksamkeit auf mich ziehen ... Gestern habe ich ein Stück Bleirohr entdeckt, und in dieser Nacht kam Norton plötzlich in mein Zimmer ...

Er wollte mit mir teilen. Er war zynisch, bedrohte mich ... Ich wusste nicht, wie ich ihn loswerden konnte. Auf meinem Nachttisch hatte ich meine Arznei zum Schlafen, denn nach all diesen Aufregungen in letzter Zeit schlief ich schlecht. Ich hatte panische Angst und war hilflos, und so habe ich eine List angewendet. Ich habe ihm vorgemacht ... Dann habe ich ihm einen Grog zubereitet ... mit der dreifachen Menge des Schlafmittels darin ... Ich wollte ihn nicht umbringen. Er hatte schon viel getrunken ...«

Torrence betrachtete aufmerksam seine Schuhspitzen.

»Es stimmt also«, fuhr Émile fort, »was mir mein Chef vor nicht einmal einer Stunde sagte. Der Grund für die Wahl des Zimmers Nummer 9 ...«

»Ein Postskriptum in Hutois' Brief«, erklärte Madame Séquaris, »riet meinem Onkel, im Gasthaus das Zimmer 9 zu verlangen, dessen Fenster auf die Stelle geht, wo der Schatz versteckt ist. Hutois war alt und krank und ängstlich. Er hat nur vergessen anzugeben, welchen Gasthof er meint ... Er machte sich das Leben schwer, weil er ständig an seinen Schatz dachte und fürchtete, er könnte gestohlen werden.«

Torrence hob den Blick. Er war so müde, dass ihm die Augen zufielen.

Als sie draußen waren, sagte Émile, der so fröhlich war, als hätte er die ganze Nacht geschlafen, in den frischen Morgen hinein:

»Eine hübsche Geschichte, Chef! *Der Weg der Perlen*, so könnte sie heißen … Und sehen Sie nur, wie lehrreich sie ist! Derjenige, der diese Perlen zuerst in Händen hatte, hatte sie in einer Mulde unter den Felsen versteckt und sie nie wiedergefunden … Von den Männern, die sie fanden, hat der eine nie gewagt, sie zu verkaufen – bis auf einige wenige, von Zeit zu Zeit –, er führte ein klägliches Leben, das er sich ebenso gut auch durch Arbeit hätte aufbauen können; und der andere hat sich weit weg von seinem geliebten Tahiti umbringen lassen … Ein Abenteurer, Norton, der hingegen sehr gern ein Leben auf großem Fuß geführt hätte, musste gerade in dem Moment die Augen für immer schließen, als er sich seinem Ziel am nächsten glaubte … Und endlich diese traurige junge Frau …«

Émile hielt träumerisch inne, kickte einen Stein aus dem Weg und fuhr fort:

»Der Staat wird diese Perlen wahrscheinlich versteigern lassen. Na ja, Chef, ich würde sie nicht kaufen. Ich weiß nicht, ob Sie verstehen, was ich meine, aber …«

Noch einige schweigende Schritte.

»Diese kleinen Dinger, die so viel Geld kosten, mehr, als ehrliche Leute in ihrem ganzen Leben verdienen, haben oft eine so tragische Geschichte! Denn schließlich kennen wir ihre Geschichte erst von dem Punkt an, an dem sie zufällig in die Hände eines gewissen Raphaël Parain und eines gewissen Hutois fielen. Aber vorher? Und was beweist es, wenn vorher …«

Die beiden Gasthäuser, eines dem anderen gegenüber, die Tische auf den Terrassen, die Kochmützen auf den Köpfen der Wirte.

»Was bedeutet das für diese Herren?«

Immerhin das zufriedene Gefühl, ein Problem gelöst zu haben, das keiner dieser Polizisten …

»Einen Kaffee, Chef …«

Und dann, ein Bett! Ein gutes Bett … Wenigstens wird es von nun an weniger Neugierige in Moret-sur-Loing geben, und man kann ruhig schlafen!

Ein Mann mit schiefer Nase und Veilchen frühstückt unter einem Sonnenschirm, und Émile seufzt:

»Wisssen Sie, Chef, wen sie für Nortons Komplizen hielt, vor wem sie Angst hatte?«

Torrence ist nicht zum Rätselraten aufgelegt. Mit düsterer Miene zählt er die Kosten all der Anrufe und Telegramme dieser Ermittlung zusammen, die nichts einbringen wird.

»Barbet! Denn Barbet ist im letzten Moment aufgetaucht und …«

»Wenn es Ihnen nichts ausmacht«, knurrt Torrence, »gehe ich jetzt schlafen.«

Deutsch von Susanne Röckel

*Der alte Mann mit
dem Drehbleistift*

I

*Wo sich Leute in einem Café auf recht
unerwartete Weise unterhalten und Émile eine
erstaunliche Hartnäckigkeit an den Tag legt*

Es war genau elf Uhr vormittags. Das Café lag an den Grands Boulevards, und von seinem Platz aus konnte Émile die elektrische Uhr an der Kreuzung zum Boulevard Montmartre sehen. Es war einer der ersten schönen Frühlingstage. Die Luft war lau, der Sonnenschein betörend, und die meisten Frauen trugen helle Farben.

Aus all diesen Gründen, und außerdem deshalb, weil es an diesem Tag in der Agence O nichts zu tun gab, hatte Émile mit den Händen in den Taschen die wenig luxuriösen Büros in der Cité Bergère verlassen.

Er dachte an nichts. Eigentlich betrachtete er nur versonnen das Glas Porto vor ihm, in dem ein Sonnenstrahl ein wahres Feuerwerk entzündete.

Wenn jemand ihn beobachtet hätte – wie er die Gewohnheit hatte, die Leute zu beobachten –, hätte er bemerkt, dass er dann plötzlich zusammenzuckte, in der Art eines Schlafenden, der gleich erwachen wird. Bei all seiner Passivität war ihm etwas aufgefallen, aber er wusste noch nicht, was es war.

»22 … 22 …«

Nanu? Diese Zahl stand nirgends geschrieben, wie drang sie dann in Émiles Bewusstsein?

»Rue Blomet 22 …«

Émile war sich sicher, dass auch niemand in seiner Nähe diese Worte gesprochen hatte. Schließlich wurde ihm auf einmal klar, welchen ungewöhnlichen Vorgang er da erlebte. Er las diese Worte nicht, er hörte sie eigentlich auch nicht, sondern er *rekonstruierte* sie.

Émile hatte zunächst eine Laufbahn bei der Marine eingeschlagen und war daher im Morsen geübt. Die Botschaft war ihm durch Morsezeichen übermittelt worden …

Er sah sich um. In kaum einem Meter Entfernung fiel sein Blick auf einen hübschen Schuh mit hohem Absatz. Und es war dieser Absatz, der mit kleinen, kurzen Schlägen den Boden traktierte. War es möglich, dass die Besitzerin des Schuhs, ohne es zu wissen, eine Botschaft übermittelte? Ungeduldiges Mit-dem-Absatz-Klopfen einer Frau ist keine Seltenheit. Es konnte Zufall sein, dass dieses wiederholte Klopfen auf dem Pflaster einen Buchstaben ergab, zwei Buchstaben des Alphabets. Aber dass es Zahlen bildeten, ganze Wörter …

Émile hob den Blick und sah staunend in das Gesicht einer jungen Person, das, im Gegensatz zur Bewegung ihres Fußes, keinerlei Ungeduld erkennen ließ.

Es war seltsam. Auf den Grands Boulevards herrschte das gewohnte vormittägliche Treiben. Für den Aperitif war es noch zu früh, doch wegen der unerwarteten Sonne waren die Straßencafés schon recht voll.

Die junge Frau saß allein an ihrem Tisch. Der erste Gedanke, der Émile in den Kopf kam, ließ ihn lächeln. Hatte er nicht einst zum Spaß seiner Freundin in Toulon das Morsealphabet beigebracht? Gewiss saß irgendwo in der Nähe ein Marineoffizier oder ein Flieger.

Genialer Einfall, sagte er sich. Wenn es eine verheiratete Frau ist, die fürchtet, ins Gerede zu kommen, ist diese Methode viel sicherer als postlagernde Briefe. Warten wir ab, wer ihr antwortet ...

Entgegen seiner Annahme sah er aber weder eine Uniform noch irgendeinen anderen Mann, der die Rolle eines jungen Liebhabers hätte spielen können.

»Rue Blomet 22«, wiederholte der Absatz beharrlich. »Dritter Stock ...«

Plötzlich ertönte eine weitere Klopf-Folge, sehr kurz, der Code, der gewöhnlich benutzt wird, um zu signalisieren: Nachricht erhalten. Diesmal wurde ein Löffel oder ein anderer harter Gegenstand benutzt, mit dem jemand in einem bestimmten Rhythmus auf eine Untertasse schlug.

Es war hinter ihm. Émile drehte sich rasch um. Doch zu spät! Er sah mindestens ein halbes Dutzend Cafébesucher. Einen Moment lang fragte er sich, ob es vielleicht der kleine Alte war, der ... Nein! Das kam ihm unwahrscheinlich vor. Dieser Mann war mindestens sechzig Jahre alt, und er trank seinen Kaffee mit völlig argloser Miene, ohne die Dame auch nur eines kleinen Blickes zu würdigen!

»Garçon!«, rief die Dame.

Und Émile rief gleichzeitig:

»Garçon!«

Es gelang ihm, schnell genug zu bezahlen und das Café zu verlassen, ohne die Unbekannte aus den Augen zu verlieren. Sie steuerte langsam auf die Oper zu und blieb immer wieder vor einem Schaufenster stehen.

Émile fragte sich, ob es nicht besser wäre, umzukehren und diese lächerliche Observation abzubrechen. Was würde Torrence sagen, wenn er ihn sähe, wie er müßig hinter einer hübschen Frau hertrottete?

Sie hatte die Oper fast erreicht, als Émile auf einmal das Gefühl hatte, dass er nicht der Einzige war, der ihr folgte. Zum dritten Mal bemerkte er diesen Hut, diesen dunklen Anzug ... Kein Zweifel! Ein weiterer Mann folgte ihr, blieb stehen, wenn sie stehen blieb, und ging weiter, wenn sie sich wieder in Bewegung setzte.

Plötzlich ... Es ging schnell, und sie machte es geschickt. Bei einer Blumenhändlerin, die mit ihrem Korb am Eingang der Metro stand, kaufte sie Blumen. Umständlich kramte sie in ihrer Handtasche nach dem Wechselgeld. Und gerade als man es am wenigsten erwartete, lief sie plötzlich schnell die Treppe hinunter.

Émile wollte ihr folgen. Jemand gab ihm einen Stoß. Der Mann mit der Melone. Das hielt sie beide ein paar Sekunden auf ...

Als sie fast gleichzeitig den Schalter erreichten, war die junge Frau außer Sichtweite, und eine Sperre verhinderte, dass sie den Bahnsteig erreichten. Die Enttäuschung des Mannes mit der Melone wirkte eher komisch, und er warf Émile einen wütenden Blick zu, während er irgendetwas murmelte. Wahrscheinlich erleichterte es ihn, ihm leise irgendetwas Böses zu wünschen.

Pech gehabt, mein Lieber, dachte Émile. Sie habe ich zwar verloren, aber nun werde ich mich eben mit deiner Wenigkeit beschäftigen.

Der Mann nahm übrigens nicht die Metro, was bewies, dass er nur in den Bahnhof gekommen war, um der Unbekannten zu folgen. Er stieg wieder hinauf zur Place de l'Opéra und sprang in einen fahrenden Bus. Émile hatte das Glück, gleich darauf ein Taxi zu erwischen.

»Folgen Sie diesem Bus.«

Der Mann stieg am Odéon aus und betrat etwas später ein ausländisches Restaurant in der Rue Monsieur-le-Prince. Es war eines jener kleinen, ausschließlich von Stammgästen frequentierten Lokale, in das ein Unbekannter nicht eintreten konnte, ohne sofort bemerkt zu werden. Gegenüber befand sich eine Weinhandlung. Dort rief Émile die Agence O an und wies Barbet an, sich sofort zu ihm auf den Weg zu machen.

Barbet, den gewisse Leute den treuen Hund der Agence O nannten, war wenig später bei ihm.

»In dem Restaurant dort drüben ist ein Mann von etwa vierzig Jahren, schwarze Haare, dunkle Augen mit dichten Brauen. Er ist klein und ziemlich beleibt. Außerdem trägt er einen dunklen Anzug und Melone. Finde mehr über ihn heraus.«

Barbet fragte nie nach den Hintergründen einer Anweisung und begnügte sich mit einem augenzwinkernden Blick zu seinem Chef.

»Ich soll mich also an ihn ranschmeißen?«, sagte er lediglich.

Denn er war lange Zeit Taschendieb gewesen und fand nicht wenig Vergnügen daran, im Zuge einer Observation den Tascheninhalt eines Beschatteten zu inspizieren.

Statt ihm eine eindeutige Antwort zu geben, zuckte Émile nur mit den Schultern, was weniger kompromittierend war.

Eine Viertelstunde später stieg Émile vor dem Haus Nummer 22 in der Rue Blomet aus dem Taxi. Es war eine Pension.

»Wie lang?«, fragte die Frau mit den strohigen Haaren und dem schlaffen Bauch, offenbar die Wirtin des Hauses.

»Das hängt davon ab … Ich bin gerade erst angekommen. Ich suche Freunde, die schon da sein müssen. Einer von ihnen hat mir Ihre Adresse gegeben.«

»Wie heißt er?«

Mist! Was soll man ihr antworten?

»Gérard … Gérard Vauquier …«

»Den haben wir hier nicht. Unsere Zimmer sind vor allem von Fremden belegt, hauptsächlich Studenten.«

»Auch Studentinnen, nehme ich an?«

»Ja, ein paar …«

»In welchem Stock hätten Sie ein Zimmer frei?«

»Ich weiß nicht einmal, ob wir ein freies Zimmer haben ... Olga! Olga!«

Ein Zimmermädchen erschien, das sich die Hände an der Schürze abwischte.

»Sie wünschen, Madame?«

»Hat Monsieur Charles schon sein Gepäck abholen lassen?«

»Ja, Madame ... Heute Morgen.«

»Ist das Zimmer fertig?«

»Ich muss nur noch das Bett machen.«

Sie wandte sich an Émile.

»Ich hätte also ein Zimmer im vierten Stock. Fünfhundert Franc im Monat, im Voraus zu zahlen.«

»Im dritten Stock haben Sie nichts frei?«

»Der dritte oder der vierte, das ist dasselbe. Alle Zimmer sind gleich. Strom, fließendes Wasser ... Es ist aber verboten, die Wäsche in den Toiletten zu waschen und Bügeleisen an das Lampenkabel anzuschließen.«

»Ich kann Ihnen versprechen, dass ...«

»Gehen Sie gleich nach oben?«

»Ich würde gern noch die Liste Ihrer Gäste sehen. Denn ich bin fast sicher, dass ein paar von meinen Freunden hier abgestiegen sind und ...«

Die Dame mit dem Drahthaar und dem schlaffen Bauch ist unerbittlich!

»Ich sagte Ihnen bereits, dass wir keinen Vauquier haben ... Olga! Zeigen Sie dem Herrn die Nummer 17 ...«

Es gab keinen Aufzug. Das Haus war alt, die Treppe schmal, mit einem rötlichen, sehr abgenutzten Teppich belegt. Wenn man schon nicht das Recht hatte, die Wäsche auf dem Zimmer zu waschen, mussten die Mieter hier dennoch ihre Mahlzeiten zubereiten, denn es roch nach Kotelett und nach Schnaps.

Olga war durchaus angenehm in ihrem schwarzen Kleid, das durch die weiße Schürze weniger düster wirkte.

»Wann werden Sie Ihre Sachen bringen?«

»Eigentlich würde ich mich gern ein, zwei Stündchen ausruhen. Ich bin die ganze Nacht gereist und habe Lust, mich langzulegen, bevor ich meinen Koffer aus der Gepäckaufbewahrung abhole. Mein Gott, die Aussicht hier ist nicht gerade überwältigend ...«

Zimmer 17 ging nur auf Dächer und auf Hinterhöfe, eng wie Kamine.

»Für fünfhundert Franc können Sie keinen Blick auf den Arc de Triomphe oder das Meer erwarten ...«

Ein ganz gewöhnliches möbliertes Zimmer. Ein Eisenbett. Linoleumboden von ungewisser Farbe. Ein Wandschirm, hinter dem sich Toilette und Bidet verbargen. Auf dem Kamin eine unechte Bronzefigur und zwei Leuchter.

»Wenn Sie jetzt bezahlen möchten ...«

Sei's drum! Es war teuer, aber es ging nicht anders, und Émile war unbändig neugierig. Er bezahlte die fünfhundert Franc und legte einen Schein von fünfzig dazu, um Olga milde zu stimmen.

»Warten Sie, ich mache gleich Ihr Bett ...«

Und sie ging zu einem Schrank am Ende des Gangs, um Laken und Bezüge zu holen. Kurz darauf war Émile allein.

Um zwei Uhr am Nachmittag war Émile immer noch in der Rue Blomet, und er hatte sich nicht einmal die Zeit genommen, zu Mittag zu essen.

Es war nicht gerade besonnen gewesen, was er getan hatte. Er hatte sich Hals über Kopf in ein Abenteuer gestürzt und versteifte sich darauf, etwas herauszufinden, obwohl es aller Wahrscheinlichkeit nach nichts herauszufinden gab.

Er hatte schon ein paar Ausflüge in die Gänge des Hauses unternommen. Die Mittagsstunde war eine günstige Zeit, denn die meisten Mieter aßen offenbar auswärts. Er bemerkte, dass viele von ihnen ihre Türen nicht verschlossen, was es ihm erlaubte, sich einige Zimmer anzusehen.

Das rief ihm die Zeit in Erinnerung, als er selbst möbliert wohnte. Die Fotos hinter Glas, viele von Frauen, aber auch von Eltern. Auf einigen Tischen Gesetzbücher oder medizinische Lehrwerke. Die Wirtin hatte nicht gelogen: Das Haus war vor allem von Studenten bewohnt.

Große Koffer trugen ausländische Klebeschilder. An der Garderobe schäbige Mäntel, abgetragene Hüte. Manchmal wurden an der Garderobe nicht Kleider aufbewahrt, sondern Käse- oder Wurstreste, Brotkanten, eine Orange, eine Banane.

Doch eine Sache war gewiss: Die junge Frau vom Boulevard Montmartre hatte ganz deutlich diese Nachricht weitergegeben:

»Rue Blomet 22 ... Dritter Stock ...«

Und sie konnte diese Nachricht nur an jemanden gerichtet haben, der mit ihr in dem Café und sogar ganz in ihrer Nähe gesessen hatte.

Wenn man sich die Mühe macht, statt einer einfacheren Mitteilungsart Morsezeichen zu benutzen, muss man den Eindruck haben, überwacht zu werden.

Daher Émiles Schluss:

Die Dame wollte jemandem etwas Wichtiges mitteilen, ohne dass eine dritte Person, die sie überwachte, es merkt.

Doch Émile wusste auch, dass der Mann mit der Melone, ihr Verfolger, nicht im Café gesessen hatte. Folglich war die Nachricht nicht an ihn gerichtet gewesen.

»Oh, Pardon. Entschuldigung, Madame …«

Er hatte an irgendeine Tür im dritten Stock geklopft. Eine Stimme mit deutlichem ausländischen Akzent hatte ihn hereingebeten. Und er sah sich einer jungen Frau gegenüber, die an einem kleinen Tisch Croissants aß und dabei büffelte.

»Es tut mir leid, dass ich Sie störe. Ich bin neu im Haus und habe gerade gemerkt, dass ich meine Streichhölzer vergessen habe …«

Ohne Überraschung stand sie auf, nahm eine Schachtel Streichhölzer vom Kamin und fragte:

»Welche Fakultät?«

»Ich … Ich bin kein Student. Ich bin wegen der Arbeit in Paris und nur ganz zufällig …«

»Ach!«

Er spürte, dass er sie, da er kein Student war wie sie, nicht mehr interessierte.

»Ich werde Ihnen die Schachtel wiederbringen.«

»Sie können sie behalten ... Ich habe ein Feuerzeug.«

Diese vortreffliche junge Frau – nach Émiles Einschätzung musste sie Rumänin sein – ahnte nicht, dass ihr Nachbar keinerlei Skrupel gehabt hätte, ihr Zimmer gründlich zu durchsuchen, wenn sie nicht anwesend gewesen wäre.

»Es sind fünf Zimmer auf jeder Etage«, überschlug Émile etwas später, »die Dame mit dem redseligen Absatz hat ausdrücklich den dritten Stock erwähnt ... Zwei habe ich schon gesehen und ...«

Am Ende des Gangs gab es eine Tür ohne Nummer. Émile erinnerte sich, dass die entsprechende Tür auf der darüber liegenden Etage zu dem Wandschrank gehörte, aus dem Olga die für ihn bestimmte Bettwäsche genommen hatte. Er drehte den Griff. Die Tür war abgeschlossen.

Er ging wieder in den vierten Stock hinauf und stellte fest, dass die Tür des Wandschranks zwar auch ein Schlüsselloch besaß, aber nicht abgeschlossen war.

»Versuchen wir es trotzdem.«

Er hatte Hunger. Er sagte sich:

»Wenn ich in einer Viertelstunde nichts entdeckt habe, höre ich auf. Dann habe ich eben fünfhundert Franc umsonst ausgegeben ... Oder fünfhundertfünfzig ...«

Wenn eine abgeschlossene Tür für Émile kein Hindernis darstellte, so deshalb, weil ihm Barbet dank seines unrühmlichen Vorlebens ein paar wertvolle Instruktionen hatte geben können. Gewandt wie ein Einbrecher bediente er sich eines hübschen Dietrichs, den er immer bei sich trug, und nach nur ein paar Sekunden gab die Tür des Wandschranks nach.

»He! Was ist das ...«, rief er unwillkürlich und wich zurück.

Ein regloser Körper war ihm in die Arme gefallen.

Auf seinen Schrei hin kam die junge Studentin aus ihrem Zimmer und fragte, mit dem angebissenen Croissant in der Hand:

»Was machen Sie da?«

»Wie Sie sehen, versuche ich das hier loszuwerden ...«

Es gelang ihm, den Leichnam auf den Boden zu legen. Die Studentin war offenbar nicht übermäßig sensibel. Ganz ruhig trat sie näher und beugte sich hinunter.

»Na, so was ... Das ist Monsieur Saft! Was hat er denn im Besenschrank zu suchen?«

Wirklich bemerkte man in dem offenen Wandschrank noch allerlei Besen und Eimer.

»Ich würde sagen, er ist tot ...«, fuhr sie fort.

»Er ist schon kalt ...«, brummte Émile.

»Rufen Sie nicht die Polizei? Armer Monsieur Saft!«

»Sie kannten ihn?«

»Vom Sehen. Er wohnte neben mir. Ich frage mich, warum jemand ihn in den Wandschrank gestopft hat. Woran ist er gestorben?«

Eine große Wunde in der Brust zeigte unmissverständlich, dass Monsieur Saft an einem Messerstich gestorben war.

»Sagen Sie, Mademoiselle, dieser Mann ist ungefähr fünfunddreißig Jahre alt. Ich nehme also an, er war kein Student ...«

»Ich weiß nicht.«

»Hat er schon lange hier gewohnt?«

»Zwei Monate vielleicht ... Ich kannte ihn ein kleines bisschen, weil er wie Sie zwei oder drei Mal bei mir klopfte und nach Streichhölzern fragte ...«

»Hat er viel Besuch gehabt?«

»Glauben Sie nicht«, wiederholte sie, »dass es besser wäre, die Polizei zu rufen?«

»Würden Sie so freundlich sein, das zu tun?«

Sie zögerte. Offenbar war sie dem neuen Mieter gegenüber, der, kaum angekommen, schon so außergewöhnliche Entdeckungen machte, etwas argwöhnisch geworden, denn bevor sie hinunterging, sperrte sie ihr Zimmer ab. Das gab Émile Zeit genug, Monsieur Safts Taschen zu durchsuchen. Er fand keine Brieftasche. Nur ganz gewöhnliche Dinge, eine Packung Zigaretten, Streichhölzer, ein Taschentuch und drei Bleistiftstummel.

Olga kam in aller Eile die Treppe hoch.

»Was erzählt sie da? Monsieur Saft ist ...«

»... ermordet worden, ja, Mademoiselle.«

»Wie kann es sein, dass Sie diesen Wandschrank geöffnet haben?«

»Warum fragen Sie mich das? War er denn sonst immer verschlossen?«

»Nie ... Das ist es ja! Vorhin, als ich die Zimmer machte, wollte ich einen Besen herausnehmen. Die Tür war verschlossen, und der Schlüssel steckte nicht im Schloss. Ich dachte schon, dass einer der Herren mir einen Streich spielen wollte. Das tun sie ziemlich oft.

Ich habe den Besen vom ersten Stock genommen und nicht mehr darüber nachgedacht ...«

»Hat gelegentlich jemand bei Monsieur Saft übernachtet?«

»Das hat die Chefin nicht erlaubt. Wir sind ein seriöses Haus und ...«

»Waren tagsüber Freunde bei ihm?«

»Vielleicht ... Ich weiß es nicht. Am Tag achtet man nicht darauf. Leute kommen und gehen ...«

Auch die Wirtin kam nun die Treppe hoch, ihre Fettpolster zitterten wie Gelatine, und hinter ihr erschienen ein Streifenpolizist und die Studentin, die ihr Croissant nicht losgelassen hatte.

»Sie behaupten also, dass er tot ist ...«, murmelte der Polizist mit den Händen am Koppel.

»Sie können sich selbst davon überzeugen.«

»Junger Mann, was ich gern wissen würde, ist, mit welchem Recht Sie ihn aus diesem Wandschrank herausgeholt haben ... Es ist Ihnen doch klar, dass es in solchen Fällen absolut nicht erlaubt ist.«

»Er ist auf mich gefallen«, sagte Émile leise.

»Soso! Er ist auf Sie gefallen! Und sonst, was hatten Sie in diesem Wandschrank zu suchen? Gehören Sie zum Personal des Hauses?«

»Wenn es Ihnen nichts ausmacht, Sergent, werde ich diese Frage den Herren der Kriminalpolizei persönlich beantworten, die Sie unverzüglich zu Hilfe rufen sollten ...«

»Einen Moment! Falls Sie vorhaben, sich zu verdrücken, wenn ich Ihnen den Rücken zukehre ...«

Émile musste ihm ins Büro folgen, und während der Polizist mit seinen Vorgesetzten telefonierte, behielt er ihn scharf im Auge und fuhr auf, sobald er auch nur eine Bewegung machte.

»Während wir warten, betrachten Sie sich als Gefangener. Und bitte, Ihre Papiere … Ich wüsste gern, ob Sie sich wenigstens ordentlich ausweisen können.«

Selbstverständlich hatte Émile wie die meisten anständigen Leute seinen Ausweis nicht bei sich. Und es würde schwer sein, ihn sich noch vor dem Eintreffen der Kriminalpolizei zu beschaffen. Olga brachte ihm ein Sandwich, das sie in einem Feinkostgeschäft um die Ecke gekauft hatte.

»Erlauben Sie mir wenigstens, dass ich einen Anruf tätige?«

»Wen wollen Sie anrufen?«

»Die Agence O …«

»Ha, ha! Sie denken also schon an Ihre Verteidigung, da Sie sich an die Agence O wenden?«

Schließlich durfte Émile doch telefonieren. Torrence war zufällig im Büro.

»Ist Barbet noch nicht zurück? Er hat nichts ausrichten lassen? Gut! Hören Sie, Chef. Sie müssen so schnell wie möglich in die Rue Blomet 22 kommen. Ja … Ob das so wichtig ist? Ich sage Ihnen, wenn Sie in ein paar Minuten nicht hier sind, werde ich die Nacht wahrscheinlich in einer Zelle verbringen.«

Unterdessen hatte der Polizist ein wissendes Lächeln aufgesetzt und strich sich munter über seinen Schnurrbart.

II

Wo ein kleiner junger Mann, klug und bescheiden, die Fragen der Großen höflich beantwortet, ohne allerdings die ganze Wahrheit zu sagen

Hatte die Natur vorgesehen, was der Zufall aus Émile machte, nämlich einen der außerordentlichsten Detektive, die es je gab? Wenn ja, war die Natur eine gute Fee, denn sie hatte ihn mit einem bewundernswert alltäglichen Körper ausgestattet. Lang und mager, schien er alterslos zu sein, und obwohl schon über dreißig, kam er einem immer noch vor wie ein ganz junger Mann, der gerade als Lehrling in irgendein Kontor eingetreten ist. Außer seinen roten Haaren und seinen Sommersprossen hatte Émile keinerlei besondere Kennzeichen.

Und er bemühte sich sorgfältig, durch sein Verhalten die Harmlosigkeit seines Äußeren zu unterstreichen. Er trug Kleider von der Stange in neutralen Farben und schien die Leute ständig um Verzeihung dafür zu bitten, dass er sie störte.

Um drei Uhr am Nachmittag, mitten in der hellen Aufregung, die die Pension in der Rue Blomet vom Erdgeschoss bis zum Dach erfüllte, schien er von den Ereignissen derart überfordert zu sein, dass man Mitleid mit ihm hatte. Ein Mann vom Quai des Orfèvres sagte sogar zu Torrence, der als der große Chef der Agence O galt:

»Wie kamen Sie bloß darauf, sich so einen unfähigen Mitarbeiter auszusuchen!«

Und Torrence verkniff sich ein Lächeln und antwortete ausweichend:

»Was wollen Sie … Ein Freund hatte ihn mir empfohlen, und da konnte ich nicht Nein sagen …«

Die Staatsanwaltschaft traf ein. Kommissar Lucas und ein halbes Dutzend Inspektoren und Spezialisten vom Erkennungsdienst verwandelten die Pension in einen wimmelnden Bienenstock. Schließlich wurden die nach und nach eintreffenden Mieter trotz ihrer Proteste im Speisesaal im Erdgeschoss versammelt, wo man sie daran hinderte, das Gebäude zu verlassen.

In Monsieur Safts Zimmer befand sich nun das Hauptquartier, und dort wandte sich der Staatsanwalt an Émile.

»Man hat mir gesagt, junger Mann, dass Sie die Leiche entdeckt haben. Außerdem habe ich erfahren, dass Sie ein Angestellter der Agence O sind, mit der wir eigentlich immer gute Beziehungen hatten … Nun würde ich gern wissen, warum Sie heute hier waren und ob Sie diesen Wandschrank ganz zufällig geöffnet haben …«

Émile murmelte wie ein guter Schüler, der seine Lektion aufsagt:

»Ich saß in einem Café und hörte plötzlich eine gemorste Nachricht …«

»Was meinen Sie? In einem Café? Sie hörten, dass jemand mit einem Funkgerät …«

»Nein. Es war eine junge Frau, die mit ihrem Absatz morste ... Und jemand hat ihr geantwortet, indem er mit einem Löffel oder einem anderen metallischen Gegenstand auf einen Unterteller klopfte ... Die junge Frau hatte nur ›Rue Blomet 22, dritter Stock‹ gemorst, und als sie aufstand, bin ich ihr gefolgt.«

Die Herren von der Staatsanwaltschaft sahen sich skeptisch an, und Lucas hatte das Bedürfnis, zum Zeichen seiner Missbilligung zu husten. Er warf auch Torrence einen finsteren Blick zu, wie um zu sagen:

Schön! Die Agence O macht sich wieder mal über uns lustig.

Doch Émile fuhr mit sanfter Stimme fort:

»Jemand anders ist ihr auch gefolgt, ein Mann mit Melone. Als wir in der Metrostation Opéra hinter der Frau herrannten, sind wir zusammengestoßen, was uns einige Sekunden gekostet hat. Da ich meine Unbekannte nicht mehr finden konnte, bin ich hierhergefahren ... Ich wollte wissen, was es in der Rue Blomet 22 Besonderes gab. Ich weiß, ich hätte meinen Chef um Erlaubnis fragen müssen und mich nicht leichtsinnigerweise in Unkosten stürzen dürfen, denn ich musste ein Zimmer mieten und im Voraus bezahlen ...«

»Und dann fiel es Ihnen einfach ein, diesen Wandschrank zu öffnen?«, sagte der Staatsanwalt ohne Überzeugung.

»Es war das Letzte, was mir einfiel. Ich gebe zu, dass ich schon fast alle Zimmer durchsucht hatte ...«

»Sind Sie gewaltsam eingedrungen?«

»Nein, die Schlüssel steckten.«

»Sonst wissen Sie nichts?«

Émile wollte lieber nicht über Barbets Auftrag sprechen. Statt direkt zu antworten, stand er also plötzlich auf und betrachtete den Leichnam, den man inzwischen auf den Tisch seines Zimmers gelegt hatte.

»Ich bemerke ein Detail ...«, sagte er. »Aber diese Herren – er zeigte auf Lucas und seine Inspektoren –, haben es sicherlich schon vor mir bemerkt ... Entschuldigung ...«

»Wovon sprechen Sie?«

»Ach, es ist ganz unbedeutend. Sehen Sie diese Schuhe ... Sie sind fast neu. Die Sohlen fast unbenutzt. Und doch sind die Spitzen völlig abgeschabt. Ich erinnere mich, wenn ich als kleiner Junge an der Mauer entlangkletterte, um bei unserem Nachbarn Äpfel zu stehlen ...«

Die Herren konnten angesichts von so viel Naivität nur müde lächeln.

»Ich erinnere mich also, dass damals die Spitzen meiner Schuhe genauso abgeschabt waren. Monsieur Saft muss in letzter Zeit eine Kletterpartie unternommen haben. Es war eine Backsteinmauer. Sehen Sie, da sind noch Spuren von Backstein an den Abschürfungen der Haut, was beweist, dass es noch nicht lange her ist ... Aber Kommissar Lucas wird Ihnen besser sagen können als ich, was daraus zu folgern ist ...«

Etwas später trat Émile diskret an Torrence heran.

»Entschuldigen Sie, Chef ... Es gibt nur ein Telefon im Haus. Der Apparat steht im Büro. Könnten Sie die Wirtin fragen – sie mag mich nicht besonders –, ob einer der Mieter ihn seit gestern Abend benutzt hat?«

Die Antwort war negativ. Keiner der Mieter hatte telefoniert. Sie vergewisserten sich dessen noch einmal, indem sie die Zentrale anriefen, die es bestätigte.

Das Resultat der gründlichen Durchsuchung des Zimmers, in dem sich Monsieur Saft in den letzten zwei Monaten fast täglich aufgehalten hatte, war recht enttäuschend. Die Abwesenheit von Büchern bewies, dass er kein Student war, obwohl er sich als solcher ins Gästeregister eingetragen hatte.

Er hatte hinzugefügt: *Geboren in Warschau. Angereist aus Warschau.*

Aber wie kam es, dass man weder einen Reisepass noch sonst ein Ausweisdokument fand? Stattdessen lag in einem Fach des Kleiderschranks eine Brieftasche mit zweitausend Franc und etwas Kleingeld.

»Bekam Ihr Mieter oft Post, Madame?«

»Nicht hier, Monsieur … Ich glaube, er ging zur Post, um seine Briefe abzuholen, wie es viele Studenten tun.«

Aber wenn er zur Post ging, brauchte er einen Ausweis!

Im Spiegelrahmen steckten zwei Fotografien, eine von einer Frau mit weißen Haaren und eine von einem etwa fünfzigjährigen Mann, der vor einem Laden stand, einem Schneidergeschäft offenbar.

»Ich kann Sie doch hier allein lassen, Chef?«, fragte Émile Torrence. »Ich muss noch ein, zwei Sachen in der Gegend erledigen.«

Er schlich sich nach draußen, drängte sich durch die Reihen der Neugierigen und war bald im Postamt, wo er am Schalter für die postlagernden Sendungen seinen Ausweis zückte.

»Erhalten Sie Briefe oder Anweisungen für einen gewissen Monsieur Saft aus Warschau?«

Die Antwort war negativ. Statt daraufhin bei allen Postämtern von Paris sein Glück zu versuchen, vertraute Émile lieber auf seine Intuition. Da es sich um einen Polen handelte, warum sich nicht an die Polnische Botschaft wenden?

In der Botschaft verwies man ihn an eine Abteilung in der nächsten Etage. Dort ließ man ihn fast eine Stunde in einem überhitzten Zimmer warten, in dem Émile vor Ungeduld fast platzte.

Schließlich wurde er von einem Mann im Cut, der aussah, als käme er direkt von einer Modenschau und hätte noch nicht genug Zeit gehabt, seine Kleider der Alltagsluft auszusetzen, auf eisige Weise empfangen.

»Sie haben den Namen von Monsieur Saft erwähnt. Dürfte ich Sie fragen, welche Umstände dazu geführt haben, dass die von Ihnen repräsentierte Agence O sich mit diesem Herrn beschäftigt?«

»Monsieur Saft ist tot.«

»Ich nehme an, das ist nicht der Grund ...«

»Verzeihen Sie ... Monsieur Saft ist gestern Abend ermordet worden. In diesem Moment befindet sich die Staatsanwaltschaft in seinem Zimmer in der Rue Blomet. Man hat keine Papiere bei ihm gefunden, kein Dokument, keinerlei Hinweis, und mein Vorgesetzter, der frühere Polizeiinspektor Torrence, dachte, dass es vielleicht hier ...«

»Sie erlauben?«

Der Mann verschwand hinter einer gepolsterten Tür, und wieder herrschte eine Stunde lang Schweigen. Als die Tür sich erneut öffnete, erschienen zwei Herren, gekleidet nach dem Modell des ersten, nur dass einer von ihnen, der Wichtigere offenbar, ein schwarzes, seidengefüttertes Jackett über seiner gestreiften Hose trug.

»Ich glaube, mein Herr … Pardon, ich kenne Ihren Namen nicht …«

»Émile.«

»Ich glaube, Monsieur Émile, es handelt sich um eine sehr triviale Sache, um die sich die Justiz nicht lange kümmern wird. Ich nehme an, die Agence O versteht sich darauf, diskret zu agieren … Ich werde mich also damit begnügen, Ihnen zu sagen, wie ich es der Staatsanwaltschaft auch gerade mitteilte, dass Monsieur Saft ein polnischer Polizeibeamter ist.

Glauben Sie jetzt bitte nicht, dass es um Spionage geht oder um irgendwelche anderen mehr oder weniger diplomatischen Angelegenheiten.

Monsieur Saft gehörte der Kriminalpolizei von Warschau an. Er war nur ein einfacher Beamter. Als er herkam, hatte er einen Auftrag, wahrscheinlich sollte er der Spur irgendeines Verbrechers folgen. Wenn man uns über seine Anwesenheit unterrichtet hat, so nur deshalb, weil er durch einen unserer Mittelsmänner seine Post empfing und abschickte.

Das ist alles, Monsieur. Monsieur Émile, sagten Sie? Im Übrigen danke ich Ihnen für Ihre Mitteilung …«

Émile war ganz verunsichert, als ein achtunggebietender Amtsdiener ihn durch die Gänge der Botschaft zum Eingang zurückführte, und auf der Straße angekommen, war er ganz kleinlaut geworden.

»Anders gesagt«, übersetzte er in gutes Französisch: »Mischen Sie sich nicht in Dinge ein, die Sie nichts angehen, junger Mann ...

Taxi! He! Taxi ... Rue Blomet 22 ...«

Zwei Stunden hatte er durch Warten verloren, doch die Herren befanden sich immer noch an Ort und Stelle, denn man war inzwischen dazu übergegangen, Zeugen zu vernehmen. Als er eintrat, runzelte der Staatsanwalt die Stirn.

»Wo kommen Sie jetzt her?«, fragte er, da er angeordnet hatte, niemanden hinauszulassen.

»Ich bitte um Verzeihung, Herr Staatsanwalt ... Hat man Sie noch nicht angerufen?«

»Warum sollte mich jemand anrufen?«

»Um Ihnen die Identität von Monsieur Saft mitzuteilen ... Ich bin sicher, dass jeden Moment ...«

Da wurde der Staatsanwalt auch schon ans Telefon gerufen. Als er zurückkam, sah er besorgt aus und bedachte Émile mit einem eigenartigen Blick.

»Lassen Sie bitte alle hinausgehen, Herr Kommissar ... Ja, auch Ihre Leute ... Und Sie bleiben, junger Mann.«

»Und ich?«, fragte Torrence verblüfft.

»Wenn es sein muss, bleiben auch Sie hier. Ich hoffe, die Agence O wird diskret genug sein ...«

»Das habe ich bereits zugesagt«, bestätigte Émile.

»Wem? Das frage ich mich gerade ... Wie konnten Sie

wissen, dass der Generalstaatsanwalt persönlich mich anruft?«

»Ich bitte um Verzeihung. Es war eine Idee, die Monsieur Torrence vorhin hatte. Da es sich um einen Polen handelte und niemand etwas über ihn wusste, sagte er mir: ›Émile, fragen Sie doch mal in der Polnischen Botschaft, ob er nicht zufällig …‹«

Als die beiden Männer das Gebäude verließen, lief die Wirtin hinter Émile her.

»Da ich jetzt weiß, wer Sie sind, nehme ich an, dass Sie Ihr Zimmer nicht behalten?«

»Doch, doch, Madame … Doch …«

Und beim Weitergehen erklärte er, wenn auch mit einer gewissen Verlegenheit, seinem Kollegen Torrence:

»Es gab da eine rumänische Studentin. Wissen Sie, Chef, dass diese Rumäninnen wirklich hübsch sind?«

»Wohin gehen wir«, knurrte Torrence, statt zu antworten.

»Ich weiß nicht …«

»Was haben Sie Barbet am Telefon aufgetragen?«

»Er sollte dem Mann mit der Melone folgen. Anders, als ich es der Polizei gegenüber angab, hatte ich seine Spur nicht verloren und bat Barbet, die Observation fortzuführen … Er ist der Einzige in dieser ganzen Geschichte, an den wir uns noch halten können.

Die junge Frau wiederzufinden wäre ein unverhoffter Glücksfall. Umso mehr, als ich ihre Schuhe und ihren Rücken, den ich bei der Beschattung vor mir hatte, besser kenne als ihr Gesicht … Ich könnte nicht sagen, welchem Milieu sie angehört. Eine Ausländerin wahrscheinlich ... Sie war elegant, doch auf diese etwas aggressive Weise, wie es Ausländerinnen in Paris oft sind, weil sie die Pariserinnen ausstechen wollen. Eine Frau von Welt? Vielleicht ... Eine Abenteurerin? Wirklich, ich weiß es nicht ...«

»Jedenfalls«, sagte Torrence, als hätte er das gerade erst herausgefunden, »kennt sie das Morsealphabet ...«

»Ich sehe schon die Anzeige in den Zeitungen«, sagte Émile voller Ironie: »›Gesucht: Hübsche Frau, wahrscheinlich Ausländerin und vielleicht in Abenteuer verwickelt, die das Morsealphabet kennt und Krokoschuhe mit sehr hohen und spitzen Absätzen trägt.‹ Aber Scherz beiseite, es gibt noch jemanden, den ich gern wiederfinden würde, was vielleicht auch nicht einfacher ist. Je mehr ich darüber nachdenke ... Wissen Sie, Chef, heute Morgen habe ich vielleicht den größten Fehler meiner ganzen beruflichen Laufbahn gemacht ...«

Torrence sah ihn erstaunt an.

»Wer war wichtiger? Die Person, die die Nachricht schickte, oder diejenige, die sie empfing? Die Absenderin der Nachricht spielte vielleicht nur eine Nebenrolle, sie war vielleicht nur ein Zwischenglied. Die- oder derjenige, der sie empfing dagegen ... Er wusste, was diese Adresse bedeutet, denn er hat keine Erklärung verlangt. Also wusste er auch, dass Saft getötet werden sollte. Vielleicht hat er den Befehl dazu gegeben? Jemand muss ihm über einen Auftrag Bericht erstattet haben, einen Einsatz ... Würde es Ihnen etwas ausmachen, mir ein Bier zu spendieren, Chef? Stellen Sie sich vor, diese Leute von der Botschaft lassen trotz der schönen Sonne immer noch die Heizung laufen ... Meine Kehle ist wie ausgedörrt.«

Sie setzten sich in ein Straßencafé am Boulevard Saint-Michel, wo sie inzwischen angelangt waren, gegenüber dem Jardin du Luxembourg.

»Ich weiß nicht, warum ich dieser Dame gefolgt bin – vielleicht, weil es immer angenehmer ist, eine Frau zu beschatten –, warum ich aber denjenigen, der die Nachricht erhalten hat, nicht beachtet habe. Und je mehr ich darüber nachdenke ... Es ist seltsam ... Ich sehe das Café von heute Morgen so deutlich vor mir wie eine Fotografie. Hinter mir saßen drei Diamantenhändler, die über ihr Gewerbe sprachen. Am Tisch neben ihnen eine Frau vom Land mit ihrem Sohn, sie hat ihm zum ersten Mal Paris gezeigt. Ich erinnere mich sogar an ein paar Sätze ihrer Unterhaltung.

›Gibt es viele Zusammenstöße?‹, fragte das Kind.

›Vielleicht hundert am Tag. Vielleicht wirst du sogar noch einen Unfall sehen.‹ Sie vermutete wahrscheinlich nicht, dass bald etwas passieren würde, was viel schlimmer war als ein Verkehrsunfall ...

Wo war ich? Bei dem alten Herrn, der allein am Tisch saß ... Natürlich ... Er glich so sehr dem typischen kleinen Rentner, er schien so glücklich zu sein, dass er noch lebte und in der warmen Sonne seinen Kaffee trinken durfte! Also, wenn ich noch einmal anfangen könnte, würde ich diesem Mann folgen. Vor allem, weil ich immer wieder an ein Detail denken muss ... Er hatte eine Zeitung und einen Drehbleistift vor sich auf den Tisch gelegt. Jemand, der mit dem Morsealphabet nicht so vertraut ist, läuft Gefahr, wichtige Wörter falsch zu verstehen oder durcheinanderzukommen. Wenn man aber auf dem Rand einer Zeitung mitschreibt ...«

Die Abendzeitungen verkündeten bereits die Entdeckung der Leiche eines Unbekannten in einem Wandschrank in der Rue Blomet, noch ohne über Einzelheiten zu berichten.

»Und auch morgen werden sie nichts Näheres darüber sagen«, sah Émile voraus. »Sie werden die Anweisung erhalten, Stillschweigen zu bewahren. Wenn Sie diese beiden Herren in der Botschaft gesehen hätten ...«

Auf dem Tisch lagen drei Brioches, und Émile aß sie ganz allein und bestellte danach noch ein Bier.

»Alles in allem ist es einfach. Vielleicht zu einfach ... Monsieur Saft, polnischer Polizist, folgt irgendwelchen Kriminellen nach Paris. Es ist anzunehmen, dass die Sache wichtig ist, denn er arbeitet schon zwei Monate daran ... Und es ist keine alltägliche Angelegenheit, denn er setzt sich, anders als üblich, nicht mit der französischen Polizei in Verbindung.

Gestern oder vorgestern unternimmt Monsieur Saft eine Klettertour ... Wo ist er da eingestiegen? Was hat er gesucht? Hat es gefunden? Jedenfalls wird er wenig später ermordet. Und in seinem Zimmer nichts Nennenswertes ...

Was denken Sie, Chef?«

Und Torrence, der es als einstiger Polizeiinspektor nicht mochte, aus reiner Liebhaberei zu arbeiten, um der Sache selbst willen, seufzte, ohne zu hoffen, dass sein eigentlicher Chef auf ihn hörte:

»Ich denke, dass uns das definitiv nichts angeht. Niemand hat uns mit diesem Fall beauftragt. Ich glaube sogar, dass die Botschaft Sie gebeten hat ... Hm! Und dass der Staatsanwalt ebenfalls wünscht, wir würden unsere Aktivitäten anderswohin verlegen.«

»Das ist verdammt stark ...«, murmelte Émile, als hätte er nichts gehört.

»Was ist verdammt stark?«

»Diese Frau, die sich ganz ruhig in ein Café an den Grands Boulevards setzt und mitten unter den Gästen ihrem Vorgesetzten von einem Mordanschlag berichtet. Aber ich denke ...«

Émile strahlte.

»Wenn sie sich noch dieses Systems bedient haben, als sie schon wussten – als wenigstens sie wusste –, dass Saft tot ist ...«

»Was ist dann?«

»Dann deshalb, weil andere sie vielleicht überwachten ... Nicht nur Saft war ihnen auf den Fersen. In diesem Fall frage ich mich, ob unser Barbet nicht gerade ...«

Er beendete den Satz nicht.

»Rufen Sie im Büro an, Chef ... Fragen Sie, ob Barbet etwas hat ausrichten lassen. Es kommt selten vor, dass er einen ganzen Nachmittag lang keine Möglichkeit findet, sich zu melden ...«

Es vergingen keine zehn Minuten, bis sie den Bericht von Barbet hören konnten – übermittelt von Mademoiselle Berthe, die seinen Anruf erhalten hatte.

Der Mann mit der Melone bleibt bis zwei Uhr nachmittags an seinem Tisch. Dann geht er zu Fuß, in aller Ruhe, wie jemand, der gut gegessen hat, in Richtung … Rue Blomet.

Als er auf der Höhe des Hauses Nr. 22 ist, eilt ein geschäftiger Polizist in Begleitung einer Frau hinein.

Laut Barbet ist der Mann mit der Melone weniger erstaunt als beunruhigt. Eine halbe Stunde geht er in der Umgebung des Hauses auf und ab, wobei er darauf achtet, sich nicht in unmittelbarer Nähe der Nummer 22 sehen zu lassen.

Eintreffen der Kriminalpolizei und der Staatsanwaltschaft. Eine Gruppe Neugieriger bildet sich. Der Mann mischt sich vorsichtig unter sie und hört einen recht phantastischen Bericht über die Entdeckung der Leiche. Es wird kein Name genannt, aber laut Gerücht handelt es sich bei dem Ermordeten um einen polnischen Studenten. Der Mann begibt sich daraufhin zu Fuß zu einem kleinen, komfortablen Hotel am Boulevard Montparnasse. Da es in der Nähe des Bahnhofs liegt, herrscht ein ständiges Kommen und Gehen.

»Hier ist Ihr Schlüssel, Monsieur Vladimir.«

»Ist mein Freund Sascha oben?«

»Ich weiß nicht … Sein Schlüssel hängt nicht am Brett.«

Barbet zieht es vor, keine Fragen zu stellen, doch etwas später hat er sich in den zweiten Stock geschlichen, wo der Mann mit der Melone in einem Zimmer verschwunden ist. Es ist das Zimmer 13.

Zehn Minuten vergehen, da verlässt ein Mann Zimmer 15, das Nebenzimmer. Barbet hat gerade genug Zeit, sich in eine Ecke zu zwängen.

Der Mann, der die Treppe hinuntergeht, ist blond, sein Anzug ist hellgrau, sein Hut ebenfalls von heller Farbe, und er trägt einen eleganten Übergangsmantel über dem Arm.

Glücklicherweise sieht Barbet ihn von hinten und von etwas weiter oben. Hätte er ihm gegenübergestanden, hätte er sich vielleicht getäuscht. Vorher hatte er eine Narbe im Nacken des Mannes mit der Melone bemerkt, wahrscheinlich der Überrest eines Furunkels. Und nun die gleiche Narbe, genau die gleiche ...

»Warten Sie!«, ruft die Frau an der Rezeption. »Ihr Freund Vladimir ist gerade hochgegangen.«

»Ich habe ihn gesehen, danke.«

Der Mann hat sich also in einen eleganten Touristen verwandelt, der allerdings nicht mehr in den Straßen flaniert. Er springt in ein Taxi. Barbet hat das Glück, gleich darauf ein anderes zu finden.

Beide Taxis halten vor dem Bristol, einem Luxushotel am Boulevard Malesherbes.

Der Portier erkennt den Reisenden und grüßt ihn.

»Guten Tag, Monsieur Gorskine.«

Er geht durch die Drehtür. Barbet, der den Namen gehört hat, bleibt draußen. Er macht ein paar Schritte, zieht einen Umschlag aus der Tasche.

»Für Monsieur Gorskine, bitte ...«

»Ich werde einen Pagen bitten, ihm Ihre Nachricht zu bringen. Er ist gerade zurückgekommen.«

»Ich soll sie ihm persönlich übergeben.«

»Zimmer 543, fünfter Stock …«

Barbet geht ein wenig in den Gängen des Hotels spazieren und kommt wieder an die Rezeption zurück, wo man keinerlei Verdacht geschöpft hat. Sein Anruf endet mit den Worten:

»Ich bin gegenüber, im Vieux Beaujolais. Vielleicht sollte jemand vorbeikommen, um sich das einmal anzuschauen?«

Émile hat regungslos zugehört.

»Sie, Chef, Sie machen einen Ausflug zu dem kleinen Hotel an der Gare Montparnasse.«

Torrence knurrt. Er wird es also tun!

»Und Sie?«

Es ist recht spaßig, wie der rothaarige Émile nun, bescheiden, wie er ist, mit leiser Stimme sagt:

»Ich werde den Mann von Welt geben.«

Und es stimmt. Als er aus der Wohnung am Boulevard Raspail tritt, in der er mit seiner Mutter lebt, sieht er genauso elegant aus wie all die anderen jungen Herren mit Pomade im Haar, die ihr Leben in den noblen Bars von Paris verbringen.

III

Wo deutlich wird, dass die Lobby eines Luxushotels sich für unerwartete Zusammenkünfte eignet, und Émile sich für seine Verwandlung in einen Gentleman beglückwünscht

Als Émile sein Taxi vor dem Bristol anhalten ließ, konnte er die vertraute Gestalt Barbets mit struppigen Haaren hinter der Scheibe des Vieux Beaujolais erkennen. Bevor der Wagenmeister des Hotels herbeieilte, flüsterte er dem Taxifahrer zu:

»Gehen Sie in die Bar gegenüber und sagen Sie dem unrasierten Mann am Fenster, dass Émile ihm empfiehlt zu bleiben, wo er ist.«

Der Taxifahrer ist ein wenig erstaunt, aber er hat schon ganz andere Sachen erlebt.

»In Ordnung, mein Herr.«

Émile scheint sich im Bristol genauso wohlzufühlen wie in den ganz und gar nicht eleganten Büros der Agence O. Er ist absichtlich ohne Gepäck gekommen. Wieder versucht er es mit der Masche, die er an diesem Morgen schon einmal angewendet hat, und es zeigt sich, dass die Leute am Empfang von Luxushotels weniger argwöhnisch sind als Pensionswirtinnen.

»Sagen Sie … Ich werde wahrscheinlich einige Zeit bei Ihnen verbringen. Aber vorher muss ich wissen, ob meine Freunde schon eingetroffen sind. Darf ich einen Blick auf Ihre Gästeliste werfen?«

Es ist Kaminstunde, auf die bald das Abendessen folgen wird. Der Mann an der Rezeption kann sich kaum vor den Bitten und Fragen retten, die in allen Sprachen der Welt auf ihn einprasseln, und ist froh, Émile loszuwerden, indem er ihm nur die Mappe mit allen Namen und dazugehörigen Zimmernummern reicht.

543 ... Serge Gorskine ... aus Warschau kommend ...

»Sagen Sie ... Ist Monsieur Gorskine schon lange hier?«

»Seit drei Tagen, mein Herr. Soll ich Sie verbinden? Gerade jetzt ist er in seinem Zimmer.«

»Sind Sie sicher?«

»Absolut sicher! Vorhin hat jemand ihm sogar noch eine Nachricht gebracht. Und vor ein paar Minuten hat Monsieur Gorskine mich angerufen, weil er wollte, dass ich die Abendzeitungen zu ihm hinaufschicke ...«

»Ist seine Frau bei ihm?«

»Ich wusste nicht, dass er verheiratet ist. Nein ... Er ist allein hier.«

Der Rezeptionist antwortet einem Engländer auf Englisch, einer Deutschen auf Deutsch. Émile bleibt zögernd vor der Theke stehen, aber plötzlich sagt er entschlossen:

»Verbinden Sie mich bitte.«

»Kabine Nummer 2.«

Welchem Impuls ist Émile gefolgt? Er wäre nicht fähig, es zu sagen. Es ist bei ihm ein Prinzip, sich dieser ersten Regung niemals entgegenzustellen. Wenn er es doch getan hat, hat er es jedes Mal bereut.

»Hallo! Hallo ...«

Als er den Hörer abnimmt, verliert er die Lobby des Hotels nicht aus den Augen, die er durch die gläserne Scheibe der Kabinentür sieht.

»Hallo? Monsieur Gorskine?«

»Nein, mein Herr, hier ist die Vermittlung. Monsieur Gorskine nimmt nicht ab ... Ich versuche es noch einmal ...«

Doch Émile hört schon nicht mehr zu. Er ist aus der Kabine gesprungen, und im nächsten Augenblick ist er bei einer jungen Frau, die stehen bleibt wie vom Blitz getroffen.

»Guten Tag, Mademoiselle Dora ...«

Hat sie ihn erkannt? Jedenfalls macht sie eine Sekunde später eine Bewegung zur Tür hin – doch dann wird ihr bewusst, dass sie dem aufdringlichen Menschen nicht entkommen kann. Sie bemüht sich, die Fassung wiederzugewinnen, zu lächeln.

»Es kommt mir vor, als hätte ich Sie schon mal irgendwo gesehen ...«, murmelt sie, während ihre Brust noch von der heftigen Gefühlsbewegung bebt.

»Erst heute Morgen, Mademoiselle. In Ihrem reizenden Studentenzimmer in der Rue Blomet ... Erinnern Sie sich? Sie haben Croissants gegessen und dabei für die Uni gelernt.«

Tatsächlich handelt es sich um die hübsche Rumänin vom Morgen, die aus dem Aufzug und folglich aus einem der oberen Stockwerke des Hotels kam und sich anschickte, die Lobby zu durchqueren, als Émile in der Kabine telefonierte.

Sie macht noch einen Versuch, Émile loszuwerden.

»Sie werden mich entschuldigen«, sagt sie leise, »ich habe es sehr eilig und …«

»Ich bin davon überzeugt, Mademoiselle, dass Sie es gar nicht so eilig haben und durchaus einen Moment mit mir plaudern können.«

»Meinetwegen!«

»Ich möchte Ihnen nur sagen, dass Ihnen, sobald Sie hinausgehen, ein Polizeibeamter die Frage stellen wird, woher Sie kommen …«

Der Bluff gelingt. Sie reißt die Augen auf.

»Unmöglich …«, murmelt sie.

»Wollen Sie einen Beweis? Gehen wir hinaus, machen wir ein paar Schritte zusammen. Oder nein … Gehen Sie nur bis zur Tür. Zeigen Sie sich nicht allzu deutlich. Sehen Sie, in der kleinen Bar gegenüber … Ein unrasierter Mann, der mit der Nase an der Scheibe klebt und den Eingang überwacht. Er hat nicht nur Ihre Beschreibung, sondern auch die der Person, die Sie gerade besucht haben.«

Der gute Barbet! Er ahnt nichts von dem Dienst, den er seinem Chef gerade erwiesen hat.

»Und Sie?«, fragt die junge Frau.

»Mit mir ist es etwas anderes … Ich gehöre nicht der Polizei an, das müssen Sie gemerkt haben, als in der Rue Blomet ermittelt wurde.«

»Warum sind Sie hier?«

»Und Sie?«

»Ich bin gekommen ...«

Ihre Augen sind voller Angst, ihre Finger krampfen sich um den silbernen Verschluss ihrer Handtasche.

»Ich habe jemanden besucht. Aber mit welchem Recht fragen Sie mich das? Ich bin jung ... Vielleicht habe ich eine Affäre ... Glauben Sie, es hilft mir ...«

»Sind Sie sicher, dass Sie einen Mann besucht haben?«

Er hat diese Frage aufs Geratewohl gestellt, und er spürt, dass es die richtige ist. Die junge Frau hat jetzt noch viel mehr Angst als vorher.

»Lassen Sie mich, ich flehe Sie an! Ich habe nichts Schlechtes getan ... Ich muss gehen ... Kommen Sie mit mir, wenn Sie wollen.«

»Wohin?«

»*Egal wohin* ...«

Ein Wort zu viel, Mademoiselle! Wenn Sie auf den Gedanken gekommen wären, irgendeine Adresse anzugeben, hätte Émile sich vielleicht täuschen lassen und wäre Ihnen gefolgt, während er Gorskine, von Barbet bewacht, zurückgelassen hätte. Doch jetzt versteht er, dass es Ihnen vor allem darauf ankommt, ihn aus dem Bristol zu entfernen.

»Setzen Sie sich zuerst einen Moment, ja?«, sagt Émile und zeigt auf die tiefen Sessel, die in der Lobby verteilt sind.

»Ich beschwöre Sie!«

Zu spät! Der Aufzug, der ohne Unterlass hinauf und hinunter fährt, hat gerade wieder einmal im Erdgeschoss haltgemacht. Eine Frau tritt heraus, mit einem höchst eleganten Köfferchen in der Hand.

Émile erkennt sie auf den ersten Blick. Es ist die Unbekannte von diesem Morgen, dieselbe Dame, die in einem Café an den Grands Boulevards die Nachricht morste, die die ganze Sache in Gang setzte.

Im ersten Moment ist nichts Ungewöhnliches an ihr. Der Mann von der Rezeption ist schon bei ihr.

»Hier ist Ihre Fahrkarte nach Amsterdam. Ihr Gepäck ist aufgegeben. Ich rufe ein Taxi und ...«

Da sieht sie die junge Rumänin. Sie reißt die Augen auf. Die andere versucht, ihr verständlich zu machen, dass sie diesen Ort sofort verlassen muss.

»Guten Tag, Madame ...«

Émile ist näher getreten. Ein wenig wirkt er wie ein Dirigent, der überwältigt ist von den vielen Instrumenten, mit denen er es zu tun bekommt. Er kann nicht überall gleichzeitig sein. Er kann nicht gleichzeitig die Rumänin und die Unbekannte mit dem Köfferchen im Auge behalten und sich außerdem noch um Gorskine kümmern, der zwar den Telefonhörer nicht abnimmt, aber dennoch das Hotel offenbar noch nicht verlassen hat.

Wie am Morgen muss er sich entscheiden, und zwar schnell, und dieses Mal darf er nicht mehr den Fehler machen, der falschen Spur zu folgen.

Ist dieses Köfferchen die richtige Spur? Enthält es mehr als die gewöhnlichen weiblichen Toilettenartikel? Wer weiß, ob es nicht gerade dazu dient, die Aufmerksamkeit abzulenken.

»Verzeihung, mein Herr, aber ich muss zum Zug, und ich sehe nicht, was Sie ...«

Wenn er Polizist wäre, könnte er sie mitnehmen aufs Kommissariat und sich vergewissern, dass das Köfferchen nicht das enthält, was ...

Wie um seine unangenehme Lage noch schwieriger zu machen, hält der Fahrstuhl erneut, nachdem er gerade wieder nach oben entschwunden war. Und dieses Mal tritt Gorskine heraus, im Reiseanzug, mit Gepäck in der Hand. Er steuert die Empfangstheke an, wie ein Gast, der gerade ganz plötzlich seine Abreise beschlossen hat und nun dringend seine Rechnung verlangen will. Doch dann sieht er die junge Unbekannte – und Émile.

Wie angewurzelt bleibt er in der Mitte der Lobby stehen.

»Sie reisen ab?«, fragt ihn der Mann am Empfang und greift nach seinem Koffer.

»Äh ... Ich weiß noch nicht ...«

All das spielt sich in wenigen Sekunden ab, mitten im Publikumsverkehr der Lobby eines Luxushotels. Niemand hat bemerkt, dass etwas Ungewöhnliches vor sich geht. Überall um die kleine Gruppe herum treffen sich Leute, grüßen einander, bleiben beieinander stehen oder verabschieden sich voneinander.

Émile fühlt sich als Herr des Spiels – wenn er nur jetzt keinen Fehler macht. Mindestens zehn Lösungsmöglichkeiten präsentieren sich ihm, und er weiß, er spürt, dass es nur eine richtige gibt.

Wegen solcher Minuten hat er auf die Marine und auf alle vorstellbaren beruflichen Laufbahnen verzichtet, um zur treibenden Kraft der Agence O zu werden.

Er beugt sich zu der Unbekannten; unbestreitbar ist

sie es, für die er sich entscheidet. Mit einer ganz natürlich erscheinenden Geste, einer Geste, die nur galant wirkt, greift er nach dem Köfferchen.

»Sie erlauben, dass ich es Ihnen abnehme?«

Und, leiser:

»Draußen stehen ein halbes Dutzend Polizisten.«

Serge Gorskine hat nicht viel länger gezögert als er selbst. Er tritt zu ihm.

»Pardon«, sagt er mit starkem Akzent. »Diese Dame gehört zu mir, und wenn Sie erlauben ...«

Er will das Köfferchen! Schnell entschlossen, macht Émile einen großen Schritt. Diesmal soll es ihm egal sein, wenn die eine oder andere handelnde Person ihm entkommt. Zur Rechten eine Tür mit Mattglas und der Aufschrift *Direktion*. Dort befindet sich, wie Émile weiß, der große Safe des Hotels, in dem die Gäste einzelne Fächer mieten können.

Blitzschnell ist er eingetreten und lässt die anderen verblüfft zurück.

»Würden Sie diesen Handkoffer sofort im Safe einschließen und ihn keinem Menschen herausgeben, *unter keinen Umständen* ...«

Nur der Mann am Empfang hat etwas gemerkt. Aber ein Gast zupft ihn am Ärmel und fragt ihn etwas auf Spanisch.

Der Direktionssekretär hat das Köfferchen gleichmütig genommen und geht zum Safe.

»Was ist Ihre Zimmernummer?«

Er ist höchst erstaunt, als er sich umdreht und der eilige Gast schon verschwunden ist.

»Verzeihung, Monsieur Gorskine ...«

Dieser steht hoch aufgerichtet und mit düsterem Blick an der Empfangstheke.

»Sie haben die beiden Damen also gehen lassen?«

Daraufhin fragt Gorskine unfreundlich:

»Sind Sie der Detektiv?«

Und Émile antwortet:

»Sind Sie der Kollege von Monsieur Saft?«

»Ich hätte schon heute Morgen mit Ihnen reden sollen«, gibt Gorskine finster zurück.

»Sie wollen unbedingt, dass die beiden Damen die Flucht ergreifen?«

»Ich glaube, es ist besser ...«

»Wissen Sie, wo sie hinfahren?«

»Jedenfalls hat die eine von ihnen eine Fahrkarte nach Amsterdam.«

Gut informiert, dieser Gorskine! Genauso gut wie Émile selbst!

»Unter diesen Umständen wäre es leicht – falls sie ihre Meinung nicht geändert hat ... Wollen Sie einen Moment mit mir ins Büro kommen?«

Gorskine gehorcht widerstrebend und schielt nach dem Safe. Der Sekretär ist froh, den seltsamen Gast mit seinem Handkoffer wiederzusehen, und gibt ihm einen kleinen Schlüssel.

»Wenn Sie hier den Empfang quittieren wollen ... Sie haben mir immer noch nicht Ihren Namen und Ihre Zimmernummer gesagt ...«

Alles geht gut. Émile hat den Schlüssel in der Tasche. Er nimmt den Telefonhörer ab.

»Hallo? Den zuständigen Kommissar für die Gare du Nord, bitte ...« Er wendet sich an seinen polnischen Kollegen. »Würden Sie mir bitte den Mann vom Empfang rufen?«

Gleich darauf steht der Gerufene vor ihm.

»Welches Abteil hat die Dame?«

»Wagen 3, Abteil 5 ...«

»Hallo? Sind Sie der Zuständige? Hier ist die Agence O ... Die Polizei wird Ihnen später bestätigen, was ich jetzt sage ... Verhaften Sie bitte die Person, die in den Étoile du Nord einsteigt, mit einer Fahrkarte für Wagen 3, Abteil 5 ... Ja ... Es handelt sich wahrscheinlich um eine Dame ... Hallo? Legen Sie nicht auf ... Das ist noch nicht alles ... Wahrscheinlich befindet sich im selben Zug ... Wie? ... Er fährt in acht Minuten ab? Beeilen Sie sich ... Suchen Sie nach einem älteren Herrn, der aussieht wie ein kleiner Rentner und höchstwahrscheinlich einen ausländischen Pass besitzt ... Ist er allein? Wenn nicht, hindern Sie ihn und seinen Gefährten an der Abreise ... Wenn er allein ist, verhaften Sie ihn trotzdem ... Ja ... Rufen Sie, wenn Sie fertig sind, im Hotel Bristol an ... Fragen Sie nach Monsieur Émile ... Danke, Kommissar!«

Serge Gorskine hat sich in der Ecke des Büros auf einem Stuhl niedergelassen.

»Es wäre besser gewesen, sie nicht zu verhaften ...«, seufzt er, während er sich die Stirn abtupft. Dann wird seine Miene noch finsterer, doch er fragt mit einem bewundernden Blick zu Émile:

»Woher haben Sie gewusst, dass es eine Belohnung von hunderttausend Złoty geben würde?«

IV

Wo Émile, der, ohne es zu wissen, ein kleines Vermögen verdient hat, um ein Haar zwei Regierungen in arge Verlegenheit gebracht hätte

Der Staatsanwalt brauchte am längsten.

»Sie sollten wissen, junger Mann«, polterte er am Telefon, »dass wir unser Amt nicht einfach einem kleinen Angestellten der Agence O übertragen können. Wenn Sie etwas herausgefunden haben, melden Sie es der Kriminalpolizei, vielleicht werde ich dann einwilligen, Sie zu empfangen.«

»Ich glaube, mein Herr, wenn Sie die polnische Botschaft anrufen würden, würde man Ihnen sagen, dass es womöglich besser wäre, wenn ...«

Er lässt sich nicht von seiner Idee abbringen. Er will sich nicht mehr allzu weit von dem Köfferchen entfernen, auch wenn er nun den Safeschlüssel in der Tasche hat.

Und die hohen Herren ändern auch prompt ihre Meinung, denn weniger als eine halbe Stunde später stellt sich der Staatsanwalt im Bristol ein, begleitet vom Ermittlungsrichter und von den zwei Herren, die Émile an diesem Nachmittag in der Botschaft empfangen hatten.

Man führt sie ins Büro der Direktion. Émile bittet den Sekretär, sie allein zu lassen.

Er ähnelt nun nicht mehr dem kleinen Angestellten, den der Staatsanwalt erwähnte, und doch spricht Émile auf seine gewohnte, betont höfliche Weise, mit sanfter und demütiger Stimme.

»Ich bitte um Verzeihung, meine Herren, dass ich Sie gestört habe. Das fragliche Köfferchen befindet sich in diesem Safe, doch ich hielt es für unvorsichtig, es ohne Bewachung zurückzulassen oder weiterzuschicken, bevor es in sichere Hände gelangt ist. Zudem werden wir gleich erfahren, ob gewisse Personen, die in diesen Fall verwickelt sind, wieder aufgefunden werden konnten und ob ...«

Einer der Polen wendet sich in seiner Sprache an Gorskine, den er gut zu kennen scheint. Dieser antwortet gleichmütig und zeigt auf Émile, als würde er zugeben:

»Ich weiß nicht ... *Er* hat das alles getan.«

Der Kommissar von der Gare du Nord hat bereits angerufen. Es hat sich keine junge Frau gezeigt, die mit der angegebenen Fahrkarte den Étoile du Nord besteigen wollte.

Donnerwetter! Sie hat geahnt, dass man ihr eine Falle stellen wollte.

Hingegen gab es einen älteren Mann, auf den Émiles Beschreibung zutrifft, in Begleitung einer angeblich kranken Frau – aber die Frau hatte ziemlich große Füße. Er flüchtete auf der Gleisseite aus dem Zug, übrigens zusammen mit der kranken Frau, als die Polizei begann, den Zug zu durchsuchen.

Man ist dabei, im Bahnhof und in dessen Umgebung nach ihm zu suchen.

»Das ist der alte Isaac«, erklärt einer der Polen aus der Botschaft dem verblüfften Staatsanwalt. »Es wäre wünschenswert für unser Land, wenn man ihn nicht fände, wenigstens nicht sofort.«

Die gesamte internationale Polizei kennt, zumindest dem Namen nach, den alten Isaac. Er ist nie festgenommen worden und ist der Kopf einer Bande, die sich als ebenso ungreifbar erwiesen hatte wie er selbst.

Es ist bekannt, dass der alte Isaac die gewöhnlichen Delikte verschmäht und stets mit außerordentlicher Durchtriebenheit vorgeht. Wenn er in einem Land zugeschlagen hat, weiß man erst im Nachhinein, was einen das kostet.

»Herr Staatsanwalt«, beginnt der wichtigere Vertreter der Botschaft mit gewählten Worten, »ich muss mich entschuldigen, dass ich mich nicht an die französische Polizei gewandt habe und in diesem Fall unsere Polizei ohne Ihr Wissen arbeiten ließ. Doch Sie werden gleich verstehen, warum ... Ich weiß noch nicht, wie dieser Monsieur Émile ...«

Émile hat sich eine Zigarette zwischen die Lippen gesteckt, die er wohlweislich nicht anzündet.

»Vor allem«, fuhr der Pole fort, »bitte ich Sie um die Erlaubnis, mich davon zu vergewissern, dass das, was wir suchen, sich wirklich in diesem Köfferchen befindet. Wenn Monsieur Émile so gut wäre, uns den Safeschlüssel auszuhändigen.«

Einige Augenblicke später wird das Köfferchen, das

sehr schwer ist, auf den Tisch des Hoteldirektors gestellt. Da es verschlossen ist, lässt man Zangen kommen, um das Schloss gewaltsam zu öffnen.

Es handelt sich offenbar nicht um einen Kosmetikkoffer und auch nicht um einen Koffer für Damenwäsche. Was man unter einer Decke von alten Zeitungen darin entdeckt, sind Kupferplatten mit feinen Gravuren.

Der Staatsanwalt weiß sofort, worum es sich handelt.

»Der alte Isaac hat Falschgeld hergestellt?«, ruft er.

»Nein, Herr Staatsanwalt … Das ist es ja gerade, was in diesem Fall den Ernst der Lage ausmacht. Es ist dem alten Isaac und seinem Komplizen in der polnischen Beamtenschaft nämlich gelungen – wir wissen noch nicht genau wie –, sich der echten Matrizen zu bemächtigen, die zur Herstellung von Hundertzłotyscheinen benutzt werden. Das ist jetzt etwas mehr als zwei Monate her, und Sie sehen, dass das Geheimnis gewahrt blieb. Wenn diese Nachricht sich aber verbreitet hätte, wäre in der Öffentlichkeit eine schreckliche Panik ausgebrochen, und das hätte unweigerlich eine monetäre Krise in unserem Land nach sich gezogen.

Deshalb zog es die polnische Regierung vor, Stillschweigen zu bewahren, und beauftragte zwei ihrer besten Polizisten damit, sich diskret auf die Jagd zu machen. Die echten Namen dieser Polizisten sind unwichtig. Sie trafen als Monsieur Saft und Monsieur Gorskine in Paris ein, und bald hatten sie gute Gründe zu vermuten, dass der alte Isaac sich hier versteckt hielt.«

Émile trug ein engelhaftes Lächeln zur Schau. Was man hier enthüllte, hätte auch er referieren können.

Hätte er den Koffer geöffnet, wäre ihm alles klar gewesen; im Übrigen wusste er mehr darüber als der Mann von der Botschaft.

»Ich begreife allerdings nicht, dass die Agence O ... Dürfte ich Sie fragen, Monsieur Émile, über wie viele Detektive Sie verfügen?«

»Wir sind zu dritt ...«, erwidert Émile bescheiden.

»Würden Sie uns sagen, was Sie herausgefunden haben?«

»Mit Vergnügen ... Obwohl meinem Chef, dem früheren Polizeiinspektor Torrence, das größte Verdienst zukommt. Er hat lange für die Kriminalpolizei gearbeitet ... Sie sehen, Herr Staatsanwalt, ich lasse unseren staatlichen Institutionen die Ehre zukommen, die ihnen gebührt. Die Agence O hat also herausgefunden, dass der alte Isaac viel zu schlau war, als dass er sich einer Gelddruckmaschine bedient hätte, wenn ihm die polnische Polizei auf den Fersen war. Die Bande hatte sich auf ganz Paris verteilt ... Vorsichtshalber sprachen die Mitglieder der Bande nicht, wenn sie sich trafen, und hielten auch keinen Blickkontakt, sondern begnügten sich damit, gemorste Nachrichten auszutauschen ...«

»Warum haben Sie das nicht herausgefunden, Gorskine?«, fragte der Mann von der Botschaft streng.

»Ich bitte um Verzeihung, Herr Botschaftsrat, aber ich habe das Morsealphabet nie gelernt ...«

»Monsieur Gorskine hat sehr gut gearbeitet«, beeilte sich Émile zu versichern. »Der Beweis: Vor drei Tagen mietete er im Bristol das Zimmer neben dem einer jungen Frau. Diese junge Frau war es, die die besagten

Matrizen verwahrte. Gorskine hat seinen Kollegen Saft alarmiert. An diesem Abend, während Gorskine im Gang aufpasste – die junge Frau war ausgegangen –, ist Saft im Zimmer seines Freundes aus dem Fenster geklettert und gelangte über einen Backsteinvorsprung in das Zimmer der Unbekannten, wo er die Kupferplatten an sich nahm …«

»Stimmt das, Gorskine?«

»Es stimmt ganz genau.«

»Morgens entdeckte die Bande den Diebstahl – wenn man dieses Wort benutzen will –, und einer ihrer Helfershelfer zögerte nicht, Saft in seinem Zimmer in der Rue Blomet zu ermorden und die Kupferplatten wieder an sich zu nehmen. Vorsichtshalber wurden sie nicht hierhergebracht, man schaffte sie in der Rue Blomet nicht einmal aus dem Haus, sondern versteckte sie im Zimmer einer jungen Frau, die in dieser Pension wohnt und zur Bande gehört …«

Diesmal widersprach Gorskine.

»Nein! Es ist eine echte Studentin.«

»Jedenfalls kannte sie Ihre Nachbarin. Diese bat sie, ihr einen Gefallen zu tun. Danach musste es schnell gehen, sie mussten Frankreich verlassen, weil der Boden zu heiß geworden war. Über Ihre Nachbarin hat sich der alte Isaac im Café über das Ergebnis der Aktion Bericht erstatten lassen. Er weiß jetzt, dass die Kupferplatten sich im dritten Stock der Rue Blomet befinden. Die Polizei setzt sich in Bewegung … Mein Besuch in der Botschaft ist wahrscheinlich nicht unbeachtet geblieben …

Diese Flucht ... Dürfte ich Sie fragen, Monsieur Gorskine, warum Sie, als ich Sie vorhin in Ihrem Zimmer anrief, in dem Sie sich laut Auskunft des Mannes am Empfang aufhielten, meinen Anruf nicht entgegennahmen?«

»Ganz einfach. Ich war im Gang, um das Gespräch der beiden Frauen im Nachbarzimmer zu belauschen. Ich hörte das Klingeln des Telefons, aber ich konnte die Observation nicht abbrechen.«

»Ich danke Ihnen ... Das war der einzige Punkt, der mir noch unklar war. Der alte Isaac entscheidet, dass sie alle fliehen. Wiedertreffen in Amsterdam ... Aber es ist unmöglich, die Kupfermatrizen aus der Rue Blomet zu holen, weil die Polizei dort Wache steht. Die junge Rumänin wird gebeten, das kleine Päckchen hierherzubringen. Im Étoile du Nord werden Plätze reserviert. Der Komplize, der in größter Gefahr ist, weil er Saft mit einem Messerstich tötete – ich nehme an, dass er im Bahnhof die Rolle der kranken Frau spielte.

Ich war in der Telefonkabine, als ich die Studentin aus der Rue Blomet herunterkommen sah. Etwas später ... Es ist wirklich so einfach, meine Herren.«

»Die Belohnung ist mir im Lauf von ein paar Sekunden durch die Lappen gegangen«, seufzt Gorskine. »Dort oben hatte ich alles durchschaut. Ich wusste, dass die junge Frau an der Gare du Nord den Zug nehmen würde und dass sie das Köfferchen dabeihaben würde. Ich wäre hinter ihr hergerannt. Auf dem Bahnsteig hätte ich ihr das Köfferchen aus der Hand gerissen und ... Nur ein paar Sekunden, ich sage es noch einmal! Hunderttausend Złoty!«

»Wer weiß«, murmelt Émile, »ob Sie auf dem Bahnsteig das Köfferchen wiedergesehen hätten? Vergessen Sie nicht, Sie folgen dieser Spur jetzt schon zwei Monate und …«

Émile denkt daran, wie wenig Leidenschaft Torrence für diesen Fall aufbrachte, der ihnen, wie er gesagt hatte, außer Ärger nichts einbringen konnte.

Und jetzt nimmt die Agence O in zwei Tagen hunderttausend Złoty ein. Bei wie viel Franc steht übrigens der Złoty? Sieben? Acht?

»Sie werden verstehen, meine Herren, dass das Geheimnis weiterhin gewahrt bleiben muss. Wenn herauskäme, dass diese Matrizen so lange im Besitz von Verbrechern waren … Wer würde uns abnehmen, dass sie keine Gelegenheit hatten, sie zu benutzen? Wäre unser Land noch glaubwürdig? Und wer weiß, was … Deshalb wünsche ich …«

Das Telefon klingelt.

»Hallo? Monsieur Émile, bitte … Hier ist der für die Gare du Nord zuständige Polizeibeamte. Ich muss Ihnen etwas Schlimmes mitteilen! Der alte Isaac und seine kranke Frau sind uns entwischt. Es ist damit zu rechnen, dass sie und ihre Komplizen nicht mehr lange in Paris bleiben werden.«

»Wenn Ihr Vorgesetzter, Monsieur Torrence, sich die Mühe machen würde, morgen früh in der Botschaft vorzusprechen, würde ich es als meine Pflicht erachten, ihm die Summe zurückzuerstatten, die …«

Außerdem wird vage von einem Orden gesprochen, was Émile zu einem Lächeln veranlasst. Ein Orden für

Torrence! Dieser redliche Torrence, der noch gar nichts von dem Fall weiß und dabei ist, den Gang eines kleinen Hotels am Montparnasse zu überwachen und vielleicht in die zwei Zimmer einzubrechen, die man ihm genannt hat – die Zimmer zweier polnischer Polizisten! Die hohen Tiere gratulieren sich gegenseitig. Das Köfferchen wird mit dem Auto der Botschaft abtransportiert, das vor dem Bristol Aufsehen erregt.

»Sagen Sie …«, sagt Émile leise zu seinem Warschauer Kollegen. »Würden Sie ein Bier mit mir trinken gehen? Was trinkt man eigentlich um diese Zeit in Ihrem Land?«

»Wodka.«

»Dann gehen wir also einen Wodka trinken. Und die Złoty … Sind Sie verheiratet? Haben Sie Kinder?«

»Ich bin verlobt.«

»Das ist fast dasselbe! Was halten Sie davon, wenn wir halbe-halbe machen würden?«

Und Émile bestellt, nachdem er die halb zerkaute Zigarette aus dem Mund nimmt:

»Zwei Wodka … Zwei!«

Barbet aber wartet lieber im Vieux Beaujolais, wo der Rote nicht schlecht sein soll.

Deutsch von Susanne Röckel

DANIEL KAMPA

Eine Erzählung pro Tag

Es gibt ein schönes Bonmot von Friedrich Dürrenmatt über Georges Simenon: »Bei dem regnet es immer.« Vergeblich hat ihr gemeinsamer Verleger Daniel Keel in den 1980er Jahren versucht, Dürrenmatt zur Simenon-Lektüre zu bewegen, oder auch nur ein Treffen der beiden Autoren von Weltrang zu lancieren, die nicht einmal eine Zugstunde voneinander entfernt lebten. Beide residierten sehr ähnlich: Dürrenmatt in einem großen Anwesen mit separatem Atelier hoch über Neuchâtel mit Blick über den Neuenburger See und auf die Berner Alpen, Simenon in einem selbst entworfenen überdimensionierten Haus mit 22 Zimmern und dem damals größten Hallenschwimmbad in Privatbesitz, hoch über dem Genfer See, in der Ferne die schneebedeckten Gipfel des Mont Blanc. Dürrenmatts Bonmot galt weniger den meteorologischen Gegebenheiten als der Grundstimmung in Simenons Werk. Und damit hatte er nicht unrecht: Wer Simenon liest, erwartet nicht Humor oder Unbeschwertheit. Dabei gibt es etwa in dem herzerwärmenden Roman *Der kleine Heilige*, aber vor allem auch in den Maigrets mehr Humor und Lebensfreude, als man gemeinhin meint. Besonders die Maigret-Fälle, die im Frühling spielen, sind oft voller Leichtigkeit, und wenn Maigret darin einen der selten gewordenen Busse mit offener Plattform erwischt und deshalb auch während der Fahrt zu seinem Büro am Quai des Orfèvres Pfeife rauchen und die ersten warmen Sonnenstrahlen genießen kann, versprüht der sonst so brummige und bärbeißige Kommissar auf einmal Charme und Savoir-vivre.

Heiter, ironisch und augenzwinkernd erzählt sind die Kriminalerzählungen über die Agence O, ja sogar mit Slapstick-Einlagen. Selbst für eingefleischte Simenon- und Maigret-Fans sind sie eine Entdeckung, denn nur die erste Erzählung *Der Mann hinter dem Spiegel* ist schon einmal auf Deutsch erschienen – in einer Anthologie, die allerdings seit Ewigkeiten vergriffen ist. Die weiteren fünf Fälle im vorliegenden Band sind deutsche Erstveröffentlichungen, wunderbar übersetzt von Susanne Röckel. Simenon hat acht weitere Agence-O-Erzählungen geschrieben, die in den kommenden Jahren auf Deutsch erscheinen werden. Bekannter als die literarischen Vorlagen ist die Fernsehserie von Simenons Sohn Marc aus dem Jahr 1968, die teilweise auf Deutsch unter dem Titel *Aus den Akten der Agentur O* und *Agentur Null* gesendet wurde. In der ersten Folge spielt übrigens Serge Gainsbourg eine Nebenrolle. Eine DVD der französisch-kanadischen Koproduktion konnte man lange Zeit in Deutschland bestellen, in einer Reihe, die den herrlich altmodischen Namen *Straßenfeger* trug.

Nach einem Band mit Fällen des Kommissars G7 und einem mit denen des kleinen Doktors, die bereits erschienen sind, treten nun nach und nach Maigrets Kollegen aus dem Schatten des berühmten Pariser Kommissars. Torrence, der Chef der Agence O, ist dabei ein ganz besonderer Fall, ist er doch kein Unbekannter für Maigret-Leser. Simenon muss ihn gerngehabt haben, denn im ersten Maigret-Roman *Maigret und Pietr der Lette* stirbt Torrence heldenhaft im Dienst, um in den Folgeromanen wieder an Maigrets Seite zu sein. Fünfzehn Jahre lang war Torrence, wie es in den Fällen der

Agence O heißt, als Inspektor die rechte Hand Maigrets, bevor er schließlich selbst Karriere machte. Aber nicht am Quai des Orfèvres, sondern eben in der Agence O, die weit über die Grenzen Frankreichs bekannt ist als erste Adresse unter den Privatdetekteien. Wobei die eigentliche Adresse nicht sehr repräsentativ ist: Die Büros liegen in der Cité Bergère in Montmartre, im 9. Arrondissement, über einem Friseursalon und gegenüber dem Cabaret Palace. Von Maigret hat sich Torrence so einiges abgeschaut, setzt aber immer noch eins drauf: Torrence raucht ständig Pfeife, die natürlich größer ist als die von Maigret; Torrence trinkt bei den Ermittlungen Glas um Glas, natürlich einige mehr als Maigret; und seine bullige Statur ist respekteinflößend – natürlich überragt er seinen alten Chef um ein paar Zentimeter und bringt auch ein paar Kilos mehr auf die Waage. Nur mit Maigrets legendärem Scharfsinn kann Torrence nicht mithalten, was für die Agence O jedoch nicht schlimm ist: Zwar tritt Torrence als Chef der Detektei auf, aber Émile, der als Fotograf getarnt durch die Gegend streift, ist der eigentliche Leiter und das Hirn der Agentur. Sekretärin Mademoiselle Berthe hilft Émile mit ihren launigen Kommentaren manchmal auf die Sprünge, und Barbet, ein ehemaliger Taschendieb, macht die Laufarbeit, beschattet Verdächtige und beschafft mit nicht immer ganz legalen Mitteln Beweismaterial.

Die Fälle beginnen oft ganz klassisch. Ein verzweifelter Besucher stellt sich in der Agence ein. Torrence mimt den Chef, während Émile durch einen falschen Spiegel den Gesprächen lauscht und Anweisungen gibt:

> Es gibt in den Büros der Cité Bergère Traditionen, die der Advokat glücklicherweise nicht kennt. So wie er nicht weiß, dass der harmlos wirkende Émile all seine Gesten belauert,

und wie er nicht ahnt, dass es ein Mikro gibt, das es Émile erlaubt, alles zu hören, was er sagt, und wie er nicht wissen kann, dass besagter Émile in diesem Moment den Hörer des internen Telefonapparats abnimmt und dem Bürodiener befiehlt:

»Chapeau!«

Und Chapeau bedeutet:

»Mein kleiner Barbet, Sie werden dem Herrn folgen, der unser Haus gerade verlässt, und ihn nicht aus den Augen lassen, komme, was wolle ... Dann werden Sie mir persönlich Bericht erstatten über alles, was er gesagt und getan hat.«

Das Quartett der Agence O löst die Fälle – Betrügereien, Eifersuchtsdramen oder einen Juwelenraub – auf unkonventionelle Weise. Simenon schert sich keinen Deut um die Konventionen klassischer Kriminalgeschichten: Kombinationsgabe und Logik à la Sherlock Holmes sucht man hier vergebens, stattdessen fühlt man sich manchmal an die Marx Brothers oder an Buster Keaton erinnert. Das ist verwunderlich, schließlich hat Simenon diese Erzählungen in einer Zeit geschrieben, als einige der härtesten und düstersten seiner großen Romane entstanden sind: *Der Mann, der den Zügen nachsah* oder *Die Verbrechen meiner Freunde*. Aber braucht ein Schriftsteller nicht auch mal ein bisschen Abwechslung?

Zuweilen benötigt er auch einfach Geld. »Das Baby braucht Schuhe«, hat F. Scott Fitzgerald einmal gesagt, als er gefragt wurde, warum er eine Kurzgeschichte in Angriff nehme. Simenon, nicht gerade für langsames Schreiben und mageren Output bekannt, steigerte seine Kadenz sogar noch, wenn er knapp bei Kasse war, denn seit dem Erfolg der Maigrets pflegte er einen aufwendigen Lebensstil. Als er sich 1938 zum ersten Mal ein Haus kaufte, in Nieul-sur-Mer in der Nähe von La Rochelle, musste die neue Bleibe der Familie zunächst kostspielig renoviert werden. Eine zusätzliche Einnahmequelle musste her, und so erfand Simenon den kleinen Doktor (den Simenon ganz in der Nähe von Nieul wohnen ließ, was das Schreiben vereinfachte) und eben das Team der Agence O. Zwischen Mai und Juni 1938 schrieb Simenon 27 Erzählungen, die ab Herbst 1938 in der auflagenstarken Zeitschrift Police-Roman als Serie erschienen, reißerisch aufgemacht mit etlichen extra dafür angefertigten Fotos. In seiner Autobiographie *Intime Memoiren* (1981) erinnerte sich Simenon:

Tigy, Boule, Olaf und ich ließen uns für die Dauer der Arbeiten in einer kleinen Villa, Mon Rêve, am Rand von La Rochelle nieder, und morgens, wenn die beiden Frauen nach Nieul fuhren, um sich allen möglichen Aufgaben zu widmen, schrieb ich; keine Romane, die zu viel Aufmerksamkeit verlangt hätten, sondern Erzählungen von fünfzig Seiten, eine pro Tag, die später unter dem Titel *Der kleine Doktor*, *Maigret kehrt zurück* und schließlich *Die Agence O* erschienen sind. Mittags, wenn ich meine Arbeit beendet hatte, eilte ich nach Nieul, wo mich das Mittagessen erwartete, und verbrachte den Nachmittag mit Graben, Pflanzen, Nageln, was weiß ich noch alles. Wir arbeiteten alle fieberhaft, und wenn die Sonne unterging, gingen wir drei im nahen Meer baden.

In *Der nackte Mann*, der dritten Erzählung in diesem Band, versorgt Advokat Duboin Torrence an der Gare d'Orsay mit Reiselektüre, bevor er ihn in die französische Provinz schickt.

Vordergründig für eine Mission, eigentlich will er ihn aber einfach aus Paris fernhalten.

»Zeitungen? Natürlich … Nehmen Sie … Wir werden ein paar Bücher kaufen. Wie wär's mit einem Kriminalroman?«

Aber es muss nicht immer ein ganzer Roman sein, ab und zu genügt auch eine Erzählung. Als Lektüre für eine Metro- oder Bahnfahrt wurden die Fälle der Agence O geschrieben. Sie gehören sicherlich nicht zu Simenons Hauptwerken, ergänzen die Galerie der Kollegen Maigrets aber um ein interessantes Detail. Nach den Erzählungen um die Agence O, so viel sei schon verraten, folgen bald die Fälle des Hobby-Detektivs Joseph Leborgne und die von Richter Froget.

KAMPA VERLAG

Endlich haben auch Maigrets
»Kollegen« ihren Auftritt:

Bereits erschienen:

Der Spürsinn des kleinen Doktors
Vier Fälle

Deutsch von Hansjürgen Wille, Barbara Klau und Barbara Bauer
Grundlegend überarbeitete Übersetzung

Das Rätsel der Maria Galanda
Vier Fälle für Kommissar G7

Deutsch von Kristian Wachinger

In Vorbereitung:

Die Fälle von Richter Froget,
von Hobby-Detektiv Joseph Leborgne sowie
weitere Bände mit Kommissar G7,
dem kleinen Doktor und der Agence O.

DIE MAIGRET-ROMANE

Maigret und Pietr der Lette
Der 1. Fall
Deutsch von Susanne Röckel
Neuübersetzung
Mit einem Nachwort von
Tobias Gohlis

*Maigret und der Gehängte
von Saint-Pholien*
Der 3. Fall
Deutsch von Gerhard Meier
Neuübersetzung

*Maigret und der Treidler
der Providence*
Der 4. Fall
Deutsch von Rainer Moritz
Neuübersetzung
Mit einem Nachwort von
Rüdiger Safranski

*Maigret kämpft um den
Kopf eines Mannes*
Der 5. Fall
Deutsch von Brigitte Große
Neuübersetzung

Maigret und der gelbe Hund
Der 6. Fall
Deutsch von Elisabeth Edl
und Wolfgang Matz
Neuübersetzung
Mit einem Nachwort von
Wolfgang Matz

Maigrets Nacht an der Kreuzung
Der 7. Fall
Deutsch von Hansjürgen Wille,
Barbara Klau und Bärbel Brands
Grundlegend überarbeitete
Übersetzung

*Maigret und das Verbrechen
in Holland*
Der 8. Fall
Deutsch von Hansjürgen Wille,
Barbara Klau und Julia Becker
Grundlegend überarbeitete
Übersetzung
Mit einem Nachwort von
Tim Parks

*Maigret beim Treffen der
Neufundlandfahrer*
Der 9. Fall
Deutsch von Hansjürgen Wille,
Barbara Klau und Mirjam
Madlung. Grundlegend
überarbeitete Übersetzung

*Maigret und die kleine
Landkneipe*
Der 11. Fall
Deutsch von Rainer Moritz
Neuübersetzung
Mit einem Nachwort von
Michael Dibdin

Maigret bei den Flamen
Der 14. Fall
Deutsch von Hansjürgen Wille,
Barbara Klau und Bärbel Brands
Grundlegend überarbeitete
Übersetzung

Maigret in der Liberty Bar
Der 17. Fall
Deutsch von Hansjürgen Wille,
Barbara Klau und Mirjam
Madlung. Grundlegend
überarbeitete Übersetzung

Maigret und die Schleuse Nr. 1
Der 18. Fall
Deutsch von Hansjürgen Wille,
Barbara Klau und Mirjam
Madlung. Grundlegend
überarbeitete Übersetzung

Maigret und die Keller des Majestic
Der 20. Fall
Deutsch von Hansjürgen Wille,
Barbara Klau und Cornelia
Künne. Grundlegend
überarbeitete Übersetzung

Maigret im Haus des Richters
Der 21. Fall
Deutsch von Thomas Bodmer
Neuübersetzung

Maigret verliert eine Verehrerin
Der 22. Fall
Deutsch von Hansjürgen Wille,
Barbara Klau und Julia Becker
Grundlegend überarbeitete
Übersetzung

Maigret und das Dienstmädchen
Der 25. Fall
Deutsch von Hansjürgen
Wille, Barbara Klau und
Bärbel Brands. Grundlegend
überarbeitete Übersetzung

Maigret und sein Toter
Der 29. Fall
Deutsch von Hansjürgen Wille,
Barbara Klau und Sophia
Marzolff. Grundlegend
überarbeitete Übersetzung
Mit einem Nachwort von
Gert Heidenreich

Maigrets erste Untersuchung
Der 30. Fall
Deutsch von Hansjürgen Wille,
Barbara Klau und Annette Walter
Grundlegend überarbeitete
Übersetzung
Mit einem Nachwort von
Hanjo Kesting

Mein Freund Maigret
Der 31. Fall
Deutsch von Hansjürgen Wille,
Barbara Klau und Bärbel Brands
Grundlegend überarbeitete
Übersetzung

Maigret und die alte Dame
Der 33. Fall
Deutsch von Hansjürgen Wille,
Barbara Klau und Mirjam
Madlung. Grundlegend
überarbeitete Übersetzung

Madame Maigrets Freundin
Der 34. Fall
Deutsch von Hansjürgen Wille,
Barbara Klau und Bärbel Brands
Grundlegend überarbeitete
Übersetzung

Maigrets Memoiren
Der 35. Fall
Deutsch von Hansjürgen Wille,
Barbara Klau und Bärbel Brands
Grundlegend überarbeitete
Übersetzung

Maigret und die Tänzerin
Der 36. Fall
Deutsch von Hansjürgen Wille,
Barbara Klau und Cornelia
Künne. Grundlegend
überarbeitete Übersetzung

Maigret als möblierter Herr
Der 37. Fall
Deutsch von Jean Raimond
und Julia Becker. Grundlegend
überarbeitete Übersetzung

Maigret und die Bohnenstange
Der 38. Fall
Deutsch von Gerhard Meier
Neuübersetzung

Maigret, Lognon und die Gangster
Der 39. Fall
Deutsch von Elisabeth Edl
und Wolfgang Matz
Neuübersetzung

Maigret und der Mann auf der Bank
Der 41. Fall
Deutsch von Hansjürgen Wille,
Barbara Klau und Mirjam
Madlung. Grundlegend
überarbeitete Übersetzung

Maigret hat Angst
Der 42. Fall
Deutsch von Hansjürgen Wille,
Barbara Klau und Bärbel Brands
Grundlegend überarbeitete
Übersetzung
Mit einem Nachwort von
Robert Schindel

Maigret in der Schule
Der 44. Fall
Roman
Deutsch von Elisabeth Edl
und Wolfgang Matz
Neuübersetzung
Mit einem Nachwort von
Wolfgang Matz

Maigret und die junge Tote
Der 45. Fall
Deutsch von Rainer Moritz
Neuübersetzung

Maigret beim Minister
Der 46. Fall
Deutsch von Hansjürgen Wille,
Barbara Klau und Julia Becker
Grundlegend überarbeitete
Übersetzung

Maigret stellt eine Falle
Der 48. Fall
Deutsch von Hansjürgen Wille,
Barbara Klau und Meike
Stegkemper. Grundlegend
überarbeitete Übersetzung

Maigret amüsiert sich
Der 50. Fall
Deutsch von Hansjürgen Wille,
Barbara Klau und Oliver
Ilan Schulz. Grundlegend
überarbeitete Übersetzung
Mit einem Nachwort von
Jean-Luc Bannalec

Maigret auf Reisen
Der 51. Fall
Deutsch von Hansjürgen Wille,
Barbara Klau und Claire
Schmartz. Grundlegend
überarbeitete Übersetzung

Maigret und die alten Leute
Der 56. Fall
Deutsch von Hansjürgen Wille,
Barbara Klau und Regina
Roßbach. Grundlegend
überarbeitete Übersetzung

Maigret und der faule Dieb
Maigrets 57. Fall
Deutsch von Hansjürgen Wille,
Barbara Klau und Regina
Roßbach. Grundlegend
überarbeitete Übersetzung

Maigret und die braven Leute
Der 58. Fall
Deutsch von Hansjürgen Wille,
Barbara Klau und Mirjam
Madlung. Grundlegend
überarbeitete Übersetzung

Maigret und der Clochard
Der 60. Fall
Deutsch von Hansjürgen Wille,
Barbara Klau und Mirjam
Madlung. Grundlegend
überarbeitete Übersetzung

Maigret und das Gespenst
Der 62. Fall
Deutsch von Hansjürgen Wille,
Barbara Klau und Julia Becker
Grundlegend überarbeitete
Übersetzung

Maigret lässt sich Zeit
Der 64. Fall
Deutsch von Hansjürgen Wille,
Barbara Klau und Julia Becker
Grundlegend überarbeitete
Übersetzung

Maigret in Künstlerkreisen
Der 66. Fall
Deutsch von Hansjürgen Wille,
Barbara Klau und Julia Becker
Grundlegend überarbeitete
Übersetzung

Maigret in Kur
Der 67. Fall
Deutsch von Hansjürgen Wille,
Barbara Klau und Bärbel Brands
Grundlegend überarbeitete
Übersetzung

Maigret zögert
Der 68. Fall
Deutsch von Hansjürgen Wille,
Barbara Klau und Astrid Roth
Grundlegend überarbeitete
Übersetzung

Maigrets Jugendfreund
Der 69. Fall
Deutsch von Hansjürgen Wille,
Barbara Klau und Cornelia
Künne. Grundlegend
überarbeitete Übersetzung

Maigret und der Messerstecher
Der 70. Fall
Deutsch von Hansjürgen Wille,
Barbara Klau und Cornelia
Künne. Grundlegend
überarbeitete Übersetzung

Maigret und der Weinhändler
Der 71. Fall
Deutsch von Hansjürgen Wille,
Barbara Klau und Mirjam
Madlung. Grundlegend
überarbeitete Übersetzung

Maigret und die verrückte Witwe
Der 72. Fall
Deutsch von Hansjürgen Wille,
Barbara Klau und Claire
Schmartz. Grundlegend
überarbeitete Übersetzung

Maigret und der einsame Mann
Der 73. Fall
Deutsch von Hansjürgen Wille,
Barbara Klau und Bärbel Brands
Grundlegend überarbeitete
Übersetzung

Maigret und Stan der Killer
Der 92. Fall
Deutsch von Hansjürgen Wille,
Barbara Klau und Sina de
Malafosse. Grundlegend
überarbeitete Übersetzung
Mit einem Nachwort von
Michael Rohrwasser

Madame Maigrets Liebhaber
Der 94. Fall
Deutsch von Hansjürgen Wille,
Barbara Klau und Bärbel Brands
Grundlegend überarbeitete
Übersetzung
Mit einem Nachwort von
Daniel Kampa

*Maigret und die Aussage des
Ministranten*
Der 99. Fall
Deutsch von Hansjürgen Wille,
Barbara Klau und Bärbel Brands
Grundlegend überarbeitete
Übersetzung
Mit einem Nachwort von
Manfred Papst

*Maigret und Inspektor
Griesgram*
Der 101. Fall
Deutsch von Hansjürgen Wille,
Barbara Klau und Bärbel Brands
Grundlegend überarbeitete
Übersetzung
Mit einem Nachwort von
Jean Améry

Weihnachten bei den Maigrets
Der 103. Fall
Deutsch von Hansjürgen Wille,
Barbara Klau und Bahar Avcilar
Grundlegend überarbeitete
Übersetzung
Mit einem Nachwort von
Dror Mishani

Weitere Bände in Vorbereitung